你好，旧时光 1987-2022

陪你到青春最后

2

八月长安 著

CNS PUBLISHING & MEDIA 中南出版传媒
湖南文艺出版社 HUNAN LITERATURE AND ART PUBLISHING HOUSE
博集天卷 CS-BOOKY

文学的作用，很重要的一点是引起人心灵的共鸣。

这不是一本哗众取宠的读物，文字很朴素，记录了一代人的成长。成长故事是很有价值的，时代的印记一定会留在成长中的年轻人的生命里，留在生活的细节中。

记录下个体生命的履痕，从某种意义上说，比记录重大事件更有价值。

——赵长天

CONTENTS

目录

美好之五 美丽新世界

美好之六
年华似水，百转千回

美好之七
长大如抽丝

美好之八

执执念而生，是为众生

尾声

美好之五
美丽新世界

·别后多年，戏剧相逢，原来并不是电视剧里面才有的离谱情节。

·又或者说，离谱的从来都不是重逢，而是他们竟然还记得彼此，并真心地想念对方。很多人缺少的不是重逢，而是一颗念旧的心。

·余周周其实并不是很能理解妈妈话语中的含义，但是她能像小动物一样从这些句子中嗅出什么，于是记下来，聊以安慰她青春期的那股为赋新词强说愁的感伤。

·钱是一种非常神奇的东西。友情、亲情、爱情，各种你以为牢不可破、海枯石烂的感情，最终都会被它腐蚀殆尽。

5

疯狂的扣子

与奔奔的重逢让余周周长时间略显沉重的心情一下子飞扬起来。

别后多年，戏剧相逢，原来并不是电视剧里面才有的离谱情节。

又或者说，离谱的从来都不是重逢，而是他们竟然还记得彼此，并真心地想念对方。很多人缺少的不是重逢，而是一颗念旧的心。

余周周有太多话想跟奔奔讲："你这些年在哪里读的小学，你家住在哪里，我们是不是还是邻居，你怎么能和那些人混在一起……"然而却不知道从哪里说起。所以索性只是傻笑，反正这个小伙伴在身边，来日方长，他们可以慢慢地聊。

"原来你是二班的啊，"余周周笑了，"可是我一直都没见过你。"

"我倒是见过你几次，你们班值周，你早自习的时候来我们班检查卫生。不过我没想到是你，你和小时候变化太大了。"奔奔的黑色单肩书包随着他的步伐一下下地打着他的屁股。

"是吗？"余周周笑得眼睛都眯了起来。奔奔惊喜地指着她的脸说："不过笑起来还是一样的。"

余周周闻言也开始认真地端详起奔奔的样子，他长高了，比余周周还高半个头——这自然是废话。仍然是白净的面庞、格外明亮的眼睛，和小时候相比，眉目舒展了许多，只是始终略显单薄、苍白。

“你和小时候……”余周周说了一半才发现自己根本就没有比较的资格。她已经记不清奔奔儿时的样子了。童年时期那个总跟在自己身后的、亲密无间的小玩伴早就成了一个符号，一个在遭遇困顿的时候专门用来怀念和伤感的理由。

不过她至少可以看出来，他长大了，长大很多。

时间的魔法师从来都不会在一瞬间从帽子中掏出一只白兔来博得喝彩。普普通通的帽子放在那里蒙尘落灰很多年，你从不在意，某天蓦然回首，你才发现帽子里面已经开出了一朵花，根深蒂固。

余周周带着一脸欣喜的笑容说：“奔奔，你长大了。”

奔奔摸摸鼻子，低头说：“好长时间没有人叫我奔奔了。”

余周周有些怅然，然后才突然想起真正重要的事情：“奔奔……你叫什么？”

“慕容沉樟。”

“什么？”

“慕容，沉没的沉，木字旁，樟树的樟，慕容沉樟。”

余周周石化了两秒钟。

“哈哈哈哈……”她笑得几乎弯下了腰。

“怎么了？”奔奔有些脸红，不解地皱着眉。

“你这是……”余周周大口地喘着粗气，“你这是网名吗？”

“什么网名？我就叫这个名字！”奔奔连忙解释，“这个名字不好听吗？”

“好听，好听，”余周周点头，可是脸上促狭的笑意无论如何都掩盖不住，“不过，我没听说过哪个真实生活中的人会叫这样的名字，好听，真的……很好听。”

奔奔有些气馁，他不知道如何解释对一个混“黑社会”的少年来说，这样拉风的名字有多么重要，所有人都觉得他的名字很酷，为什么余周周能笑成这样？

“好吧，”他无奈地摆摆手，“你还是叫我……奔奔吧，不过，别……别在别人面前叫。”

奔奔对于这个小名有种隐约的排斥，这让余周周有一点点诧异，不过她很快就驱散了这点儿小小的不快。他们正站在十字路口，余周周指了指前方的红绿灯：“我要从这边走，我家住在海城小区，你呢？”

奔奔笑了：“我家住得很远。”

“很远？”余周周很奇怪，按照户口，他不也是就近入学的吗？

“嗯，在市政府那边。”

“那你出校门就应该往公交车站走啊，跟我走了这么远，你还得返回去……”

奔奔笑着摇摇头：“我们有点儿事，就在这附近，周周你快走吧！”

余周周本能地从奔奔躲闪的表情中嗅到了危险的意味，她想说什么，远远地看到被车流挡在远处的一群人，模模糊糊认出了那天的几个初三男生，正互相调笑着往这边走。

余周周没有犹豫。

“好的，我走。再见。”

余周周低下头急匆匆地闯红灯过马路，惊魂不定地站在对岸的人行道上回望，奔奔已经淹没在那群少年中了。还好，这群人并没有拎着任何类似武器的东西，应该不是去打仗。

她有些怅然，这么多的话还没有说，她什么都不知道，他对她也同样一无所知。

不过还有时间。他们还可以像小时候一样从陌生到熟悉。只不过余周周忘记了，成长的副作用之一，就是让交朋友变得越来越难。

她灿烂地笑笑，朝奔奔的背影挥了挥手。

“学校里那些小混混儿，有没有再找你的麻烦？”妈妈一边盛饭一边问。余周周正在跟盘子里面的螃蟹壳做斗争，一时没有听清楚。

“我问，学校里面的小混混儿，有没有找你的麻烦？”

“没！”余周周很高兴地抬起头，“妈妈，你知道吗，我今天遇见奔奔了！”

“奔奔？”妈妈愣了好一会儿才反应过来，“哦，是咱们动迁之后租的那个房子的邻居家小孩？”

“嗯。”

“你怎么认出他来的？他跟小时候的长相没有变化吗？”

余周周张了张嘴，不知道应该怎么说。

现在的奔奔，就是个小混混儿。

余周周皱着眉头，钢笔已经在手心里面转了好几圈，都无法落下一个字。她最近跟同桌谭丽娜学习转笔，谭丽娜不仅会借用中指、食指、拇指让笔在手中正反旋转，还能让钢笔从小指一路绕到拇指、食指间夹住，再反方向翻滚回去，周而复始，好像在手背上飞舞着一只急速振动翅膀的蜻蜓。不过这样灵巧的谭丽娜，却因为徒弟余周周笨拙，几次发誓要上吊。然而余周周的确是个勤奋的学生，她很努力，每时每刻都在练习。幸运的是，班级里面的自习课向来闹哄哄的，别人都听不见她的桌子上传来的噼里啪啦的响声，也没有注意到钢笔帽被甩飞的时候喷溅出来的蓝色钢笔水。

“该死！”余周周放下笔，钢笔忘记盖笔帽，刚才转笔失败，落下来的时候又在纸面上狠狠地划了一道。

周记。每周都要上交一篇不少于三百字的周记和五张钢笔字练习纸。余周周并不对作文发怵，但是这种写给老师看的周记，总是让她很为难。

“陈桉，我觉得事情总是很有趣。老师想看我们的记事，我偏偏不愿意写给她看，而你不愿意看到我的信，我偏偏写起来没完。哦，我不是抱怨，我真的不是在抱怨。”

其实余周周知道，自己也并不是想把所有的事情都告诉陈桉。很多过于小女生的事情，她还是努力避免让对方知晓，比如自己对于漂亮笔记本的执念，还有对于各类文具的狂热。

在乐团排练休息的间隙，她也曾看见陈桉站在窗边，阳光穿过老旧排练场的彩色玻璃在他身上投下斑驳的光影。他只顾着低头看书，书页上随意地夹着一支普普通通的圆珠笔或者自动铅笔。陈桉的书包里面只有一个普通的笔袋，里面只有两支圆珠笔、一支钢笔、一支自动铅笔、一块橡皮。他做数学题或者物理题的时候可能会画图，但都不用格尺。

余周周明白，一个人的学习成绩与他用什么样的笔写字是无关的，可是，不知怎么，漂亮文具渐渐成了她的爱好。如果买到了一支设计格外独特的自动铅笔，做数学题画图的时候，她的思路就会更顺畅，而一本略带磨砂表面的浅灰色暗格笔记本，就能让她在英语课记笔记的时候更专心。

渐渐地，这种爱好变成了一种怪癖。余周周喜欢独自一人流连在周边各种文具店里面，淘宝。

周五的早上，学校要求大家提前半小时到校，排练下星期的建校四十周年庆典。余周周到得格外早，百无聊赖地溜进了文具店。

余周周正把架子上所有的真彩和晨光圆珠笔一支支拿下来在白纸上写字测试，突然听到旁边不远处一个女孩子正急巴巴地对同伴大喊。

“我要疯了，明明就要迟到了，我妈非要给我缝衬衫扣子。我抓了一手果酱，她让我帮她拿着点儿扣子，我没有办法就含在嘴里了。我爸又来劲了，把我准备好的校服拿衣架给挂起来了。这不添乱嘛！我一着急，张嘴喊他，结果把扣子给咽下去了。那么大的塑料扣子，你说这可怎么办？”

“开刀取出来。把肚子从喉咙口到肚脐眼儿划一个大大的口子，仔细翻翻，一找就找到了。”

后一句话仿佛是耳语。那个吞扣子的女孩子还在大声抱怨，而那个提议开刀的女孩就在自己旁边用很轻的声音自言自语。

辛美香。

她穿着皱巴巴的校服，马尾辫扎得松松的，好像根本没来得及梳头。辛美香一边动着嘴唇自言自语，一边露出有点儿恍惚的笑容，丝毫没注意到身边就是石化的余周周，正在用食指轻轻扫过真彩专区的各色圆珠笔，一副极有兴趣的样子。

余周周咽了一口口水。

“其实我听说，那个扣子……一上厕所……就出来了。”她轻声说。

辛美香吓了一大跳，那种淡定飘忽的笑容一闪即逝，她死死盯着余周周，面无表情，手也不再触碰圆珠笔。

两个人大眼瞪小眼一阵子，余周周决定放过那颗无辜的扣子，她的视线重新聚焦到圆珠笔上面，抽出一支上面画着加菲猫的浅蓝色水笔按了一下，在纸上画了几下，鬼使神差地画了一个圆圆的四眼扣子。

她尴尬地放回那支笔，干巴巴地笑笑：“我以为这是圆珠笔，没想到是中性笔，呵呵，呵呵。”

“我喜欢中性笔。”辛美香轻声说。她的声音毫无特点，又很少讲话，余周周总是记不住她的嗓音。

“其实我更喜欢笔记本。”辛美香用有些贪婪的目光扫过后排桌面上的各色韩国进口笔记本，又摇了摇头。

“我也是！”余周周笑得极开心，刚想问她喜欢卡通封面还是风景封面，话到嘴边竟然变成，“你听谁说扣子掉进肚子里要开刀的？”

说完她就觉得很后悔。这颗疯狂的扣子。

辛美香愣了一会儿，正当余周周以为她又像课堂上一样永远都不会说话了的时候，她突然开口。

“我妈妈说的。”

说完她就笑了。

两三岁的时候，辛美香也把扣子吞到肚子里面去了。她害怕妈妈吼她，吓得躲到墙角思想斗争了一整天，才战战兢兢地找到妈妈，边说边掉眼泪：“妈，我把扣子，我把扣子吞了。”

辛美香的妈妈那天出奇地好脾气，没有大吼大叫，只是阴沉着脸说：“开刀，把肚子划开，从这儿到这儿。”说着就用手指在辛美香的小肚子上面狠狠地划了一下。手还没拿开，她就吓破了胆，哇哇地大哭起来。

妈妈把她抱起来，温柔地拍着她的头说：“不怕不怕，我们上便盆那儿蹲着，一会儿就好了，乖，不哭不哭。”

辛美香的记忆中，那是妈妈最温柔的时刻，空前绝后。

她扔下这句话之后发了一会儿呆，就转身离开了，书包撞歪了旁边桌面上的一排崭新的史努比笔记本。

只剩下她自己站在原地，听着门口的那两个女孩子继续大声讨论如何把肚子里面的扣子弄出来。

那个星期的周记，转笔转了一下午的余周周没有想到任何能够叙述给老师看的事情。

周一早上，她对语文课代表解释道，一大早上吃油条、豆腐脑儿的时候，一不小心把本子掉进盛豆腐脑儿的盆子里面了。

“实在是捞不出来了。”她的表情十二分诚恳。

下星期就换个新本子吧，就买上面带米老鼠的那个蓝本子，余周周想，用新笔记本，说不定就会有灵感。

想到这里，她突然回头看了看蜷缩在角落里面不知道在发什么呆的辛美香。

6

鸡头和凤尾

余周周有了一个让她很无奈的外号——余二二。

初中一年级下学期的期中考试，她又考了全年级第二名。所有成绩尘埃落定，她坐在座位上，接过张敏递过来的班级期中考试成绩排名名单，深深地低着头，不是因为愧疚，而是张敏说话的时候无法控制自己的口水和口气。余周周总是可以通过聆听老师的教诲来判断对方早饭、午饭都吃了什么，甚至还会因为偶尔的厌恶而觉得自责。

第二名自然也是值得骄傲的，平均分在年级拖后腿的六班里面，余周周是老师们的心头肉。

“陈桉，你知道吗，我觉得自己过得很快乐。有点儿不真实的感觉，初中数学一点儿都不难，一点儿都不。当初老师吓唬我说女孩子脑子笨，到了初中肯定跟不上，原来真的是骗人。当然，有可能，我把话说早了。”

她已经不知不觉培养起了谨慎生活的习惯，站在十三岁的尾巴上的余周周已经开始悄悄在心底怀疑，变幻莫测的生活中是不是有可以摸索出来的规律与禁忌？比如，不要妄下断言；比如，即使考得很好，在被别人问起来的时候也要低下头说“一般吧”……

好像是害怕幸福会从炫耀的笑容中溜走。

“我考得还不错，不过也是因为我们学校的教学质量一般，你也知道的。还有，我也有了好伙伴。我不敢说是朋友，至少……”她挠挠鼻子，不知道怎么说清楚。

她以为自己不会再搭理那些在她被徐志强辱骂时缩头缩脑不敢出面的所谓朋友，对“纯粹”友情的高要求让余周周一度想要远离所有人，可是没过多久，她就发现自己坚持不下去。

妈妈说得对，很多事情想要认真、想要坚持自己的准则是很艰难的，她也没有办法用那么高的要求来衡量所有人。所以渐渐地，她的同学关系又恢复到那件事情没有发生前的状态了，和小姐妹聊天，一起去买搞笑的新年贺卡互相赠送，又或者跟着同桌谭丽娜学习转笔。

“我最终还是没有找到我想要的真正的朋友。妈妈说，想要找到真正的朋友和恋人都是很难的。当然，她并不是对我说的，我只是偷听她跟外婆的电话。她说，她和很多人都一样，等了一辈子都没有等到年轻时候设想的那个理想的朋友和爱人。但是年轻时候她不信，她有很多时间，也总觉得自己是特别的，所以会一直等下去，直到现在终于认命了，才知道自己一点儿都不特别，也等不到那个人。

“妈妈说，大部分人，还是会凑凑合合过一辈子。凑合的朋友，一茬来了一茬又走了；一般般的婚姻，吵吵闹闹却又承担不起离婚的成本。

“所以大家才喜欢看离谱的电影、电视剧，我们的人生，要靠别人才能够起伏。”

余周周其实并不是很能理解妈妈话语中的含义，但是她能像小动物一样从这些句子中嗅出什么，于是记下来，聊以安慰她青春期的那股为赋新词强说愁的感伤。

“陈桉，我知道，你不是一个普通人。我看你，就像看电影。”

这段讲述优秀少年的电影在陈桉顺利考上北大之后有了一个 happy ending（美好结局），至于后来怎么样了，观众余周周已经没有可能知道。

余周周感觉自己好像就要沉溺在这样美好的春日午后了，就像泡在温水中的青蛙。她开始接纳不完美的伙伴关系，开始满足于万年第二名，开始满足于这样平淡悠闲的学习生活，很满足。

一切都很好。不是最好，但是也很好。

这种满足平静的感觉在余周周看到沈屾的那一刻结束了。

全年级数学段考，余周周和学习委员还有数学课代表一同到数学办公室去帮忙合计分数，然后分卷子。她们一个人负责翻开一本本混合装订的卷子，然后将几处用红笔明确标出的分数念出来，另外两个人各拿一个计算器，快速地加和，一同报出总分，由念分数的同学负责将总分标在卷子题头。

余周周机械地念着分数，翻到某一页的时候突然心跳加速——字迹是她自己的。她深吸一口气，等待那两个人报出总分。

满分 120 分，她得了 118 分。余周周嘴角上扬了一下，在另外两个人恭喜自己的时候腼腆地一笑，然后急忙摆摆手说：“继续干活，继续干活。”

后来她再唱分的时候，声音就明亮、愉悦了许多。

除了她们三个之外，还有七八个其他班的同学也在做着同样的工作。所有考场的卷子都合计完毕之后，大家在老师的指挥下，用剪刀拆开密封条和塑料绳，就开始抱着卷子往两排桌子前各个班级的指定区域投放。

余周周心情愉悦地穿梭在桌子之间，将一张张卷子轻轻放在不同桌子上，看到 110 分以上的卷子就会微笑着在内心感慨一句：“嗯，考得真好。”

真好的意思就是，很好，但是没有她自己考得好。

然后低头的那一刻，她看到手中的卷子上面有着鲜红的 120 分。

余周周愣了一下，下意识扭过头去看竖排的班级号码和姓名。二班，沈屾。

她站在原地定了一会儿，有些微微脸红。想要拉住身边的女孩子问一下第二个字怎么念，却又不敢对对方出示这张卷子，或者说，不想让别人知道她对这 120 分有多么在意。

于是她快步走到二班的桌子前，把卷子放上去，停顿了一下，看看四周，又悄悄地拿起那张卷子，塞进一摞卷子的中间，不想看到它刺眼地躺在最上层。

余周周并不觉得妒忌。她只是为自己刚才过早地沾沾自喜感到很羞愧，虽然刚才的愉悦并没有在同学面前表现出来，但面对自己才是最难堪的。

等到所有卷子都分完了，她才装作很不在意的样子侧过头对数学课代表说：“那个，两个山字放在一起，那个字念什么啊……”

数学课代表茫然地摇了摇头：“问这个干吗？”

余周周慌慌张张地摇了摇头：“没什么。”想了想，又欲盖弥彰地解释了一句，“我就是刚才突然想起来，三个水字加到一起念淼，三个石头垒到一起念磊，然后……”

刚说到这里，突然听到二班的数学老师操着大嗓门喊得全办公室的人都一激灵。

“沈屾，你也太不给我们出题的老师面子了呀，又考了 120 分？”

余周周看到张敏的脸一下子就沉下来了，撇撇嘴，似笑非笑地看着二班数学老师，然后转身拎起暖壶往茶缸里面倒水。

shēn，一声。沈屾，这个名字念起来有些像婶婶。

被招呼的沈屾竟然就在办公室，余周周看到她正在低头整理自己班级的卷子，将它们拢在桌面上摆整齐，听到老师夸张的炫耀，也只是将碎发在耳后轻轻拢起来，非常敷衍地一笑，然后继续低下头整理那一堆已经非常整齐的卷子。

“哦，是她啊，老早就听说过她，特别狂，总说自己非振华不上。”数学课代表后知后觉，瞄着沈屾的方向撇撇嘴。

那是个很平淡的女孩子，颧骨很高，额头上布满了青春痘，梳着和余周周一样的马尾辫，架着银白色的眼镜，整个人站在那里，好像已经融化在了淡绿色的墙皮里面。

不过却有一种犀利，余周周确定那种犀利只有自己能感受得到，也许因为在场的人只有她最敏感、心虚。

“陈桉，你知道吗，她的那种表情，哦不，她其实没有表情。可是她站在那里，就好像浑身散发着一种气味，告诉我，年级第二没什么了不起，118 分也很可笑，因为得了 120 分并且考了年级第一的沈屾本人的笑容只有一种含义，那就是，她瞧不起十三中，也瞧不起自己考出来的年级第一。”

余周周不知道是不是自己想得太多了。

但是那个时候，她已经开始思考关于鸡头和凤尾的问题了。师大附中的倒数第一是不是都比十三中年级第一名要优秀呢？这自然太过愚蠢和极端了，但是她控制不住去这样想。

她还想不出一个结果。鸡头的得意与悠闲中总是有种格局境界太小导致的意难平，而卑微的凤尾依附于群体来给自己表明身份，是不是更可悲？许多人一辈子都在这样的选择中徘徊，他们既学不会放手一搏力争凤头，也学不会知足常乐甘当鸡头。

不过对这个年纪的余周周来说，思考的结果并不重要，重要的是思考这个行为本身。沈屾像一根冰锥划破了余周周平静温暾的生活，让她为自己的安逸、满足而感到害臊。

余周周忽然想起来她曾经对陈桉说过，自己一定会考上振华的。

当我们说“一定”的时候，究竟明不明白这两个字背后的真正含义？

沈屾每天下课的时候都坐在座位上背单词，英语能力早就已经超出初中一年级的水平。英语和语文的学习比较适合在零碎的时间中进行，比如下课十分钟，比如上厕所蹲坑的时候（虽然同学们都笑嘻嘻地说这种病态的做法会导致便秘），因为它们的知识体系也比较零碎，每个单词之间是独立的，每首古诗之间也不需要连贯思维。而其他“整块”的时间，比如自习课，适合用来学习数学，可以保证长时间的完整思考……

当然，以上这些都是余周周通过平时零零碎碎的询问和偷听别人的谈话而得到的消息。主要的消息来源就是和沈屾同在二班的奔奔，哦不，慕容沉樟。

余周周至今也无法接受奔奔的大名。这四个字念出来，她总会控制不住地笑。

也只有在奔奔面前，余周周才可以毫不掩饰自己对沈屾的在意和好奇。

至于其他同学对沈屾的八卦和叙述，其实都乱七八糟的。她们只是会带着复杂的情绪和表情来评判沈屾的行为，比如下课都不出去玩，比如一天到晚沉着脸，比如谁都瞧不起，比如见到练习册像见到亲妈一样，比如天天坐在座位上雷打不动地看英语书……

“知道二班的沈屾吗？那女生特别厉害，志向就是把所有的练习册做完。”

“噢，怪不得那么狠，总是考第一。不就是做题嘛！其实我这人就是懒，我妈老这么说我，不过你说有那个必要吗？唉，这种人啊，过的是什么日子……”

“人各有志呗，啧啧。”

这是余周周很害怕的一种境况——她一直小心翼翼地跟班级的同学相处，笑脸相迎，希望大家都对她有好印象，也很少提及自己的成绩和学习方面的任何事情。可是另一方面，她深切地同情沈屾。

并不是和那些人一样的同情——好像努力学习的书呆子沈屾同学活得有多么乏味可悲一样。

余周周只是觉得，沈屾每天生活在一群与自己志向不同的、酸溜溜的女生中间，一定很寂寞。

“不过也许不会。沈屾是沈屾，我是我。如果她毫不在乎，那么我可能会更欣赏她。”

余周周带着一种好奇和敬意去揣摩这些道听途说的关于沈屾的事情，然后去推测对方这样做的原因是什么。

也许她推理出的学习经验，和沈屾的想法相差了十万八千里，不过余周周没有办法求证，只能埋起头来有模有样地努力起来。

“陈桉，我并不是眼红年级第一这个位置。我只是觉得她的勤奋让我很羞愧。我竟然满以为自己挺不错的。”

余周周并没有意识到，其实在鸡头凤尾的选择题中，她已经给出了自己的答案。

7

春季运动会（上）

当文艺委员和体育委员共同将三个硕大的棕色纸箱推进教室的时候，大家都兴奋极了。

经过班会上漫长的扯皮和跑题，大家终于决定，四月末的春季运动会，他们的检阅队伍要穿白衬衫、牛仔裤、白球鞋，戴黑色棒球帽和白色手套。余周周觉得这种打扮实在是很“奥利奥”，有些像殡仪馆的送葬队伍，不过张敏觉得这样非常整齐，有精神头儿。

更重要的议题自然是啦啦队道具。小学时候大家就已经受够了在观众席上听着文艺委员的指挥，集体挥舞用红色黄色的皱纹纸折成的傻乎乎的大花，所以这一次，大家决定在道具上面体现出一些属于初中生的智商和品位。

文艺委员这几天一直在神经兮兮地打听着各个班级都在做什么样的道具，一边一脸严肃地告诫自己班级的同学不许泄密，防止别的班偷学，一边却又在抱怨其他班级小里小气地藏着掖着。

“谁稀罕打听你们班啊！到时候别跟着我们屁股后头有样学样就不错了。”群众也纷纷附和。

我们都是带着双重标准出生的，哪怕是小得像一滴水的一件事情，都能照出两张不同的脸。

不过，余周周倒是很清楚各个班级都在做什么——自然是奔奔说的。

一班的同学买了许多长方形白色纸板，在两面分别贴上红色和黄色的贴纸，全班同学常常秘密地在自习课练习根据指挥翻纸板，这样从主席台的角度看来，会出现很整齐而抢眼的效果。当然设计过后，也可以通过整体配合翻出一些图案，比如……一颗在黄色背景衬托下的红心。

二班的同学做的是巨大的木牌，上面的图案是巨大的、竖着拇指的手形。

三班的同学做的是花环。余周周一直认为自己班级才有资格这样做，殡仪馆送葬队伍高举着“花圈”：友谊第一，比赛第二，珍爱生命，气大伤身。

而余周周的班级则买了两箱杏仁露露。大家一人一瓶，两分钟之内咕咚咕咚喝光，留下空罐子备用。细长的罐子里面灌入了黄豆粒，外侧紧紧包裹上闪亮丝滑的明黄色和绛紫色包装纸，在罐子两头留出长长的富余，剪成一条条的穗子。这样两手分别握住罐身，轻轻摇摇，哗啦哗啦地响，闪亮鲜艳的颜色在阳光下反射着耀眼的光芒——实在是很漂亮的加油道具。

“谁也不许说出去哟，我再说一遍，做好了的同学就把道具都放回到前面的纸箱子里面，我们会在运动会那天早上再发给大家，重点是保密，听见没有，保密！”

文艺委员都快喊破了嗓子，后排的徐志强他们也饶有兴致地做着手工，不过很快兴趣就转为摇晃瓶身用黄豆的响声干扰课堂纪律。

“陈桉，我听说，高中生开运动会的时候，大家都不会做这些啦啦队道具，是不是？”

高中生的笔袋里面只有很简单的几支笔，高中生走检阅队伍的时候不会费心思统一着装，高中生每天都有做不完的卷子，高中生有杨宇凌和简宁，高中生在十七岁的时候，不会哭。

余周周打了个哈欠，其实她并不是不感兴趣。至少喝杏仁露露的时候她是热情高涨的，不过后来她笨拙的手工水平让她兴味索然，只好居高临下地对着那个丑得无以复加的半成品叹口气说：“真幼稚，真幼稚。”

回头看看沸腾的班级里面大家手中挥舞的炫亮的包装纸，她忽然看到了角落里的辛美香嘴角挂着一抹笑意。

好像第一次看到她笑得那么开心，虽然并不算灿烂，但那种笑容是绵长安恬的，仿佛想起了什么，沉浸在自己的世界里面。

余周周也不知道自己怎么了，从座位上起来，穿过已经乱糟糟的班级，走到辛美香的身边。

辛美香的同桌是个看起来就很热辣的女孩子，正在不远处跟徐志强他们用黄豆互相投掷玩耍。余周周索性坐到辛美香身边，直接拿起她桌子上那个明黄色的成品仔细端详起来。

“真好看。”余周周惊讶地说。

并不是客套，辛美香的手工的确非常精细，虽然这种亮晶晶、乱糟糟的道具一眼望上去没什么区别，可是辛美香的作品，无论是双面胶的接缝还是穗子的宽窄度都恰到好处。

辛美香被突然出现的余周周吓了一大跳，连忙站了起来，过了几秒钟才不好意思地摇摇头，嘴角的笑容也消失不见，只是抿着嘴巴沉默。

“真的很好看，不信你看我做的。”

辛美香接过余周周的作品，把玩了一阵。

那个作品活像一只秃尾巴的公鸡。

“……好丑。”辛美香很少讲话，不过一向直接。

余周周摸摸鼻子，不好意思地笑了。

“你用我的吧。”辛美香突然没头没脑地说了这样一句。

“什么意思？”

“他们一会儿要把哗啦棒都收上去。”余周周反应了一下才明白，“哗啦棒”是辛美香自己给这个东西起的名字。“运动会的时候会随便再发给大家，所以你做的这个不一定被发到谁手里……”辛美香说到这里停顿了一下，余周周从她淡漠的表情中读出了后半句的含义，也就是，不一定是谁倒霉。

“但是我做的这个你可以留下。偷偷塞到书包里面，到运动会的时候，你就可以用这个了。”

其实余周周并不认为一个小道具值得如此大费周章，不过这是来自辛美香的好意，她还是做出一副非常开心的表情说：“好啊，那我就拿走喽，你别告诉别人。”

走了两步，回过头，正好对上辛美香的目光。

辛美香在笑，这个笑容并不像刚才那么飘忽。

余周周攥紧了手里的“哗啦棒”，朝她点点头。

“迎面走来的是一年级六班的检阅队伍，他们身着白衣蓝裤，英姿飒爽地向主席台齐步走来。看！他们精神抖擞，手持彩棒，步伐整齐。听！他们口号嘹亮，气势如虹，‘友谊第一，比赛第二，奋力拼搏，勇往直前……’”

余周周他们在体育委员“正步走，一——二——”的喊声过后集体踢正步，将脸扭向主席台的方向，呆望着主席台上面的一排校领导，随着步伐的节奏甩动着“哗啦棒”，嘴里喊着毫无创意的口号。

“陈桉，我觉得我们傻透了。”

所有检阅队伍集体站在体育场中央的草坪上，等待着运动员代表发言、裁判代表发言、校长发言、副校长发言、教导主任发言、体育教研组组长发言……

“陈桉，从我很小的时候开始，领导们就有讲不完的话。我知道他们其实不想说，而我们也不想听。到底是谁让我们这样不停地互相折磨呢？”

升旗仪式结束，检阅队伍退场，大家纷纷撒腿朝自己班级的方阵跑过去。没有着急跑掉的只有各班举牌的女孩子，都打扮得漂漂亮亮的，穿着短裙，自然没有办法像其他孩子一样丢盔卸甲毫无顾忌。

余周周跑得极快，因为她急着上厕所，已经快要憋不住了。早上出门前，妈妈一定要她把牛奶喝掉，而她一直很讨厌喝水，稍稍喝得多一点儿就会立刻排出去……

“陈桉，我一直有个问题没想明白，从很小的时候我就在思考，可是到现在还有点儿疑问……你不要笑我……”

余周周的信越来越肆无忌惮，她感觉到陈桉这个称谓已经变成了一种毫无意义的题头，信纸上细细密密的字迹也越来越随意，就像一种持续性的自言自语。她再也不觉得某些话题过于弱智和难为情。

“其实我想问你，人半夜醒来的时候，是应该先上厕所还是先喝水呢？先喝水的话，以我的体质，可能很快就会……出去了。但是，如果先去厕所，那么喝完水之后我总是会神经质地觉得想再上一次厕所……好难选择啊……”

写完之后，她自己都会傻笑几声。

不过，她永远都不会知道陈桉看到这个问题的时候是什么表情——对方到底会不会看自己的信，都是个问题。

余周周跑到看台上自己班级所在的位置，向张敏请了个假，就往主席台下方的公厕跑去，突然听见背后张敏一声尖利的“你凑什么热闹？”

她迟疑了一下，回过头，看见辛美香面红耳赤地站在张敏面前，讪讪地转身离开了，上了几步台阶坐回到自己的位子上。

余周周从厕所回来，被文艺委员拉过去一起指挥大家挥舞“哗啦棒”。

“我说了，等会儿再吃！都把吃的放下，我们排练完了再让你们吃，急什么啊，一会儿校领导下来巡查的时候再排练就来不及了！”

文艺委员奋力阻止着，可是大家仍然忙着打开自己的书包和袋子，从里面往外掏各种零食的包装袋，互相显摆，交换，哗啦啦撕袋子的声音响成一片。

“让他们先吃吧。”余周周打了个哈欠，拽着文艺委员往看台上走。文艺委员不情愿地叹了口气，最后还没忘记指着几个男生说：“给我坐整齐了，跟前一排同学对齐，你看你们歪歪扭扭的，主席台那边看得特别明显，注意点儿！”

余周周不自觉地轻声笑，好像在文艺委员极其富有集体荣誉感的举动中，看到了小学时候的单洁洁和徐艳艳。她已经和单洁洁失去了联系，甚至不知道单洁洁究竟是去了师大附中还是其他学校。去外婆家探望的时候，也很难见到余婷婷，对方总是在补课。

旧时的伙伴，一个一个都消失不见了。不过，安心听从命运的安排，留不下的，就让它走；还能回来的，就心存感激。

比如奔奔。

余周周坐回到自己的位置，抻长脖子远远地望着二班的方向，可是什么都看不清。

其实她后来很少有机会和奔奔见面聊天。仅有的几次，聊了聊沈屾，聊了聊运动会前各个班级的准备，几乎没有涉及彼此。

每次余周周看到的奔奔，都是和一群像徐志强一样的男生在一起。她知道他在这些所谓哥们儿面前的面子问题，所以从来都目不斜视，假装不认识他，更别说喊他“奔奔”了。这种情形让她有些气闷，有时候她悄悄观察在男生群中奔奔的样子，也会在心中暗暗将现在的他和以前的他比较。

其实没什么可比较的。

因为以前的奔奔只留下一团模糊的影子。

余周周坐在看台上发呆的时候，突然懂得了一个道理。有时候，她记得的并不是对方本人，她记得的，永远只是自己和对方在一起时的感受。舒服的、快乐的、亲密的，就是朋友。尽管对方已经变了，可是凭着对以往的记忆，她仍然可以顺着温度摸索过去。

她的轻松自然，还有那些旁若无人的絮絮叨叨，其实都是对着过去的奔奔——余周周自欺欺人地假装走在身边的这个男孩子仍然只有六岁，假装不知道对方并不喜欢她叫他“奔奔”。

抓住不放，有时候是重情义，有时候不过只是重自己的情义。

余周周突然没来由地气闷，眼角突然瞥见坐在前排左下方的辛美香正侧过脸看着自己，表情有些痛苦，似乎在求助。

“你怎么了？”余周周带着询问的表情做着口型，辛美香很快地转回头，假装刚才并没有摆出任何焦急的神色。

余周周耸耸肩作罢，翻出书包，盯着里面满满登登的零食，考虑了一下，拽出一袋喜之郎果肉果冻，打开包装，分给四周的同学，顺便收获了别人给她的巧克力威化和话梅糖。

一袋果冻很快只剩下两个，周围的同学爆发出一阵惊呼，最上排徐志强他们的罐装可口可乐被踢洒了，可乐就像上游发洪水一样朝着下面的几排奔流而去。大家惊慌地拿起椅垫躲闪，乱成一片。文艺委员灰败了脸色呆望着主席台的方向，好像预感到自己的班级已经在精神文明奖的竞争中提前失去了资格。

虽然事发地点比较远波及不到自己，不过余周周也站起身给那些惊慌躲避的同学让地方。趁乱站起身揉揉有些发麻的屁股，她走到孤零零的辛美香身边摊开手，指着最后两颗果冻说：“凤梨、杧果，你要哪种味道的？”

“什么？”

“果冻啊，就剩两个了，你一个，我一个，我们分吧。”

辛美香的表情仍然有些诡异，不知道在忍耐什么。她低下头，轻声问：“凤梨是什么？”

余周周拍拍脑袋，笑了：“哈，她们总是喜欢叫凤梨，时间长了我也习惯了。其实，就是菠萝。”

“我要杧果。”她伸出手从余周周手心抓走了橙黄色的那一个果冻，余周周感觉到她指尖冰凉，弯下腰轻声问：“你没事吧，你很冷吗？”

辛美香终于抬起头，别别扭扭地说：“我想上厕所，我要憋不住了。”

“跟张老师说一声请个假啊！”

“我说了……”

在余周周跑向厕所的时候，没有参加检阅队伍并且一直在看台上留守的辛美香就鼓起勇气对张敏说自己也想去厕所。张敏本来就不喜欢她，怒斥她凑热闹，还说为了让观众席看起来有秩序，上厕所必须一个一个去，前一个人回来了后一个人才能去。被张敏骂了一通的辛美香一直等待机会，可是女孩子男孩子一个一个地跑到张敏那里去请假，她太过懦弱，所以一直憋着。

辛美香什么都没有说，只是眼巴巴地看着余周周。一头雾水的余周周胸中涌起沉寂许久的属于女侠的豪气，她拉起辛美香的手，说：“走，我们就跟张老师说你肚子有点儿疼，我陪你去。”

辛美香吓得想要挣脱，奈何余周周像一头拉不回的蛮牛。这种气势也吓了张敏一跳，她正忙着折腾被自己当成遮阳伞的紫色雨伞，愣愣地点了一下头，余周周就已经像火箭一样发射出去。

她一路向前，没有回头，于是也没有看见背后辛美香有些复杂的眼神。

终于，一脸解脱的辛美香有些不好意思地走回到等待在门口的余周周身边，自然，她的不好意思一般都表现为面无表情、目光低垂。

“活人不能被……憋死啊，下次别这样。”余周周拽拽辛美香的袖子。

“对不起。”

“怎么？”

“刚才上厕所的时候，攥在手里的果冻掉到蹲坑里了。”

余周周笑了，把手里面剩下的那一个递给她：“那这个给你吧，菠萝味道的。”

辛美香接过来，把包装最上层的薄膜在鼻头轻轻摩擦了两下，终于笑了一下。

“我早上喝水喝多了。我每次喝水喝多了就会这样。”辛美香慢慢地说。

余周周睁圆了眼睛，然后又笑得眯成月牙：“喂，我问你，你半夜起来的时候，是先喝水还是先上厕所？”

辛美香愣了半天，才慢吞吞地说：“我每次起夜，这个问题都要想很久。”

“你也看过蔡志忠的《庄子说》？我觉得他画得真好！”

“嗯，我也喜欢日本的漫画和动画片。”

“你看《通灵王》吗？”

“看啊，不过我还是最喜欢《灌篮高手》。”

“全国大赛的部分你看了没？”

辛美香轻轻地点了点头。

余周周一直以“是否看过全国大赛部分的大结局”这种幼稚的标准来划分同类。她几乎要扑过去拥抱辛美香了。

辛美香也看过“大宇神秘惊奇”系列丛书，也认为刘畅和大宇是一对儿，但是同样也觉得外国多结局、多线索的“矮脚鸡系列”恐怖故事更有意思，尤其是《赌命游戏厅》那一本；辛美香小时候也喜欢抓毛毛虫，然后将它们碾成一段一段的，再蹲在旁边认真观察着黏稠的绿色体液流出来；辛美香也拿着放大镜用太阳光烤蚂蚁；辛美香也喜欢水蜜桃味道的杨梅，喜欢浪味仙，喜欢娃娃头雪糕，而且，她喜欢干吃奶粉……

“做我的朋友吧。”

余周周情不自禁地拉紧了辛美香冰凉的手。

“你小时候有没有买过那种填色的本子？就是给美少女战士涂色的画本。我昨天突然想起来，打算去买一本，可是到处都没有了。唉，我都觉得我老了。”

余周周像煞有介事地皱着眉头捧着脸，只是想要逗辛美香笑一下。可是对方自始至终很少有表情，偶尔笑一下，只有眼睛里面始终闪烁一种炽烈热情的光芒，让余周周确定，聊起这些，她也是很开心的。

辛美香听到余周周故作苦恼的感慨，毫无反应，过了几秒钟，才轻轻地说：“要是这样就老了，我不甘心。”

很多年之后，余周周已经想不起来这句有些不合时宜的怪话究竟是辛美香说出来的，还是自己的记忆在经历了后来的一切之后替彼时彼刻的辛美香捏造出来的。

但是她确实记得辛美香眼睛里面的不甘。

像一座沉睡中的、年轻的火山。

8

春季运动会（下）

“陈桉，你知道吗？运动会最让我快乐的不是给自己班级的同学加油，不是坐在原地不停地吃零食，也不是傻乎乎地挥舞着道具欢迎校领导下来视察。都不是。

“我喜欢站在草坪中央，看着他们一圈圈地绕着跑道拼命狂奔，看观众激动地喊着口号；看女孩子扭扭捏捏的，扔标枪总是扎不到地上；看男孩子使了吃奶的劲，可铅球还是只飞了短短的距离……呃，我不是光看别人的笑话。你抬起头，就能看到特别蓝的天空，周围没有高楼，所有的同学都在远处化成模糊的小点。

“那一刻我觉得，我才是世界的中心。”

辛美香从一开始就非常忐忑不安，余周周却非常自在，她信步晃过三年级的看台区域，扯着辛美香的袖子惊呼：“你看，他们都把练习册放在腿上做题呢！难怪，马上要中考了嘛，听说很多人都找借口不来参加运动会呢。”

中考，振华，沈屾。

说完这些，余周周的心陡然间落了下去。她收起笑容，拉起辛美香的手，沿着跑道外围冲向二班的阵营，却在接近的时候放慢了脚步。

“余周周，你……”

余周周无暇顾及辛美香的疑问，她悄悄地绕到距离二班不远不近的位置，也不再向前，只是伸长了脖子张望。

在一群人中辨认并不熟悉的沈屾不是一件容易的事情。终于她找到了，沈屾坐在倒数第二排的角落里面，低着头不知道在做什么。

不管她究竟在做什么，余周周确定，对方一定是在做练习册。

一定是。

她胸中突然有了一种豪情壮志，好像眼前已经没有了蓝天、白云、阳光、草地，也没有了奋力压住练习册扉页防止它被风吹乱的初三学生。她站在举办开学仪式的礼堂里面，胸前戴着大红花，举着稿子带着一脸谦虚的笑容说：“感谢母校，我能取得这样的成绩都要感谢老师的关怀与鼓励……”

学弟学妹拥上来叽叽喳喳地询问学习方法，张敏和其他科任老师都站在外围欣慰地看着她，语调轻快地说：“你看，咱们学校百年不遇的学生，多争气，从她一入学我就知道她肯定有出息……”

这样的幻想让余周周不由得低下头去傻笑，笑了几声又迅速地收敛成一副谦虚正经的表情，目光里充满了善良热情的火花，面对着周围那些倾慕自己的学弟学妹，耐心地解答着各种疑问。

“余周周……你没事吧？”

余周周吓得一激灵，脸迅速地涨红了。

“没事。”她拉着辛美香大步离开。经过二班阵地前，余周周还特意回过头朝辛美香笑笑，说了两句关于天气的无聊的话，一副极为自然的样子。

“陈桉，那些不切实际的幻想给我带来了巨大的快乐，然后瞬间消散，剩下的就是极大的沮丧。”

沮丧地坐在台阶上盯着自己的书包，发现里面一本练习册或者辅导书都没有。差距不是一点点。

“要不，你吃我带来的零食吧！”

辛美香以为余周周叹气是因为书包里面没有爱吃的东西，她很感激余周周特意与别人换了座位坐到自己身边，于是有些不好意思地将自己的书包拉开，敞口对着余周周。

余周周在那一刻偏过头，认真地盯着辛美香。辛美香觉得已经能看到对方清澈的眼中属于自己的影像了。

“陈桉，我一直不敢说我想考年级第一。我要装作我不在乎名次，别人为了讨好我，说‘那个沈屾没有你漂亮，又怪僻，只知道埋头死学’的时候，我也只能尴尬地笑笑说大家各有所长。你记不记得我说过的自己为什么喜欢《灌篮高手》，因为他们敢说‘我要打败你’，即使没有成功，也不会有人笑话他们。

“我觉得，那才是青春。”

说出这种话，余周周自己都觉得有点儿酸不溜丢的，可是，她的确觉得，有敢赢敢输、敢开口大声宣战的自信，才有资格叫作青春。

有那么一刻，余周周很想看着辛美香的眼睛，告诉她：你知道吗？我有点儿妒忌沈屾。我妒忌她不在乎别人的看法，不在乎人缘，时时刻刻挂念着学习，积极努力。我很想赢过她。

话语在心里流转几圈，余周周还是低下头扒开了辛美香的书包，问：“你都带了什么好吃的？让我看看。”

越长大，禁忌越多。余周周学会内敛，家事已经不再是唯一的禁区，她心底潜藏的抱负和欲望，也都要小心包裹起来，不对任何人敞开，否则也许只能招来不理解的嘲讽。

辛美香书包里面的小食品倒也不少，可是看牌子好像都很老。余周周拎起一袋学校附近基本买不到了的麦丽素，刚想问她在哪个食杂店弄到的，就发现自己掌心蹭了一层厚厚的灰。

怎么……这么脏……

她没有说，甚至连眉头都没有皱一下，立刻笑起来：“我好久都没吃过麦丽素了。小学一二年级时候，我们班级每堂课下课后生活委员会让大家报出自己想吃的零食，然后下楼一起买上来，事后交钱。那时候，大家都很喜欢吃麦丽素，有时候还会几个人凑钱买呢。后来他们开始吃吉百利、金帝、德芙，就没人说自己要吃麦丽素了。”

辛美香却极其敏感。

“我也是突然想起来了，于是在食杂店淘了好半天才偶然发现的，你看，都有点儿脏了。”她轻声说。

余周周含着一颗巧克力球笑了笑，不动声色地翻看着红色的包装袋。

不光脏了，而且还过期了。

但她还是咽下去了，并因此觉得，自己挺伟大的。

但是那时候她还不知道，自己可以更伟大。

文艺委员自告奋勇报了女子1500米，那是女生项目中最长距离的赛跑。可是上午她一直顶着日头忙着指挥大家——挥舞哗啦棒迎接校领导的检查，也没怎么吃东西，到了中午的时候，很自然地脸色灰败——虚脱了。

余周周面对体育委员殷切的目光，不由得咽了口口水。

于是下午两点整，体育委员在她前胸后背各用别针别上了运动员号码，她是2000级的初一年级六班的13号选手，于是号码是00010613。

即使已经告诉自己慢慢跑就好了，反正没有人指望自己拿什么名次，可是当检录处的体育老师引导着她们各就各位排列在起跑线上的时候，余周周孤零零地盯着脚下漫长的红色橡胶跑道，还是能听得到自己的心脏在胸口怦怦乱撞，她还没有开跑，就已经觉得腿软，耳边是血管中血液急速地汩汩流动的声音。

“各就各位，预备——”

枪响的一刻，余周周突然走神了。她想起小时候写作文，题目是《运动会》，老师把范文中所有优美的词语都总结在了黑板上——生龙活虎、坚持不懈、奋勇争先……

可是余周周想，最恰当的形容恐怕就是：“发令枪响了，同学们好像脱缰的野狗一样冲了出去。”

脱缰的野狗一号余周周同学跑在跑道最里侧，浪费了传说中最有利的位置。大家的速度都不快，毕竟要跑四圈多，需要保存体力。余周周经过六班的位置的时候，还大脑短路地抬起手朝自己班的阵营挥了挥手。这一滑稽的举动让班级沸腾了，大家纷纷配合地做出追星族应有的疯狂表情，甚至连徐志强都用怪里怪气的腔调喊着："余周周，加油！"

哗众取宠能让人心情愉悦。余周周早就已经开始张大口用嘴巴呼吸了，她尝试着咧了咧嘴角，然后继续心情灰暗地往前跑。胸口和嗓子仿佛要炸裂一样，火辣辣地疼。

第二圈勉强坚持了下来，她的速度几乎算得上步行，但是仍然一颠一颠做出奔跑的姿态。周围陆陆续续有女孩子弃权，余周周一直在告诉自己，再跑一百米就弃权，就一百米——就这样，竟然坚持跑完了第三圈。

那么最后一圈如果放弃不跑，是不是很亏？虽然人生重在过程，可是这种说法只是用来安慰那些结果堪忧的家伙的，如果能得到好的结果，那么过程再难看也没关系，因为旁观者关心和记住的，永远只有结果。

余周周忽然想起了玲玲姐。当陈桉开开心心地做他的北大学子的时候，玲玲姐却在经历着复读。

"陈桉，如果你当年考砸了，会怎么样？即使在十二年的求学过程中，你比谁都优秀，可就是考砸了……你会对命运愤怒吗？"

命运注定是不会理会任何人的。

于是玲玲姐再怎么哭泣不甘，也只能静下心来继续复读，顶着一脑门的青春痘，咬着笔杆和解析几何战斗到底。

当愤怒无济于事，被嘲弄无视的尴尬让我们也只能笑笑说："算了，我不介意。"

被逼无奈，握手言和。

余周周从自己的最后一圈一路联想到人生，溜号的行为并没有减轻她呼吸时胸口的疼痛和小腿的酸软，她的视野中渐渐地出现了像坏掉的电视机屏幕上一样的白色雪花，星星点点，蚕食着视线中的红橡胶跑道。

可是还剩一圈。就剩一圈。跑不过去，你就永远赢不了沈屾。

余周周许久之后回忆起来，无论如何都想不明白 1500 米的最后一圈和沈屾有什么关系。

也许，只是那个年纪漫无边际的错乱逻辑。

正在余周周半闭着眼睛机械前进，胸口痛得几乎无法呼吸的时候，突然听到左耳边传来轻轻的笑声。

“周周，你还活着吗？”

9

所谓惜福

“我不活着难道现在是死人吗？”她气喘吁吁地接了一句，才想起来侧过头看看身边突然出现的家伙。

“不是有个词叫……呃，行尸走肉……”

一盆凉水兜头而下。余周周的惊喜与感动转瞬即逝。

奔奔同学就在自己身边左侧的草地上慢悠悠地走着，却始终能和奔跑中的自己保持同一水平线。

“我跑得……有那么慢吗？”

奔奔侧过脸，笑了：“有。”

余周周刚想反驳，就听到奔奔补充道：“男子三千米到现在还没开跑，都是因为你在这儿挡路，我们大家都希望你赶紧弃权……”

余周周懊恼地叹了口气，忽然发现自己喘气的时候嗓子和胸口似乎不那么疼了，腿脚也解放了一般，不再沉沉地坠着。她不知不觉越过了某种生理极限，就像体育老师常说的，跑过那道坎儿，坚持住，后面就不那么累了。

“那你怎么来了，劝我弃权？”她努力压抑着声音里面的喜悦。

“你跑过我们班的时候我认出你来了呀，一副要死了的样子，我来看看你，好歹大家认识一场，怎么我也得是第一个帮你收尸的人啊！”

“谁说我要死了？”余周周的嗓门忽然高起来，她正好经过主席台附近，两边都是埋头做题的初三学生。余周周刚刚解放自如的呼吸与步伐在那一刻灌满了力量，就像是等待了多时。

被打得满地找牙、吐血不止的星矢，究竟是怎样站起来给对方最后的致命一击的呢？余周周曾经无数次在奔奔面前扮演重伤的星矢，可是从来不知道那种境地究竟有多么疼。

“陈桉，我在那一刻突然发现，其实，不管大家怎样嘲笑那些在套路中反戈一击的英雄，一旦自己真的到了那种境地，往往没有把套路完成的勇气和能力。所以我们都是凡人。

“学习也好，跑步也好，都可以成为一种试炼，也都可以成为一部短小的动画片或者电影。只是我们没有意识到，并不是只有宏大的故事才叫历险。有时候，幻想与生活相隔得并不是那么遥远，我要做的，只是把最后一圈跑完。”

余周周这样想着，忽然伸手朝着主席台和麻木不仁的初三观众席使劲挥了挥手。

“你疯了？”奔奔被她突然充满激情的举动吓了一跳。

“回光返照。”余周周笑了。

在奔奔还没有想明白“回光返照”这四个字是什么意思的时候，余周周突然加快了速度，朝着大约三百米远的终点线大步冲了过去。

像一条……脱缰的野狗。

奔奔顾不得自己脸上惘然迷惑的表情，大声地喊着“你抽什么风，等我一下”，同时拔腿追了上去。两个人突然一齐大喊大叫，仿佛屁股上着火一般加速奔跑，吸引了主席台和初三全体学生的目光。许多人惊异地站了起来，叫好声犹如星星之火，瞬间燎原。

余周周什么都听不到。

她只能感觉到太阳很刺眼，眼前模糊一片，好像有热热的眼泪被迎面而来的风吹跑。

身边有另一个人奔跑时发出的呼吸声。那不是慕容沉樟，那是奔奔，她以为自己弄丢了的奔奔，和小时候一样，似乎从未改变。

于是向着太阳奔跑吧，没有终点。

“陈桉，那一刻，我觉得我朝着太阳飞了过去。”

余周周不知道奔奔去哪里了，她跑完 1500 米之后，被终点线附近的体育老师们摸着脑袋夸奖，好像这个新生是个傻乎乎的小宠物一般。他们不让余周周直接坐在草地上休息，非要领着她绕圈慢走，说否则就会伤身体……晕头转向的余周周好不容易喘匀了气，四处巡视，才发现奔奔已经不见了。

就像一滴水，在阳光下折射出绚丽的彩虹，眩晕了余周周奔跑的步伐。

然后刹那被蒸发，连影子都不剩。

果然还是不愿意和我一起出现吗？

余周周勉强笑了笑，双膝发软地朝着自己班级的方向挪动过去，扬起双手，满脸笑容地迎接着大家热烈的掌声。

最终，体育特长生居多的三班获得了总分第一名，而文艺委员最最关注的精神文明奖却以一种非常讽刺的方式降临到大家手中。二班得了“最佳精神文明奖”，其他几个班并列“精神文明奖”。余周周皱着眉头站在队列里，突然替提前退场的文艺委员感到非常非常不平衡。

那些许多年后甚至都不会想起来的集体荣誉，在某一个时刻会让一个女孩子努力到虚脱。余周周不明白文艺委员到底为什么这么执着，这样一个颁发给全班五十六个人的奖项，却有五十五个人都不在乎。

和前来运动场的时候不同，回去的路上，大家坐在大巴车里面不再唱歌，每个人都丢盔卸甲，拎着在阳光尘土中暴晒了一天的大包小裹，面无表情地一路摇晃。

余周周坐在辛美香身边，一天下来喊加油也喊得嗓子冒了烟，实在是什么话都不想说，只能呆望着窗外被阳光浸润得一片金黄的街景。

解散的时候，她喊住了辛美香：“你家住在哪里，我们一起走好不好？”

不知是不是错觉，辛美香的脸上竟然掠过了一丝惊慌，她并没有立即回答，轻声反问："你家住在哪里？"

"海城小区。"

"我们不顺路。"

余周周有些没面子，可是辛美香遮遮掩掩的样子让她暂时忘记了自己的窘境，在对方转身就走的瞬间，她突然有了一个疯狂的念头。

余周周背着书包，拎着一个装椅垫的塑料袋，鬼鬼祟祟地跟在辛美香背后，隔着大约十米的距离。因为路上回家的同学不少，所以她自信对方不会发现自己的跟踪行为。

五分钟后，七拐八拐穿过那些楼群和危房，余周周抬眼，发现眼前的新楼群非常熟悉，甚至连草坪周围至今仍然没有清干净的建筑残土都格外亲切。

这明明就是自己家所在的海城小区。

余周周心里越发兴奋和紧张，尽管已经一身疲惫，可是注意力像觅食中的年轻豹子一样弓背蹑足，紧盯着前方那个身材有些臃肿的女孩。

"陈桉，窥探别人的秘密是不好的行为，我知道。可是为什么，我竟然那么兴奋？"

辛美香绕过余周周家所在的楼群，横穿海城小区，最终停在了海城小区外围的那一排二十年前的老楼前面。

她走进了开在灰白色老楼一层的门市房里面的食杂店。

余周周在远处安静地等着，她有些奇怪，刚开完运动会，吃了一肚子零食，满口又酸又黏，为什么辛美香还会去食杂店买东西？

等到小腿僵直，书包也在肩头坠得人喘不过气来，她才恍然大悟。

抬起头，黑咕隆咚的食杂店上方悬挂着一块脏兮兮的陈旧牌匾。

"美香食杂店"。

余周周惊讶得张大了嘴巴。其实家里面开小卖部不是什么魔幻的事情，可是不知道为什么，余周周就是觉得那五个大字仿佛从外太空砸到地球上的陨石一样，稀奇得不得了。

她慢慢走过去，小卖部边上有不少人。虽然是暮春时节，今天的天气却反常地炎热。余周周躲到花坛侧面坐下来，静静地观望着小卖部门口光着膀子下棋、打麻将的大人，还有他们身边正在冒冷汗的凉啤酒在地上洇出的一圈圈水印，甚至还有食杂店老板娘追打她的丈夫时路上扬起的尘土。那个食杂店老板娘，正是开学的那天掐着辛美香的胳膊将她拖走的女人，她的妈妈。

而那个贼眉鼠眼、一脸油腻猥琐、被老板娘戳着脊梁骨咒骂却仍然专心瞄着麻将桌的战况的男人，应该就是辛美香的爸爸。

“你他妈的开个运动会就又把那个新椅垫给我丢了是不是？你们老辛家的种都他妈这德行，我上辈子欠你们的是不是？……”

辛美香的妈妈骂完丈夫，又追进屋子里面训斥辛美香。余周周盯着黑洞洞的门口，不知道里面究竟是什么情况，但是听着叮叮当当的撞击声和不断的叫骂声，她知道辛美香的状况一定好不到哪里去。

余周周提起书包和椅垫，低着头，悄悄离开。

“陈桉，我真的不懂。

“她妈妈看起来那么凶，那么恨她和她那个不学无术、混吃等死的爸爸——对不起，我不是故意这么说的。但是既然怨恨到了恨不得当初没生下辛美香的地步，为什么小卖部的名字会叫‘美香小卖部’呢？

“是生活改变了她的初衷，还是她自己忘记了生命中真正重要的东西？”

余周周回到家里的时候，妈妈还没下班。她放下书包，跑进妈妈的房间，把妈妈的内衣都泡进洗衣盆里面，用透明皂轻轻地搓，之后生怕投不干净，用清水漂了四五遍，才用小夹子细心夹好晾到阳台上。剩下的时间，她匆忙整理了一下屋子，把拖鞋在门边摆好，安静地等妈妈回来。

余周周一直反感那种“为爸爸妈妈倒一盆洗脚水”一类哗众取宠的家庭作业。她羞于对妈妈说我爱你，也总是认为家庭成员最美好的亲情不在于表白，而是日复一日生活中的自然与默契。

她此时并不是想对她妈妈表白什么。

只是心里有种说不出来的感激。

谢谢你，妈妈。

无论如何艰难，谢谢你没有变成那样的妈妈。

余周周知道自己的感恩与庆幸中，其实包含着几分对辛美香的残忍。

可是她没办法不抚着胸口感慨大难不死。

我们总是从别人的伤痛中学会幸福。

10

沉淀

外婆病了。

医院的走廊里面，余周周默默站在一边，努力让自己的呼吸平息到虚无，这样可以把吸入的消毒水的味道降到最低。

余周周很少生病，即使偶尔感冒也是吃点儿药就会康复。她对医院的印象除了很小的时候来这里接种疫苗和学校的集体体检以外，就只剩下谷爷爷去世的那个夜里。

“陈桉，我讨厌医院。我总觉得老人生病了也不应该去医院，踏进大门口，吸入第一口消毒水的气味，就等于跟死神混了个脸熟。”

这种不孝顺、不吉利的话，她也只敢咽进肚子里。她想阻止大人们将外婆送到医院去，可是开不了口。

余周周并不是迷信的小姑娘，同班的女孩子热衷的笔仙和星座、血型，她一直没什么兴趣。可是她也相信，生活中有些邪门的规律，比如当你考试顺手的时候，即使不复习也能顺风顺水地名列前茅；而一旦开始背运，怎么努力都会栽在小数点一类的问题上，导致名次黏着在三四十名动弹不得。很多时候，人总会在不知不觉中陷入冥冥中的轨迹里面去。

妈妈的人脉很广，从外婆进了医院到现在，余周周一直没有见到她，想必是在忙忙碌碌地寻找熟识的主任医师。

余周周和余婷婷并肩而立，不知道为什么，都不愿意坐在医院走廊里面的天蓝色塑料椅子上。那排椅子较远的一端坐着两个女人，从打扮上看应该是从农村到城里来看病的，眼神里面都是淡淡的戒备。

“看得起病吗？”

余婷婷忽然间开口，余周周愣了一下，这句话里面并没有一丝瞧不起别人的意思，可是她不明白余婷婷是什么意思。

“我四年级的时候在儿童医院看病花了好多钱，你还记得吗？那么点儿小病就花那么多钱，你说，他们看得起病吗？从农村赶到城里来，肯定是大病，住院费就交不起吧？”

余周周摇摇头：“我也不知道。”

“如果你病了，病得很严重，救的话就倾家荡产，但是其实也救不活了，只是延长几个月的寿命而已，你会让你妈妈救你吗？”

余周周不由得转过头认认真真地看了看余婷婷。

其实她们许久不见了，虽然是关系很近的亲戚，曾经又在同一所小学，可是除了一同看看动画片和《还珠格格》之外，没有什么更多的共同话题。余周周搬走的大半年里，每周六白天去外婆家看看老人，可是很少遇到余婷婷。她总是在补课，八中虽然没有师大附中名气大，但也是非常好的重点学校。

上次遇到，好像都是过年时的事了吧？闹哄哄的大年夜，一家人坐在一起看春晚，听到《卖拐》里面高秀敏对范伟说“你早你没碰见他，你早碰见他早都瘸了”的时候彼此相视一笑。

这个只比自己大了半年的小表姐，个头仍然和自己比肩，但是身上有种气质正在挣脱皮囊的束缚，说不清楚那是什么，但她感觉得到。余周周想不起来很小搬到外婆家里的时候，余婷婷是什么样子——比如，她是梳着两条小辫子，还是马尾辫，或者是短发？不管怎么样，她记得自己那时候总觉得在余婷婷面前非常暗淡无光，也很讨厌她的炫耀和聒噪。

是的，那时候的余婷婷，不像能说出刚才那些话的小姑娘。

余周周深深吸了一口医院里面的消毒水味道，盯着路过的那个身强体壮、一手拎了七八只输液吊瓶的护士，突然笑了笑。

时间在她们身上变了什么魔法？余周周很想找一面镜子，问问它：那我呢，我有没有变？

“我还记得呢，”余周周笑了，“四年级的时候，你总说你喘不过来气，心慌，哦，我还是从你的病里面知道‘心律不齐’和‘早搏’这两个医学用语呢。”

她们一起笑了起来，余婷婷向后一步，后脑勺靠在了灰白色的墙壁上。

“那个年级好多人都得过心肌炎呢，其实不是什么大病，但是儿童医院值夜班的专家门诊是轮休，我每次来检查得出的结论都不一样，一开始说我是胃炎，打了三天吊针之后，又说是心肌炎。确定是心肌炎之后，每个大夫给出的治疗方法都不一样，我记得当时有个 ×× 霉素的东西，每次挂上那个吊瓶，我就会觉得手臂又酸又麻，哭着喊着不来医院……”

“哦，对的，后来你还带了一天心脏监听器，胶布贴得前胸后背到处都是，最后心电图数据传出来之后，大夫说你半夜两点心脏早搏得厉害，病情很严重，你却跟大夫说……”

余周周停顿了一下，笑起来。

“你说，是因为你做噩梦了，有狗熊在追你……”

听到余周周提起这些，余婷婷已经控制不住地笑弯了腰。余周周猛然发觉，这个小表姐笑起来的时候和自己一样，眉眼弯弯，好像看不清前路一般。

自己印象中的余婷婷，好像从来都只有两种表情。小时候的趾高气扬，以及长大后那些捆绑在《花季雨季》背后忧郁的蹙眉和惆怅。

这样子，才是她的小姐妹啊！

“其实我那时候特别羡慕你，我也想生一场病，这样就不用上学了，”余周周摸摸鼻子，不好意思地笑了，末了才反应过来，连忙补上一句，“我可不是说你泡病号啊！”

“不过，”余婷婷敛了笑意，“有些事情，你没有生过一场大病，就不会懂得。”

余周周张了张嘴，还是静默着等待余婷婷开口。

“我那段时间休学好长时间，一开始，同学还总会打电话来问，那时候有几个关系特别好的女生，还有班级干部，还一起来咱们家，代表全班同学看望我。哦，那时候你上学了，你不在。”

余周周想起那天晚上放学的时候，看到余婷婷在自己面前得意扬扬地显摆同学们带来的水果和玩具。四年级的余婷婷，好像还是那么明艳骄傲，还是那么迫不及待地将自己所有光鲜的一面展现出来。

她是怎么突然变成现在这个样子的？余周周此刻才发现，她的小姐妹的时间轴上有一段巨大的断层，而她一直没有注意到。

“后来，他们电话少了，也不再来了。”

余婷婷低着头，脚尖轻轻地一下一下磕着地砖。

“大白天，只有我和外婆在家里。我无聊的时候就站到阳台上面去，做纸飞机，往楼下扔。后来居委会主任都找到咱家来了，说我乱扔垃圾。

“中间有段时间，有好转，我回去上了三天的课。”

余婷婷停顿了一下，莫名其妙地苦笑了一下。

她们是什么时候第一次学会苦笑的表情呢？

“我进门的时候，大家看我的眼神好像我不应该出现在那里似的。我还听说有人说我其实是泡病号，因为他们来看我的时候，我特别活泼，就跟没有病一个样。他们聊天我也融入不进去，我一说话就冷场，上课也回答不出问题，就好像这个班级已经没有了我这个人。”

余周周抬起手，很想抚平余婷婷眉宇间隐隐约约的难堪和愤恨。

“后来我就真的不想上学了。我装病，装呼吸不畅，反正心肌炎那些症状我都知道。哦，把体温计倒着甩就能让温度升上去，真的，下次你想装病就试试，就说自己发烧。”

余周周受宠若惊：“我有一次把体温计插到热水里，结果，炸了。”

“笨，”余婷婷言简意赅，“真笨。”

她们安静了一会儿，就在余周周以为话题已经到此为止的时候，突然听见余婷婷轻轻的叹息声。

“但是多亏了林杨。”

余周周听见护士拎着的吊瓶相互碰撞发出的叮当叮当的声音，她低下头，状似不在意，嘴边差点儿溢出一句："林杨是哪个？"

她突然觉得自己这样僵硬地欲盖弥彰是很奇怪的一件事情，索性沉默。

"他是每个星期都会打来电话的，还会把数学课留的作业题号告诉我，说让我自己预习、复习，每天做作业，等到再回到学校的时候就不会太吃力了，如果有不会的题可以给他打电话。"

"我答应了，可是一开始根本就没看书，也没有做作业，后来他打来电话，还把我教育了一通，说我不能……他怎么说的来着，哦对，自暴自弃、放任自流，对的，就是这么说的。"

余周周抬起头，余婷婷盯着不远处的蓝色椅子微笑的侧脸落在她眼底，溅起一片浅淡的涟漪。

你一直是我心里最优秀的大队长。

雪地里面的紫色玻璃苹果，是那个灰色冬天里面惊鸿一瞥的色彩。

可是余周周记得的，是余婷婷抱着一本《花季雨季》，用最最梦幻和居高临下的成熟姿态说，我们只是朋友。

"那很好。"余周周轻声说。

"什么？"

"我说，"余周周笑了，"他对你真好。"

余婷婷脸上闪现一片红晕，但是很快散去。

"我都快想不起来他什么样子了，真的，他好像搬家了，电话号码什么的都换了。唉，小学同学也就是那样了，最后到底都还是散了。"

余婷婷声音爽朗，好像一下子就从刚才那种奇怪的情绪里面走了出来，大大方方地坐到椅子上伸直了腿说："检查还没结束吗，好累。"

余周周伸长脖子眺望着走廊尽头："还没回来。"

外婆在刚吃完饭站起身之后，突然栽倒在沙发上。

好像老天爷打了个响指，表演了一个催眠的戏法。

"周周，你说，外婆该不会……出什么大事了吧？"

余周周非常冷静地说："我想，应该是中风。"

那些病症和毒药，都是看了太多侦探小说的后遗症。

人来人往的走廊，刺眼的白色灯光打在雪白墙壁上，两个孩子仿佛被遗弃在了病弱的城堡里面一样等待着。余周周眨了眨眼，好像看到走廊尽头出现了几个人，大舅推着轮椅，那上面坐着的瘦弱苍白的老人，竟然是外婆。

后来无数次，当余周周一点点陷入困境中，她也很少再迷惑地回头询问，事情是怎么变成这样的，我们是如何走到这个地步的？

因为那一刻她好像看到了命运的转折点。一辆轮椅，缓缓推过来一个老人，她迷迷糊糊、昏昏沉沉，脸颊是病态的苍白和潮红，总是干净而一丝不乱的花白短发此刻也软塌塌地垂在耳边。

后来他们的生活是怎么变成那样子的？余周周记住了一条漫长明亮的走廊，也记住了一切的起点和终点。

11

人生若只如初见

"怎么能算是我躲开不想照顾？我又没说不照顾，还不许人家找工作啊？就应该我一个人摊上，反正我没工作是不是？我工作了大家也照样一起分担轮岗。不想让我工作，到底是我想躲开，还是他们光想使唤我一个人，自己躲清净？"

外婆住院的第七天，又是一个星期六，妈妈去跟大夫谈话。余周周自己朝病房走过去，走廊里面很安静，走到门口，突然听到门里舅妈的声音。

余玲玲的妈妈从余玲玲上高中那年就下岗待业了，抱着好好照顾高考中的女儿的想法，也就一直没有着急找工作。反正余玲玲的爸爸一个人工作也能维持家里的开销和余玲玲的复读费用，单位分的房子虽然还没装修，可是住在硬朗健康的婆婆家里面，暂时也无须担心这些。

但是，现在婆婆不硬朗了。

余周周两天前听说，玲玲的妈妈突然找到了一个在私立美术学校的宿舍收发室倒班的工作。

妈妈轻声叹口气说："瞧给她吓的。"

害怕照顾老人的工作全部压在没有工作的自己身上，于是迅速逃脱。

住院费和其他的医疗费用都出自外婆积攒的退休金，外婆以前工作的大学也会报销一部分。可余周周还是感觉到了妈妈和舅舅舅妈之间那种奇异的气氛。

钱是一种非常神奇的东西。友情、亲情、爱情，各种你以为牢不可破、海枯石烂的感情，最终都会被它腐蚀殆尽。明明就是因为利益，偏偏大家都不承认，说着"我不是在乎钱"，拼命证明其实自己是从钱里面"看出了背后的品质问题"。

每想到那时候家里面的纷争，余周周就觉得不得不十分困惑。

养儿防老。可衰老是谁也阻止不了的，至于成群儿女能出多少时间、金钱来力挽时间的狂澜，这是所有父母都满怀期望，却根本不可能笃定的一件事。

余周周在外面大力敲了一下门。

舅妈的抱怨声戛然而止。余周周面无表情地走进门，看到舅舅脸上尴尬的神色，而舅妈则立即转换了话题。

"周周啊，今天不上学吗？"

"今天周六。"

舅妈皮笑肉不笑地咧咧嘴，拎起包留下一句"我去买饭"就出了门，舅舅嘱咐了一句："看着点儿，吊瓶里面的药剩得不多的时候就赶紧喊护士来拔针。"

余周周从很小的时候就习惯了外婆的吊针，她那时候的一大兴趣就是观摩护士扎针、拔针。因为实在喜欢看拔针的过程，所以总是过一会儿就跑进屋子里面，盯着输液瓶希望它快点儿走到尽头。

舅舅嘱咐了几句之后也没什么话说，老婆的抱怨让他左右为难，在兄弟和妹妹面前不好做，却又不敢阻止妻子。

他一直性子软弱，余周周记得小时候有次看见他和舅妈领着余玲玲从游乐场回来，他戴着的鸭舌帽上面画着唐老鸭，戴得太紧，导致耳朵都被压下来了，像只耷拉耳朵的小狗。

余婷婷笑嘻嘻地指着他的耳朵说："二舅，你耳根子真软。"

余玲玲笑了，余周周也觉得很有趣，却不小心看到舅妈变色的脸和外婆的苦笑。

"我先出去抽根烟，周周。你好好看着输液瓶。"他又唠叨了一遍，就拿起外套站起身出了门。

周周坐在椅子边看着外婆安详的睡脸，轻轻地叹了口气。

外婆，你不要生病太久，一定要尽快好起来。

因为久病床前无孝子。

十四岁的余周周，已经学会了幼稚而婉转的刻薄。

外婆生病这件事情，她一直写给陈桉。从细碎的拌嘴到每一次争吵，家长里短的评判挑理。有时候，她会觉得在一个"外人"面前这样揭自家人的短是很难为情的，然而过年时还颇为和睦的大家庭浮现出背后的斑斑点点，让尚不能淡然地平视"大人"的余周周心头忧虑重重，她只能在写给陈桉的信里面讲述这些，让所有的阴郁都从笔端流泻出去。

信里面不再只有只言片语的感慨，她要尽量详细地梳理清楚来龙去脉，好像这样就能搞清楚，究竟谁才是对的。

比如三舅妈强烈反对轮岗，一再坚持请保姆或者护工照顾，而大舅则认为这么多子女都有手有脚却非要外人来照顾，这传出去简直是笑话。

比如二舅妈担心因为大舅家的余乔是唯一的孙子，所以房子的归属最终会落到他身上。

比如妈妈很反感二舅妈临阵脱逃找工作的行为，认为他们一家三口是外婆家的常住民，外婆还一手把余玲玲带大，出去找那几百块钱工资的工作，还不如不雇用外人，而是大家每个月付给二舅妈工钱；但二舅回护妻子，认为这是性质不同的事情——至于哪里性质不同，他们从来没有吵出个结果。

比如……

“陈桉，他们再吵下去，我觉得我都憔悴了。”

嗯，就是这个词，连疲惫都不足以形容。就是憔悴。

终于外婆情况好了很多，神志清明，只是行动不便，仍然需要卧床。余周周一直不知道那些里里外外压抑着的争吵声究竟有多少传入了昏睡中的外婆耳朵里面，但外婆脸上是一贯的平静，她靠在床头的软垫上，在腰后塞上软枕头，把儿女都叫到面前，对于他们的争执，她只字未提。

“请个护工过来吧，人家比较专业，也省得耽误你们的时间，我不想拖累你们。”

“妈，这怎么能叫拖累？”大舅的脸更黑了，“不管外人怎么专业，也不可能有自己儿女伺候得尽心尽力。万一再摊上不干活又欺负老人的那种……”

余周周看到三舅妈匆忙想要反驳的表情，在心里对大舅的提议打了个叉。

“我还能说能动呢，眼睛也还能看得见，又不是老年痴呆，怎么可能被欺负？”外婆朝大舅微笑了一下，然后敛起笑意继续说，“我离死还有段日子呢。”

最后那句话很轻，却让在场的所有人都神色复杂。

“你爸留下的钱，和我自己手里的钱，还有退休工资和养老保险，应该能支撑很长一段时间，用不着你们往里贴钱，大不了还有房子呢。”

那天外婆没有说很多话，可说完了这几句却是一副非常疲惫的样子。她重新躺下去，大人们神色各异地退出了房间。余周周一直觉得外婆的话里面充满了各种弦外之音，但是她听不懂。

“陈桉，可是有一点我是明白的。

“我觉得，外婆在用遗产牵制他们。

“我一直特别崇拜外婆。

“可是现在我觉得她很可怜。自己养大的儿女，最后却要用这种方式才能让他们消停地听话。看样子是家长的威严，可是实际上那么无力。付出最多的父母，却最悲哀。子女欠父母，又被自己的子女所亏欠……我们一代又一代的人，就是这样转圈欠账，生生不息。

“她养了这些孩子，究竟为什么？如果我们能早一步知道这条路最终会通向这样的结果，那么我们还会走下去吗？”

余周周停下笔，她不知道自己究竟怎么了。好像有些愤怒和躁动的种子在她一向懂事平静的内心萌发，挣扎着破土。

成长就是这样一个模仿与拒绝模仿的过程。

她从同龄人身上看到此时此刻的自己，从陈桉和妈妈的身上选择自己未来想要成为或者拒绝成为的人，然而最终，只能在谷爷爷和外婆身上看到同样的死亡与无能为力。

外婆的眼皮动了动，醒了过来。

钟点工李姨正在削苹果，余周周没有惊动任何人，抬头看了看铁架上的输液瓶，将针头拔了下来。小时候外婆生病，她就一直在一边见习护士拔针头，这次终于有了实践的机会。

“周周来啦？我都忘了今天又是星期六。期中考试考完了没？”

“考完了，都快要期末考试了。”余周周笑了。

“看我这记性。越来越糊涂了。”

余周周摇摇头：“没，期末考试和期中考试距离太近了，其实差不了几天，您没说错。”

外婆笑了笑，突然转过头温柔、慈爱地注视着余周周。她甚至都能看到外婆略显混浊的双眼中属于自己的影像。

“一晃眼，都这么大了。我还记得你刚被护士从产房里面抱出来的时候，因为早产，才那么那么小。”外婆有些吃力地抬起双手，比画出了二三十厘米的长度。

余周周在心里盘算了一下自己当时的尺寸，不禁怀疑自己是怎么活下来的。

“第一眼，我就知道咱们周周以后是个小美人。”

算了吧，人家都说刚出生的孩子长得如同一只猴子，所以才屡屡被抱错。不过，余周周还是不好意思地笑了笑。

余周周永远都不会知道外婆第一次见到自己的时候是怎么样的情形，可是她永远都记得自己第一次对“外婆”这个词产生印象的那个雨天。

之前倒也不是没有模糊的印象，外婆家，一位老人，很多亲戚，哥哥姐姐……然而在孩童的记忆中，这一切都没有什么色彩，仿佛年代久远的黑白默片。

妈妈很少带她回外婆家。她三岁之后才开始每年回外婆家过除夕守岁。直到现在，长大的余周周才稍微能理解一下妈妈对于“回家”这两个字的抗拒。

直到四岁秋天的那个下雨的午后。

她们又要搬家。从一个简陋的出租房到另一个。她蹲在一堆边角木料旁看着妈妈和三轮车夫从讨价还价发展到激烈争吵，妈妈嘶哑强硬的语气让她害怕，阴沉沉的天，旁观的邻居路人，还有越来越冷的风。

天凉得很快，可是她只穿了背心和小短裤，好几天没洗澡，蹭得浑身脏兮兮。

最恐怖的是，妈妈把她给忘了。

那天妈妈很憔悴，脾气很差，早上余周周把小米粥碰洒了，妈妈把她骂哭了。所以当妈妈最终换了一辆三轮车，坐在车后扶着零碎家具前往“新家”时，余周周甚至怕得不敢喊一声，妈妈，那我怎么办？

她蹲在原地等，不知道等了多长时间，只记得终于冷得不行打算站起来找个地方避避风的时候，腿已经完全直不起来了。

终于，发现孩子丢了，妈妈焦急中给大舅打了电话，在小雨飘起来的时候，余周周抬起头，终于看到了黑着脸的大舅和他身后那个毛头小子余乔。

余乔一边走路一边玩着硕大的掌上游戏机——俄罗斯方块。她想凑近看一看，却被余乔皱着眉推开：“别烦我，我的三条命都快死光了。”

余周周很想告诉他，我只有一条命，现在我也快死光了。

然而真正难堪的是她到了外婆家，在客厅看到一大桌子有些陌生的人。他们正在吃饭，筷子还拿在手里，齐刷刷地看着她，谈话声戛然而止，探究、可怜或者略带鄙夷的眼神像聚光灯一样将她钉在原地。余周周低着头拽了拽皱皱巴巴的小背心，努力地想要把它抻平。从此之后，即使是最热的夏天，她也再没穿过女孩子们喜欢的清凉短裤和背心。

她怕了那种装束，没有为什么。

然而外婆站起来，走到她面前，勉强抱起她朝自己的房间走过去，将她从“聚光灯”下拯救出来。

“小泥猴儿，冻坏了吧？”

“不冷……外婆，我不冷。”余周周第一次有意识地喊了一声外婆。这个词从此有了切实的温暖的含义，不再是过年时候那些被大人强迫着呼唤的、无意义的“表姨，过年好”“堂姐，过年好”……

余周周从回忆中走了出来，她轻轻拢了拢外婆耳边的白发。

“外婆。”

12

无果花

大人们都说，外婆的记忆在衰退。

可是余周周总是觉得，也许外婆不记得几分钟前说过的话或者发生的事情，只是因为她懒得去记住。

其实外婆记性很好的。

外婆记得余周周喜欢吃的小零食，还有她做过的糗事，还有很多很多真正重要的事情。

比如，她每次来外婆家的时候，都会把每个房间的枕巾、被单收集到一起，围在头上、脸上、腰上做倾国倾城状。

比如，为了听到别人耳中自己的嗓音究竟是什么样子的，她站在最里面的小房间大吼一声“外婆——”，然后飞速奔向外婆所在的厨房凝神等待，却什么也没有听到。

又比如，她们两个午后例行的扑克牌“钓鱼游戏”，两张牌以上，凑够 14 分，就算是钓到鱼。黑桃是一条鱼，红桃是四分之三条，草花是半条，方片是四分之一条。每条鱼一毛钱，比赛结束后总计条数，输的人支付给赢的人钱。余周周手里的所有硬币都被外婆赢走了——虽然本来它们就是外婆借给她的。可是她还是趁外婆去浇花的时候将魔爪伸向了外婆装硬币的铁盒子，被当场擒住的时候，依旧笑嘻嘻地镇定道：“我不是偷你的钱，外婆，真的，我就是想……帮你数数。”

又比如，她帮外婆浇花，浇死了最漂亮的那盆茉莉。

…………

余周周喜欢晒着暖洋洋的午后阳光，和外婆一唱一和地讲着这些泛黄的往事。每每这个时候，她就能看到外婆眼底清澈的光芒，仿佛从未老去，仿佛只是累了而已，一旦休息好，就能立刻站起身来，走到阳台去给那几盆君子兰浇水。

“但是慢慢地我才明白。跟老人回忆往事，那是多么残酷的事情。”

余周周压在心底的感情，只有在对陈桉倾诉的时候才会爆发出来。她那样专注地奋笔疾书，丝毫没有注意到身边的谭丽娜已经把她的信读了个底朝天。

“可是我从来没有看到有人给你回信啊？信箱里从来没有你的信。”

谭丽娜常常去信箱看信。她从小学六年级开始出没一个叫作“男孩女孩”的网络聊天室，网名叫“梦幻天使”。余周周不明白，为什么既然他们可以在网上聊天，却还要做笔友。

“你不懂，写信的感觉和打字的感觉能一样吗？”谭丽娜很鄙夷地哼了一声，“不过，说真的，你给谁写信啊？天天都写，比日记还勤快，对方也不回个信，难道是电台主持人？还是明星？哎，对了，你喜欢孙燕姿是不是？或者是王菲？”

余周周叼着笔帽，想了想：“一个大哥哥。”

谭丽娜立刻换上一副“没看出来你这个书呆子还挺有能耐”的表情，余周周连忙解释：“不是，不是！”

“不是什么？我说什么了？”谭丽娜笑得八卦兮兮，“是你喜欢的人吗？”

余周周也摆出一脸“俗，你真俗”的表情，低下头将信纸折好，不回答。

“他不给你回信，是因为他忙，还是因为他烦你？”

余周周愣了一下：“他不会烦我的。”

天知道自己为什么那样笃定。

谭丽娜不以为然：“他多大了？”

“比我大六岁，都已经上大学了。”余周周想了想，面有得意之色，却还是把“北京大学”四个字吞回了肚子里。

“那就更不可能乐意理你了啊。”

“为什么？”她有些不耐烦。

“你想啊，如果现在是一个小学一年级的女生给你写信，抱怨升旗仪式太长了，买的新鞋太丑了，早上忘记把饭盒放到锅炉房了，凭什么两道杠班干部里面没有我……别说回信了，你乐意看这种信吗？”

余周周愣了半天，心里升腾起一种不甘心的感觉，却还是老实地摇摇头。

“肯定不乐意看。”

“那不就得了，”谭丽娜摊手，“我以前那个笔友就这样，我都不给他回信了，他还没完没了地写，我都烦死了。幸亏不是熟人，要是熟人我可能还觉得自己这样不回信是不对的，很愧疚，越愧疚就越烦他……”

谭丽娜还在滔滔不绝地说着，然而余周周已经悄悄地收起了最后一封还没有写完的信。

余周周的家里面有好多事先写好地址、贴好邮票的信封。她抽出贴有最好看的邮票的那个信封，把这封没有结束语和落款的信塞进墨绿色邮筒，寄走。

本来想要郑重其事地写一段话来告别的，比如，“陈桉，这是我写给你的最后一封信，以后我不会再给你写信了，并不是因为你不回信所以我生气，我早就说过你不需要回信的，可是……”

可是什么？她想不出来，于是干脆省略这一大段矫情得不得了的道别。

其实她知道，真正的道别是没有道别。真正心甘情愿的道别，根本无须说出来，就已经兴冲冲地奔向新生活了。愿意画句号，根本就是恋恋不舍的表现。

她看着棕色的信封被绿邮筒窄窄的长条嘴巴吞进去，消失在一片黑暗中。

万年第二名。期末考试仍然是这样，被年级第一沈屾同学甩下 11 分。

可是这次她不能接受，因为她考前一个月复习得很认真。

余周周突然间理解了班级里面总是排第六名的体育委员温淼。女老师总是喜欢揉乱他的头发，半是欣赏半是嗔怪地说：“你要是用点儿心思好好学习，赶上余周周都不是问题！”

温淼总是大大咧咧不上心地笑，依旧每天吊儿郎当、嘻嘻哈哈，偶尔不完成作业，被老师恨铁不成钢地数落两句，考试时候却仍然能够排上班级第六名。

虽然被当作随随便便就能赶超的例子让余周周这个班级第一名非常没面子，她却仍然要微笑地看着体育委员，做出一副和老师一样很欣赏他的样子。余周周只能偶尔抽空咬牙怒视对方一下，然后立即收敛眼神。

不过在期末考试结束后返校领取成绩单与寒假作业的时候，余周周和温淼在走廊上狭路相逢。

温淼依旧是大大咧咧地一笑，白牙在青春痘的田地里熠熠生辉。

“班头，又是第二？”

余周周控制了一下表情："你呢，又是第六？"

"嗯。"温淼看起来非常满意的样子。

余周周并不是很热衷于和他客套，于是把平时老师同学说烂了的话回复给他："你一天到晚也不怎么学习，还能一直保持第六名，要是努力一把，一定……"她把"一定能超过我"这既自轻又自傲的六个字收回去，咽了一下口水，"一定能考得特别好。"

"开什么玩笑，班头，别告诉我你真的信。"

"什么？"

温淼的表情不再吊儿郎当，他有些认真地盯着天花板，留给矮他半头的余周周一个华丽的死鱼眼。

"万一要是努力了，结果还是第六，或者甚至退步了，我靠，那不丢死人了？"

狗屁逻辑。

余周周摇摇头："怎么会，你那么聪明，只要努力……"说到一半，看到温淼有些不屑的目光，于是她把这些类似万能狗皮膏药的话收了起来。

好学生最喜欢互相哭穷。余周周他们都清楚，考完试或者出成绩了会互相打听，考得特别好就会说"还行，也就一般吧"；考得一般会说"考砸了"；真的考砸了就开始假装不在乎，碎碎念叨着"我光打游戏了，根本就没复习""考英语时候肚子疼，后半张卷子根本没答光趴桌子上睡觉了"来找回面子上的平衡……

而对别人，则不论真心假意，不遗余力地把对方夸到天上去——反正摔下来的话疼不疼都不关自己的事。

余周周停住之后，他们就面面相觑，走廊里面是有些诡异的沉默。

算了，真没劲。

余周周忽然觉得没意思，很没意思。

其实余周周一直都对前十名里面的男生有敌意，比如数学很好的温淼。余周周永远都记得那句"上了初中之后男生的后劲足，早晚把女生都甩在后头"，也永远都记得在五六年级时候翻身农奴把歌唱的许迪等人。尽管温淼只是第六名，可是老师们拿他和自己比较的种种言论已经让她像只警觉的猫咪一样竖起了背上的毛，甚至可以说，她并不在乎班里面总考第二名、第三名的几个女生，却总是竖着耳朵注意温淼的情况。

她有时候希望温淼永远都不要觉醒，也不要发愤图强。就像中国人都很骄傲地知道拿破仑曾经说过“中国是一只沉睡的狮子，一旦觉醒，将会震惊世界”，然而其实人家还有后半句——“不过感谢上帝，让它继续睡下去吧”。

但是，余周周有时候又热血沸腾地希望对方能够拼命地努力一把，然后由自己将他打败，让那些老师好好看看，别以为随便哪个人努努力就能超过她，好像她是个只会死读书的呆子一样。

温淼看到余周周突然停住了话头，怔怔地盯着地砖半晌，然后莫名其妙地叹了口气，摇了摇头，一副教务主任老太婆的架势，从自己身边走了过去。

因为希望，所以努力。

因为努力，所以失望。

给陈桉的信也好，一个月的拼命复习也好，她都是抱有希望，也都付出了努力。

所以才对结果不满。

而温淼则聪明得多。也许他努力了也未必能考得多好，于是不如就这样轻轻松松地过日子，然后享受着大家对于他的聪明脑瓜与淡定态度的赞赏和惋惜，这样不知道有多好。

余周周的选择，未必就一定是别人的那杯茶。

走自己的路，但也别给别人指路——你怎么能确定他们和你一样想要去罗马呢？

美好之六

年华似水，百转千回

·她们站在台上，从来不注视台下，虚无缥缈的台词、绚丽的灯光，乃至热烈的掌声，通通都不重要。重要的是，她们站在台上，无视一切。

·安静的走廊像一条漫长的时光隧道，只有尽头有一扇窗，透过熹微的灰白色的光。少年逆光而立，谁都看不清他的表情。

1

夏日无休

无论如何，暑假开始了。

每天早起，自学新概念英语，其实这种劲头完全来自崭新的笔记本和崭新的步步高复读机。白天学习，看电影，看各种有意义或者没意义的闲书，下午练琴。当初没有成功地用菜刀将它劈成柴火，却因为很久没有学琴而真正爱上了练琴，这让余周周深刻地理解了“牛顿三大定律”之一：“人之初，性本贱”。饭前迎着夕阳跑圈，这是运动会 1500 米的后遗症——她发现跑过临界值之后，那种好不疲劳的感觉会让人上瘾，流汗让人不烦躁。吃完晚饭后跑到租书屋换新的漫画，一直躲在自己房间里面看到十点钟，洗澡，睡觉。

每三天去看一次外婆。周末晚上，和妈妈一起去逛街散步。

余周周觉得自己的暑假生活已经健康到了天怒人怨的地步了。

“陈桉，你说，那些大侠掉到山崖下面大难不死，捡到秘籍然后独自修炼的时候，是不是就像这样平静美好？

“会不会最后因为太平静了，反而忘记了要爬回到山崖上面重出江湖？

“其实我现在也这样。我突然发现我不再憋着一口气，也不再常常想起那些老师和同学。甚至也……也不再想着要多么有出息，然后让妈妈因此骄傲，在爸爸和他老婆面前风光一把——我突然觉得这样很没意思。

“有时候妈妈会陪着我下楼换漫画，或者一起出门跑步，不过她身体没有以前好了，跑不了几步就会慢下来，走在一边看我自己跑。

“黄昏的风很凉，虽然是夏天，却不热。夕阳特别美，妈妈也特别美。

“我觉得这样就非常好。就这样吧，时间停在这里吧，好不好？”

好不好？

余周周不再给陈桉寄信，可是她买了一个日记本，朴素的浅灰色网格封面，上面写着简单的几个单词：“The spaces in between（两者之间的距离）”。

她把日记本叫作陈桉。

外婆家的钟点工李姨干活很麻利，只是非常喜欢偷吃东西。本来家里买的水果根本就吃不完，大家从来都会叫上李姨一起吃，然而她总是拒绝，一口都不吃。

却会在背后从袋子里面偷水果吃。

很多时候白天只有余周周在家，偶尔也会看到余婷婷。李姨在她们面前并不是很收敛，所以她们见过许多次。妈妈买的桃子和三舅买的桃子，一袋八个，一袋七个，被李姨混到同一个塑料袋里面，这样就不会有人注意到那些桃子一个个地不见了。

“为什么呢？为什么明明不犯法的事情，非要标榜自己不做，然后背后偷鸡摸狗呢？”

世界上有种不可理喻的动物，叫作大人。

整理上学期班级工作簿的时候，调出了一本班级联络图，上面有所有人家里的电话。余周周突然想起来，自己还没有奔奔的电话。

窗外骄阳似火，草丛里面蝈蝈在不停地聒噪，余周周突然觉得有些烦躁。她合上桌子上面的周记本——一个假期，八篇周记，她已经落了两篇没有写了。

还有一大堆钢楷作业，一天一页田字方格，余周周一口气写了三十多页，从规规矩矩地一行一行写，后来变成一列一列写，再后来变成一行一列，最后，干脆跳着格乱写，把“还珠格格”“孙燕姿”“黄蓉”和各种歌词以及漫画书上的台词都拆散了，整本田字方格最后变成了小强填字游戏。

有点儿无聊。

她眼角瞟到辛美香家的电话。

其实电话“嘟——嘟——”拖着长音的时候，余周周是有些忐忑的。接电话的女人嗓门很高，语速快，语气冲，一听就知道是辛美香的妈妈。

“喂，找谁？”

“啊，阿姨你好，请问辛美香在吗？”

“你是谁？”辛美香妈妈的语气仍然没有一点儿改善，不过有些意外和惊讶，好像从来没有人给辛美香打过电话一样。

余周周咽了口口水：“我是六班同……”她停顿了一下，改口，“我是六班班长。班级有点儿事，想找她一下。”

“什么事啊？”

“科任老师让我通知大家到学校集合，好像是有活动。”

其实没有必要撒谎的，但是余周周直觉感到，辛美香想要出门不是那么容易的一件事。

“等着啊。”对方放下听筒，余周周听到模模糊糊的一声，“接电话，过来！”

她长长地出了一口气。

“喂？”辛美香有些怯懦迟疑的声音从听筒传过来。

“没事吧，出来玩好不好？”

没有去电影院，也没有去游乐场，余周周和辛美香在校门口见面之后，辛美香窘迫地拒绝了余周周的所有提议。追问许久，余周周才尴尬地发现了真相。

辛美香的裤兜里面只有三块钱。

“那怎么办哪……”余周周无意识的叹息让辛美香深深低下了头，她连忙摆摆手，笑嘻嘻地说，“找个阴凉地儿说会儿话吧，反正今天这么热，游乐园人又多，非中暑不可，本来就不应该去。”

辛美香几不可闻地“嗯”了一声。

她们干脆就坐到了学校后操场的老榆树底下，盘腿躲在阴凉里，一起沉默着眯起眼，望着操场上一片白花花让人眩晕的阳光。

余周周觉得有点儿不好意思。把人家叫出来，冒着撒谎被发现的风险，难道就是为了陪着自己在树底下打坐吗？释迦牟尼能成佛，难道还要找个伴儿？

“你喜欢唱歌吗？”她没头没脑地问。

问完了又觉得自己这个问题挺无聊的。辛美香明显连话都不喜欢说，平时出个声都难得，何况是唱歌。

感觉有汗从头发里面一路蜿蜒向下，像只小虫，从鬓角开始痒痒麻麻地盘旋到下巴尖。

“喜欢。”

“其实我也不是特别喜欢……”余周周懒洋洋地应了一声，才惊醒般反应过来对方的答案是肯定的。

“你，你喜欢啊……你，你喜欢唱谁的歌？”

辛美香抬起头想了想：“没什么特别的。好听的我都喜欢。”

余周周格外珍惜这个机会，她小心翼翼地问：“比如？”

草丛里面的蝈蝈把下午燥热的操场唱得很安静。

辛美香很久都没开口，好像在做什么思想斗争。余周周深切地体会到什么叫作“心静自然凉”——和辛美香在一起，她觉得自己都变得沉默深沉许多。

正在余周周呆望着操场的时候，突然听到耳边嚣叫的蝈蝈声中，传来略带沙哑和羞涩的歌声。

“我和你的爱情，好像水晶。没有负担秘密，干净又透明。”

任贤齐和徐怀钰的《水晶》，在余周周小学的时候风靡一时。

记得小燕子詹燕飞曾经不无憧憬地说过，每个人心里都会有一个人，你会很想跟他一起唱这首歌。

余周周不喜欢任贤齐，她觉得他唱歌总是费劲得仿佛大便干燥。当然，这种说法曾经被喜欢任贤齐的男生女生群起而攻之。

不过她承认，这首歌很好听，很纯净。那时候，如果心里有一个人，也许真的会想要跟他一起唱这首歌——可是注定不会真的有这样的机会。

如果能勇敢放肆到在那个年龄手牵手一起对唱《水晶》，恐怕这份感情也算不上多么羞涩透明。

辛美香并不是很自信，她并没有跑调，只是声音很抖，像一只小绵羊。然而余周周一直认真地屏息倾听，好像此刻手中真的捧着一块水晶。

我和你的爱情，好像水晶。

虽然不懂爱情，但是不妨碍微笑。

辛美香唱完之后，面红耳赤地看了余周周一眼。余周周则笑着看她，非常真诚地说："唱得真好。"

后来她们开始一起唱，不是当时的流行歌曲，而是还很幼小的时候听到的那些似懂非懂的港台流行歌曲，从余周周在老干部活动中心演砸了的《潇洒走一回》，到《选择》《我悄悄蒙上你的眼睛》《相思风雨中》《一生何求》《铁血丹心》……

小时候根本不知道这些歌在唱什么，却仍然能在饭桌上大声唱出来，助兴，讨大人的欢心。

直到那一刻，她们两个重新唱起这些歌，才懂得了歌词的含义。

"从 Mary（玛丽）到 Sunny（阳光）和 Ivory（艾沃里），始终没有我的名字。"

"没料到我所失的，竟已是我的所有。"

有时候也会唱到一半哽住，那些缠缠绵绵的内容让她们相视一笑，只能别过头去羞涩地咧咧嘴巴。

后来的后来，余周周已经记不清那天下午她们究竟有没有聊天，聊了什么；但是记忆中总是有一片刺眼灿烂的纯白，是下午两点最最炽烈的阳光，和耳畔永无休止的蝈蝈叫声。

话匣子一旦打开，辛美香也渐渐活泼起来。

“不是你说的那种，我说的是大袋的酸角，不是一袋只有三四个的那种。”

“我觉得小袋的好吃。甘草杏、话梅和无花果都是小袋的好吃。”

余周周气得翻白眼，可是大袋小袋哪种比较好吃，她实在是辩论不过执拗镇定的辛美香。

“所以其实我觉得夜礼服假面喜欢的还是月亮公主，不是月野兔。”

“我觉得是喜欢月野兔，不是月亮公主。”

“如果月野兔的前世不是月亮公主，他怎么可能爱上她？月野兔和月亮公主个性差异那么大！”余周周觉得自己简直就要咬人了。

辛美香仍然只是沉重地摇着头。

“才不是。”

冷静，余周周你一定要冷静。她告诫着自己，一边把话题拉到中心上来：“你看，月亮公主那么温柔文静，月野兔……不说了，你也知道。她们看起来明明是两个人啊，夜礼服假面怎么会同时喜欢两个完全不一样的人呢？这根本不合情理啊！”

辛美香愣了一下，慢慢地说：“她们是同一个人……只是后来变了。”

余周周挠了挠头：“如果你喜欢的人，后来变了，你还会一样喜欢他吗？”

余周周问问题的时候，内心纯洁无比。她想到的是奔奔。

月亮公主变成了月野兔，就像两个人一样。

然而“喜欢”二字让辛美香闻而变色。

余周周仍然在一边大胆地进行发散性思维。

“你说，老师家长不让咱们早恋，是不是也因为我们在长大，对方在变，我们自己也变化得很迅速，所以很容易会变心？”

辛美香及时地给出了正确得不能再正确的回答：“是因为耽误学习。”

余周周颓然地转开脸。

辛美香实在太让人有挫败感了。

2

集中营

“话说，你有没有吃过一种糖？”

“什么？”

余周周托着腮慢慢地说：“它叫口红糖。现在已经买不到了。”

其实那个糖很小，红红的，只有一截儿。但是包装做得像大人用的唇膏一样，轻轻一旋，糖便像口红一样露出来，女孩子们都学着大人一样拿着它小心地在自己的唇上来回涂抹，然后再用舌头舔舔嘴唇，那劣质的甜味因为这逼真的形式而变得格外诱人。可是余周周的妈妈从来不允许她和别的女孩子一样买那种糖。余周周一直不知道为什么，是觉得不卫生？还是怕她过早地学会臭美？她不懂。

没想到身边的辛美香忽然说：“你想吃吗？”

余周周吓了一跳：“有吗？”

辛美香没有立刻回答，而是皱着眉头盯着地砖想了半天，才抬起头，一副坚定的表情说：“有。”

余周周那一刻还不明白，为什么辛美香找颗口红糖也能这么大义凛然、视死如归。

后来当她跟在对方身后七拐八拐接近美香食杂店的时候，余周周才反应过来。不过辛美香不知道背后的余周周已经洞悉了一切，她在快到自己家的拐弯处停了下来，认真严肃地对余周周说：“你站在这儿等着，别跟着我。”

余周周一辈子都记得辛美香脸上矛盾的表情。

冒着被窥探秘密的危险，去找一颗口红糖。

余周周忽然觉得很感动。她用力地点点头说：“好。”

甚至没有问为什么。

于是辛美香转身离去。

口红糖是很古老的零食了，四处都买不到，辛美香家的食杂店竟然有，说来说去只有一个原因。

积压存货。卖不出去的东西。

比如……比如辛美香在运动会上拿出来的麦丽素，落满灰尘，而且还过期了。

余周周猜得出，这样的小食杂店在新近开张的物美价廉的仓买超市挤对下，盈利应该每况愈下。唯一能比超市占优势的，恐怕只有酱油、醋和啤酒了，因为邻居们都相熟，有时候赊账拿走两瓶啤酒也没关系。

余周周的记忆中留有一个拥挤不堪的小卖部，当时她还是奔奔家的邻居。小卖部灯光灰暗，屋子里一股霉味，还有那个卖东西的阿姨，永远都凶巴巴大嗓门、满口脏话地冲着她大声吼。买到的面包大多不是太油腻就是干巴巴，薄薄的塑料包装，基本上是三无产品，有几次还有些发霉。那时候人们的脑子里没有消费者意识，也没听说过“3·15”，这个城市里面还没有超市，也从来不曾有把好吃的糖果分发给孩子们的慈祥的店主，他会把发霉过期的东西卖给孩子或者傻子。

但是，余周周仍然觉得那些东西真是好吃，酸角、杨梅、雪梅、虾条、卜卜星、奶糖、冰棍儿，五毛钱一包的橘子冰水——虽然都是色素勾兑的。

也许现在再吃就不那么好吃了吧？

什么东西都是回忆里面的才最好。永远都是。

过了一会儿，辛美香跑了过来，鬼鬼祟祟地塞给她一截儿浅粉色的塑料管，有拇指那么粗，好像一截儿长哨子。

余周周很兴奋，她们两个躲在角落里面，贼眉鼠眼地四处张望，好像两个正在进行毒品交易的小混混儿。余周周费力地旋开口红糖，看着里面那截儿玫红色的糖心像真的唇膏一样冒头，然后小心地躲到没有人的地方舔了舔，皱皱眉头，心里有那么一丝失望——很难吃。

只是为了圆一个心愿而已。

不过这副鬼鬼祟祟的样子，难道是在躲避妈妈？余周周想了想，扑哧一声笑了出来。

“不好吃？”辛美香的表情很紧张，好像口红糖是她做出来的一样。

“没，挺好的，送给我吧。”她珍重地将口红糖揣进裤兜里面，“谢谢你，美香。”

辛美香有些局促地笑了，低下头说：“那我回家了。”

余周周摆摆手：“那，再见。”

辛美香有些驼背地走了几步，突然又回头，朝余周周无比温柔地微笑了一下。

“周周？”

“嗯？”

“谢谢你。”

还有一句话，她没有说出来。

“谢谢你。从来没有人邀请我出来玩，从来没有人往我家里面打过电话。”

余周周一头雾水，看着辛美香消失在拐角。

开学的时候，余周周的英语口语和听力有了很大进步，看了很多书，长跑越来越在行，心里竟然真的有了一种初成少侠的感慨。

唯一的问题在于，暑假作业没有写完。

那本综合了古诗词填空、小作文、智力竞赛、科学知识和数学复习测验的大本暑假作业还有好多没有写完。余周周的抵触情绪让她很难坚持每天做一页。暑假的最后几天，她一边翻着漫画，一边咒骂着自己的拖延和不勤奋，最终还是没有写完。

余周周淡定地深呼吸，然后伸出手，把中间全是小作文可是她来不及写所以留下了大片空白的四五页撕了下去，干干净净，一个断碴儿都没有留。

她知道检查作业的时候，老师只是从头到尾翻一遍，不会仔细核对页数——上有政策，下有对策，所有违法乱纪钻法律空子的行为都是从娃娃抓起的。

第一堂课，大家把暑假作业、周记本、钢笔字练习本和英语练习册一样一样传到第一排，每组第一排的同学细细地数过，把缺少的数量报给老师。

许多人宣称自己忘带了。

于是张敏一指门口："回家拿去。一小时之内回不来就算你没写。"

班级里面一下子就少了三分之一的人。徐志强等人晃晃悠悠地离开了教室，余周周知道，他们应该是不会回来了。

过了半小时，温淼第一个回来了。第一堂课刚结束，余周周伸了个懒腰，踱步到辛美香身边问她《柯南》有没有单行本，就瞥见温淼正在四处借订书器。

上次自己把人家扔在原地梦游一般地离去了，余周周有些过意不去，于是这次主动搭话："温淼，你的作业本散架子了吗？"

温淼的表情变得很奇怪，他咧咧嘴，点点头，晃了晃手里面的田字方格本，纸页发出哗啦哗啦的响声，像白色的海浪。

用订书器在桌子上狠狠地按了两下之后，他满意地再次抖了抖作业本。

然后他突然一下子凑近余周周，在她耳朵边轻声说："你没发现这个本子格外厚吗？"

余周周被他突如其来的咬耳朵行为吓了一跳，连忙躲开身："是又怎么样？"

温淼看了看周围，压低了声音笑着说："我把上学期的作业本给拆了，所有上面没被用红笔打上对钩的，我都拆下来拼到一起，好不容易凑够了一假期的作业量，还得装订上，你说我容易吗？"

刹那，余周周羞愧地觉得自己撕空白页的行为实在是太低端、太小儿科了。

温淼在这时候用食指轻轻按了按额头上新发的小痘痘，认真地问她："你的暑假作业是不是一放假就都写完了？你这么用功的人……"

余周周突然很想骂人，你才用功呢，你们全家都用功。

她甚至在那一刻想要大声地对温淼宣布，自己其实是把暑假作业撕掉了关键的几页的，她是偷懒了的……

转念一想却觉得奇怪。用功并不是什么贬义词，确切地说，这从来就应该是一种褒奖，究竟是从什么时候开始，夸奖勤奋努力，就等于变相说这个孩子笨，没有潜力呢？

其实说白了，还是潜意识里面觉得自己不够聪明，才会在形式上装模作样，模仿聪明孩子的调皮和懒散，好像这样就证明自己不是死读书了。

这个可怜的年纪，总是要在证明给别人看了之后才敢小心翼翼地肯定自己。

余周周突然对温淼产生了兴趣，她瞪大眼睛迫近他，鼻尖几乎都贴在了对方下巴上，这次轮到温淼吓得往后一蹿。

“你……你干吗？”

“你除了钢笔字没有写，其他的作业都做完了吗？”

温淼眨眨眼睛：“英语抄写单词，我背得下来的单词都没有抄……估计老师发现不了。那个暑假作业的综合大本我也没写完，就挑里面有意思的题做了做，其他都是乱写的，反正老师也不看，只要看起来是满的就可以了……”

余周周突然发现，温淼好像从来不在重复性劳动上面浪费时间，比如抄写烂熟于心的单词，比如钢笔字。

于是温淼口干舌燥地呆站在原地，眼睁睁地看着余周周又一次紧紧盯着自己的脸走神，露出诡异的笑容，然后目光空茫地跟自己擦肩而过。

好学生脑子都有病。温淼嘟囔了一句，好像没感觉到自己微微发红的面庞，继续低头摆弄田字方格。

辛美香在这一刻抬起眼睛，望着温淼和余周周的背影，看了一会儿，复又低下头去。

初二最大的变化有三个。

新学科，物理。

月考。

周六补课。

补课的形式很简单，全校前 240 名同学分为 A、B、C、D，四个班级，一切都严格由名次决定，每次大考之后都会重新排一次座位和班级。

余周周不知道说什么好，她紧张而激动。

甚至连如何与沈屾打招呼都演练了好多次。是应该坐在座位上若无其事地等待着对方跟自己打招呼呢，还是热情地微笑着说："我是余周周，早就听说你成绩特别好，认识一下？"

终于到了周六，她早早地到了 A 班的教室，按照黑板上面的简陋的座位分配图，坐到了靠门那一桌的外侧。

九月的天空总是明朗澄澈，让人心情愉悦，有种梳理一切重新开始的错觉。

她正对着窗外的天空傻笑，突然听到耳边清冷的一句："麻烦让一下，我进去。"

余周周吓了一跳，连忙站起身，桌子被她突然起身拱得向前一跳。

桌脚和水泥地面摩擦发出刺耳的响声，余周周有点儿尴尬，直直地看着身边这个戴着眼镜的冷漠女孩，所有计算好的问候微笑集体死机，她突然没头没脑地冒出一句："你回来啦，那进去吧！"

说完之后，沈屾倒没什么反应，她自己先被这种小媳妇的腔调惊呆石化了几秒钟，才讪讪地低头挪动身体让出一条道。

突然听到门口有点儿幸灾乐祸的笑声。

被分到 B 班的温淼不知道为什么出现在门口，看样子是路过时候不小心看到了热闹。余周周咽了一下口水，温淼忽然上前一步走到沈屾面前没皮没脸敲敲桌子："这就是著名的年级第一啊，没有一次考试失手，厉害厉害，真是厉害……"

沈屾抬眼看看他，理都没理，就低下头从硕大的书包里面掏出笔袋、演算纸和练习册。

余周周在心里偷着乐，喊，你看，人家不搭理你吧！

没想到温淼醉翁之意不在酒，歪歪头凑过来，嬉笑的脸在余周周面前放大了许多倍。

“余二二——哦不，余周周，你也很不错嘛，每次都是第二，也从来都不失手啊，很稳定啊，厉害厉害，真是厉害……”

他的笑容在余周周的错愕中加大。

余周周气极，回过味来之后，突然笑了。

她又眯起眼睛，嘴角勾起骄傲而危险的弧度。

“您这是哪儿的话呀，六爷？”

3

知恩图报

一声甜丝丝的“六爷”，让温淼倒抽一口凉气，他忙不迭后退一步，几乎撞到了门板上。

啧啧，这哪像六爷，顶多是个小六子。余周周在心里不屑地哼了一声，表面上仍然笑嘻嘻的。

温淼张了张口，好像想要反驳什么，奈何面红耳赤，最后只是低下头非常没有风度地落荒而逃，单肩背书包随着步伐一跳一跳地打在屁股上，好像在代表月亮惩罚他。

余周周没想到对方这么轻易地投降了，笑容僵在脸上，尴尬地站了半天，发现身边的沈屾仿佛根本什么都没听到也没看到一样，已经在低头做数学练习册了。

现在倒是省事，招呼也不用打了，余二二，名头都爆出来了。

余周周侧脸看着窗外明媚的大晴天，叹口气，呸，什么鬼天气。

不甘示弱地也想要拿出练习册勤勉一下，想到刚才温淼那张欠扁的笑脸，又觉得很挫败。在聪明而不努力的家伙面前装作不努力，又在勤奋刻苦的沈屾面前装学术……

余周周你还是去死吧。她坐在座位上发呆，缓缓地叹了一口气。

于是她丝毫没注意到，身边的沈屾用力过猛，自动铅笔铅芯“啪”的一声折断。沈屾停顿了一下，微微侧过头看了一眼正沉浸在自己的世界中的余周周，眼睛里面有种略微复杂的困惑，然后很快再一次专心地投入数学题中去了。

大家陆陆续续坐满了教室，彼此打量着，也有熟络的同学已经开始谈上天了。十三中的学生大多来自当地的海城小学，所以许多同学即使现在不同班，以前也相互认识。余周周听着叽叽喳喳的谈话声，突然有点儿想念自己的小学同学。

单洁洁怎么样了？自己不辞而别来了十三中，她一定很生气。还有詹燕飞，新班级的同学会不会认出她是小燕子？会崇拜她，还是欺负她？自己答应给她写信，可是一笔都没有动。毕竟，有什么可说的呢？还有李晓智，是不是还是那么规规矩矩默不作声？徐艳艳仍然那么跋扈吗？希望她能改变一下那种性子，否则真是招人烦……

其实这些人的脸，都有些模糊了。

余周周知道自己想念的并不是这些人本身，更重要的是一种氛围。仿佛一抬头，就能看到小学时候教室里面雪白的桌布、暗红色的窗帘，和透过窗帘缝隙斜斜地泻进来的一道阳光，刚好照在趴在桌上睡觉的许迪和单洁洁一桌上。詹燕飞的座位总是空着，因为她总是要参加各种演出活动，所以同桌总是喜欢把乱七八糟的东西，比如装盒饭的兜子，堆在她的桌子上……

当时那么决绝地逃跑，还以为永远不会舍不得。

那些下午的阳光穿透桌布制造出来的满室的流光溢彩，是余周周无论如何都不能装进铁皮盒子保存起来的东西。

无论如何都不能。

刚才温淼笑嘻嘻找碴儿的表情让余周周的心跳有一秒的差拍，仿佛余婷婷给自己形容的早搏。

他很像一个人。

那个家伙现在过的日子，一定非常非常好吧?

余周周笑了，一低头，那抹自己也察觉不到的温柔，让身边沈屾的自动铅笔芯又一次“啪”地折断。

她再次用看怪物的表情看了看余周周，这个呆坐在座位上什么都不干只知道发呆和傻笑，却能够每次考试都紧紧地咬住自己分数不放的第二名。

沈屾忽然感到一种愤怒和不满，更多的是恐慌。

只能更努力。她低头，翻过练习册的最后几页开始对答案。

只能更努力。

从来不要问，为什么别人轻轻松松就能做到，自己却要付出那么多?

以后也不会问。

余周周终于回过神，沈屾自始至终就像一尊佛，心如止水，只有笔尖划过纸面发出沙沙的响声。

这么厉害的女孩。

仗着聪明和天分说自己懒得努力的人都是白痴。

因为努力和勤奋本身就是一种聪明，一种名叫坚持不懈的宝贵天分。

沈屾是一座山。余周周深深地叹了一口气，她也许永远都翻越不了的一座山。

两个女孩谁也不知道，她们没有一句对话，却让彼此的早晨都阴云密布。

A 班的各科任课教师都是年级教研组最好的老师，从不同的班级抽调过来。第一堂是英语课，抄在黑板上的例题都是些古怪刁钻的介词用法，模棱两可。余周周对待英语从来都是实用态度，一遇到较真的介词填空就会立即歇菜。

二十道题，自己错了七道，沈屾错了三道。

余周周翻了个白眼，在笔记上认认真真地记下老师对每一道题的解释。

奇怪的是，沈屾并不像其他同学一样热衷于发言和提问，她始终低着头，好像在溜号，却能迅速地把别人发言中的关键点言简意赅地记在笔记上面。

学习的方法，从来都不只是简单的“好好听讲，认真完成作业”一种。温淼有自己的习惯，沈屾也有她的法宝。余周周趴在桌子上，把脸颊贴近冰凉的桌面，再次叹了口气。

“陈桉，要学的东西实在太多了。可是别人不会乐意告诉我，所以我只能像个小偷一样在一边观察，伺机而动。”

今天的收获之一，沈屾做的数学练习册叫作《轻松三十分》。

收获之二，她记笔记的时候永远都只用笔记本的右面，也就是写字时候最舒服的那一面。有些本子写到左半面的时候会整个翻过去，还得用胳膊压着，非常不方便。不过其实左半面也没有浪费。正面的右半边记古诗词，然后将整个本子反过来，从背面翻开，原来的左半面就变成了右面，这样可以再用来记英语笔记。所以笔记本被翻开的时候，左右两边是完全颠倒的字迹和不同的内容，写起来非常舒服，又能自然地将内容区分开，不会挤在一起很凌乱。

余周周握了握拳头，好办法，这个办法好就好在……她又给自己找到借口买新本子……

一上午的四堂课结束了，大家纷纷收拾书包准备离开学校。余周周憋了一上午也没和这位老僧入定的同桌说上一句话，有些闷闷不乐地踱步走出教室，抬起头竟然在放学大潮中看到了奔奔的脸。

有点儿百无聊赖的表情。

“奔……”第一个字喊了一半被吞回去，她只好挤过去，从背后轻轻地拍对方的后背。

奔奔转过头看到她的时候是惊喜的，然后突然有些回避地转回去，盯着走廊的尽头，轻声说：“是你啊！”

余周周愣了愣：“对啊！”

两个人一前一后，默不作声，在拥挤的人潮中看起来非常不起眼，和周围两两并肩的同学相比，他们看起来似乎根本不认识对方。余周周突然感觉到很愤怒，却又说不出来这种愤怒究竟来自哪里。

自己心心念念记得的，对方好像从来没放在心上。

终于远离了大队人马，余周周一路跟着奔奔朝着车站的方向走过去，她并不在背后喊他，只是沉默地跟着。终于奔奔停住了脚步，抬头看看站牌，又四处张望一下，余光捕捉到背后的女孩子，吓了一跳。

“你怎么跟着我？”

余周周面无表情地盯着奔奔的脸，眼睛都不眨，半分钟后，一言不发地转身迈步离开。

张敏最近经历了很大的危机。

虽说十三中的教学质量和管理水平和师大附中相去甚远，但并不代表所有学生都是浑浑噩噩的，当然，还有学生家长。

六班的整体成绩一直在年级中下游，期中考试之后的家长会上，场上家长的质疑就有些让张敏压不住，后期又陆陆续续地有了一些要求更换班主任的小型家长集会。余周周并不觉得这是一件很令人惊讶的事情——既然当初有本事在事后把抽签抽到的英语老师换成张敏，那么现在也有本事把张敏换走。六班的家长里面，的确是有些人物的。

余周周托腮望着讲台上明显憔悴焦躁得多的张敏，“对顶角相等”这个定理已经没完没了重复到第五遍了，她却浑然不知。

张敏自然不会坐以待毙，和那一部分家长妥协之后，她所做的第一件事情就是大范围地调整座位。家长们都认为自己的孩子成绩不好的根本原因在于没有坐在前排，并拥有一个成绩好而遵守纪律的同桌。

余周周也被参了一本，据说谭丽娜的爸爸认为自家女儿不好好学习的原因是同桌太自私，只顾着自己偷偷摸摸地学习，却在平时上课的时候看漫画、看小说，假装懒散误导自家女儿。

不用说，肯定是谭丽娜跑到网吧或者偷看漫画被抓住，就拉了余周周做挡箭牌：“我们班第一还天天上课时候在底下偷偷看漫画呢！”

余周周很烦躁，却又不能反驳。毕竟人家说的是实话。

很多年后，她在书中读到一句话，突然想起了年少时的这场换座位的闹剧。

当我们看世界的时候，总是以为自己站在宇宙的中心，认为所观察的一切如此全面而正确，却忘记了，最大的盲点，其实就是站在中心的自己。

谭丽娜的爸爸只看到了余周周，却没有看到自己的女儿。

而彼时，骄傲自律、春风得意马蹄疾的第一名余周周同学，则坚定地认为成绩也好，其他的事情也好，都是自己能够掌控的，其他人完全没有能力改变什么。同样，自己也没有能力影响谁，除非对方活该乐意被影响。

半斤八两。人类都太自负。

余周周许多年后才发现，世界上活该乐意的人还是非常多的。

张敏最终把为难的目光投向余周周，在确定最后的排座位名单前，她把余周周叫到办公室里面谈话。

张敏的办公桌乱得人神共愤，余周周努力将注意力集中到张敏的表情上，然而对方说话时飞溅的口水已经把她砸晕了。

“总之老师很看好你的定力，所以暂时委屈你了，不过老师保证，要是他打扰到你，我立刻就把他劝退！”

余周周不动声色地退到口水的射程范围之外，抬头端详着张敏眼下浮肿的眼袋和鼻梁两侧粗糙、暗沉的皮肤，在心里轻轻叹了口气。

小学时候个子矮矮的，却被安排在倒数第二排。现在个子长起来了，却又坐在第一排。眼前这个水平不济、一团混乱的班主任，曾经夸她脑子聪明，曾经在数学课上对她在某一道思考题上给出的简便算法大加赞赏，同时从来没有就万年年级第二名这件事情给过她任何压力。

小时候受过不公正待遇，所以别人对自己好一点儿，自己就会用好几倍的温暖回报过去。

“没关系的，跟谁一桌都没问题。张老师，你安排吧！”

4

青春期

余周周并没有如自己所想的那样被调到最后一排。她坐到了第三排，同桌从谭丽娜换成了一个男生。

男生名叫马远奔，名字的寓意很明显，父母赤裸裸的厚望和爱。只是从他的现状来看，似乎这种厚望和爱不过就是起名字时候的三分钟热血。

马远奔肩膀上的大块头屑和已经磨得闪着油光的衣袖，让余周周开始有些后悔在张敏办公室里面的报恩行为了。马远奔的上一任同桌是个懦弱娇气的女孩子，在被他洒得辫梢上都是白色涂改液之后，哭哭啼啼地打电话叫来了爸爸妈妈，两个家长的怒气差点儿没把张敏办公室的天花板掀翻。

余周周表情漠然，一边漫不经心地翻着书桌底下的漫画书，一边留意着周围的座位变动。马远奔从倒数第二排一晃一晃地走过来，气鼓鼓地将书包摔在桌子上。他几乎是唯一对于自己座位前调表示强烈不满的人。

余周周甚至感到了一丝诧异，但是眼皮都没有抬一下。

座位调整完毕，英语老师走进教室开始上课。余周周看到身边的马远奔就好像患了相思病一样频频回头，寻找最后一排那些耍帅的华丽男生，还有那些嬉皮笑脸地叫他哥们儿、让他跑腿的漂亮女生，甚至观察着他们的各种搞怪行为，眼中发光，乐呵呵地捧着场。

怪不得那些人总是喜欢搞出很大动静，一天到晚哗众取宠——你看，第三排的角落，还有一位这样遥远而尽职的观众。

她从来没想到马远奔竟然有如此高度的职业道德归属感，毕竟在余周周的心里，他只不过是个被徐志强使唤的小跟班，或者说，一个一直被欺负却浑然不觉的家伙。邋遢不堪的马远奔总是晃荡在六班以徐志强同学为核心的不良少男少女身边，傻呵呵地给他们解闷，因为奇怪的口音而被他们笑话，帮他们买饮料、传字条、背黑锅。

或者说，他们不讨厌马远奔。他们在夸赞他的单纯义气的同时，毫不愧疚地递给他五元钱，让他下楼去帮忙买吃的。

做小丑也会上瘾吗？她想不通。

余周周是人缘很好的、坐在第一排的好学生，可是她从来没对这个班级产生多么强烈的归属感。班里面发生什么好玩的事情了，她可能也会回过头去看两眼，捧场地一笑，或者不屑地撇撇嘴角，接着低下头去看漫画，做练习册。

好学生的礼貌沉默和微笑疏离，可以被理解为孤傲，也可以理解为呆滞，全看大家是崇拜还是妒忌，或者怜悯。余周周并没有发现，她和同学相处时的状态，很像某个人。

很多年以前，她站在少年宫舞台外的走廊所看到的，被乐团前辈围在中间的笑容淡漠的陈桉。

她曾经那么羡慕的，那样遥不可及的陈桉。

时间改变了她，她却浑然不觉。

在这样的余周周眼里，马远奔的行为只能用八个大字来形容：“哀其不幸，怒其不争。”

唯一让她有些担心的是辛美香。

辛美香调到了倒数第一排，她的新同桌，正是徐志强。

此刻因为串座位而郁闷得一脸大便样的徐志强。

辛美香仍然深深地低着头，就像根本没有听到旁边徐志强和其他人对自己的嘲讽与厌恶一样。

余周周深深地回望了一眼，眉眼中有些许担忧，不期然对上了就坐在自己身后的温淼的目光。

她吓了一跳，两个人的脸离得有些近，余周周甚至能数清他额头上一共有几颗意气风发的小痘痘。红色迅速从脖颈以燎原之势浸染了温淼的耳垂和面颊，他低下头，盯着英语书上 Lily 和 Lucy（莉莉和露西）的画像，轻声问：“看我干吗？……干吗用那种眼神看我？”

余周周觉得他莫名其妙，翻了个白眼，就转回了头。

没想到背后的温淼还在碎碎念。

“我有什么好看的？”

余周周回头，笑了：“你的确没什么好看的。”

一语双关，温淼脸上不禁有些挂不住，他低声叫了出来：“谁说我不好看？”

余周周背对着他，笑得像只邪恶的小狐狸。

冬天悄悄来临。

余周周下了体育课之后连忙跑进屋，把手放在暖气上方烤。室外滑冰课，她只穿着黑色的羊绒外套，忘记戴手套和围巾，于是一直缩着脖子、缩着手，站在冰面上一副被打断了脊梁骨的颓败相。

忽然想起谷爷爷。再回忆起两个人并排站在暖气前烤手的那个冬日清晨，余周周发现自己心里不再有酸涩的感觉，反而涌上了绵绵不绝的暖意。谷爷爷的面孔也好像被雾气笼罩一般，看也看不清，只留下模糊的笑容。

时间模糊记忆，磨平伤痕，只留下一片美好平滑。

让余周周庆幸的是，外婆的病情一直在好转，虽然仍然要吃很多药，可是已经不再输液，也能在别人搀扶下勉强行走。

谭丽娜和几个同学从旁边挤过去，余周周眼角瞥到她套在黑色紧身裤外面的纯白色的小皮靴，微微笑了一下——这应该就是她跟父母抗争许久得来的生日礼物吧？

青涩的小学女生悄然成长为少女。即使是冬天，仍然能听见种子在土地中萌动的声音。于是，春天还会远吗？

女孩子们谈论起男生时，不再像小学时候一样故作毫不在乎，不感兴趣，也敢于在指甲上涂五颜六色的指甲油，穿上新裙子之后，永远带着一脸期待别人发现却又害怕被指责为出风头的复杂神情。而坐在后排的很多男生也开始对着小镜子认真地往头发上面喷啫喱水，对着小镜子专心致志地挤青春痘，在被老师提问的时候，紧张，却又假装无所谓，抿紧嘴唇，突然给出一些哗众取宠的答案……

有时候余周周会在饭桌上对妈妈讲起，班级里面又有同学和老师吵起来了，又有男生和女生偷偷牵手了，又有同学逃课了……

余周周夹了一块南瓜放在眼前端详："妈妈，大家都变了，胆子变大了。"

妈妈只是笑："青春期而已。"

保健课的老师坐在讲台前看报纸，底下的同学笑嘻嘻地窃窃私语。那堂课要学的内容就是青春期发育。男女第二性征，生理构造，月经……

"这堂课呢……自己看书。"保健老师走进教室之后，只说了这样一句话。

自然，余周周等规矩羞涩的学生并没有依照老师的吩咐去研读保健教科书。她有些脸红地装作毫无兴趣，翻开英语练习册开始做单项选择题。

后几排的男生女生时不时地爆发出笑声，徐志强举着保健课本不知道在念什么，旁边的女生一直红着脸嬉笑着敲打他的肩膀，连马远奔也挂着傻笑隔空遥望着。一片羞涩而欢乐的"自学氛围"里，只有辛美香头也不抬，恍若未闻。

余周周仍然眉头微蹙地回头观望。这半年，辛美香越发沉默，成绩一如既往地烂。张敏每次拿到大型考试或者月考小测的成绩，只会训斥两个人，一个是辛美香，另一个则是马远奔。

虽然成绩差的人远远不止他们两个。

余周周叹口气，余光却瞥见近在咫尺的温淼正津津有味地读着保健课本上面的内容。上面的男性生理构造图画得像蚂蚁窝一样。当然，余周周是绝对不肯承认其实刚开学发新课本的时候，她就已经偷偷地把保健课本里面那几章阅读过了，否则她怎么会知道这幅图画得让人研究不明白？

"你……"余周周咧咧嘴。

温淼惊慌地抬起头，面颊迅速被染红。

“老师说……老师说让自学……”

余周周点头：“连期末考试都没有的保健课你都这么刻苦，一点儿都不偏科啊，温淼，你真是全面发展的好少年。”

温淼的脸开始发青。

“我当然得努力发奋啊，而且，老师一直说让我们大家向你学习嘛，其实我现在开始努力都已经晚了，”他笑眯眯地用西瓜太郎格尺敲了敲书页上硕大的“经期注意事项”黑体大字标题，“咱们的榜样余二二一直都是提前预习的啊！”

本来就心虚的余周周一下子被说中，哑口无言瞪着温淼半天，眨巴眨巴眼睛，才吞吞吐吐地说：“我，我没看！”

温淼不说话，只是挑着眉毛嚣张地笑。这半年来，他和余周周一直处于三天一小吵、五天一大吵的状态中，看上去文静温和的余周周其实牙尖嘴利、心狠手辣，他和对方从数学题的简便解法一直吵到《天黑黑》和《风筝》哪首歌比较好听，甚至连偷偷把对方鞋带系在桌子腿上这种下三烂手段都用上了，然而每次输的都是自己，这次终于依仗着男生与生俱来的厚脸皮优势扳回一局。

他还在沾沾自喜的时候，发现余周周的目光已经黏着在自己的书上了。他的尺子好死不死地戳在“遗精”这两个黑体大字上。

余周周低头看看书，又抬头看看他，再低头看书，又抬头看他。

相比女孩子已经接近常识的月经，这两个字的确是杀伤力更大。温淼脖颈僵硬，窘得说不出话来，只能可怜巴巴地用眼神向余周周求饶。

人不要脸，天下无敌。反败为胜的余周周笑嘻嘻地回过头，如释重负地趴在桌子上，感觉到耳郭和脸颊好像在燃烧一样，烫得吓人。

两败俱伤。

5

我们不一样

物理老师是个精力充沛的年轻女教师，据说在物理教研组风头很劲。物理课也是唯一六班和二班共享同一位老师的课程。

余周周托着腮，认真聆听着物理老师对全省公开课大赛的说明。这一次公开课大赛是全校重视的大事，每个年级都选派了一位老师参赛。当大家还在揣测物理老师会选择成绩好的二班还是比较活跃的六班的时候，物理老师却在讲台上宣布，参赛班级将由六班和二班表现积极的同学共同组成。

“这明显是作弊嘛。”温淼在后面叨咕。

余周周回过头小声附和：“你小时候又不是没参加过公开课，不是一直都这样吗？”

写好教案，规划整体流程，准备好各种教具，每个问题的回答者几乎都被安排妥当，比赛前几天就像拍戏一样串场背台词，老师亲切和蔼、循循善诱，同学积极踊跃、思维灵敏，无论什么问题都是全班一起举手。当然，注意那些手举得很高的人，他们才是真的知道这道问题如何回答的人。

物理老师说到课程的核心部分，摘下眼镜放到三扁四不圆的破烂眼镜盒里，随手往余周周桌子上一甩，就走回到讲台前开始在黑板上写写画画。马远奔突然伸手拽过眼镜盒，轻轻摆弄几下，那个明显不规整的眼镜盒就被稳稳地倒立在桌子上。

余周周惊讶地扬起眉毛：“哟，这是怎么弄上的？”

她也伸过手去，试了几次，全部都倒了，砸在桌子上发出不小的声音。

“笨。”异口同声，来自右侧和背后。

曾几何时，余周周是打定主意把马远奔当作透明人来看待的，只是时间一长，马远奔像小孩子一样不成熟的嬉皮笑脸就不再收敛了，他开始在上课的时候用诡异的口音叨叨咕咕，骚扰前后左右，把字条或者干脆面弄得碎碎的，撒满余周周那一半的课桌，或者在桌子底下踩她的新鞋子。

温淼则常常把双手枕在脑后，幸灾乐祸地看着气急败坏的余周周，时不时冒出两句风凉话。

但是，这两个男生都忘记了余周周从来就不是一盏省油的灯。她的照明弹体质被激活之后，马远奔才开始意识到事情的严重性。

他伸脚去踩余周周的时候只是意思意思，然而余周周反过来的那一脚，足以把人踢成瘸腿海盗船长的力度，一直踢到马远奔鬼哭狼嚎地喊着“老师，余周周欺负人”；当温淼咧着大嘴笑话余周周满桌子被碎纸覆盖的文具的时候，她已经把所有纸屑细细扫干净收集到一起，一言不发。温淼体育课回来打开书包发现里面一片雪白，淹没了所有的课本，抬头就看到前排的余周周背着手跟他打招呼，眼睛弯弯，声音甜美。

“你数数，一片儿都没少！”她笑眯眯的。

而此刻捏着物理老师眼镜盒的余周周轻轻侧过头去瞥了一眼马远奔，对方立刻识时务地埋头装睡了。

“你是不是男人啊！”只剩下温淼在后面无奈地咆哮。

“我昨天已经大致确定了在前面领导实验的同学名单，至于咱们班还有谁能参加，目前还没有定下来，不过肯定是咱们班和二班一半一半，绝对公平。”

实验？余周周把注意力从眼镜盒转移到物理老师身上。

这一次的公开课的设计的确比以往有趣得多。物理老师明显下了功夫，准备了好几套趣味实验，完全抛开了课本，美其名曰“科普探索”。

然后，物理老师殷切热情的目光落在了余周周和温淼的方向。

余周周甚至都听到了温淼在后面紧张地咽口水的声音。

文艺委员私底下对余周周赞叹道："这次的公开课很有趣嘛，这种创新一定让评委非常看重，体现了新课标的自主性内涵。"余周周和温淼不动声色地对视了一眼，叹口气。

不过就是形式新颖了些，难度提高了些。实验都不是他们自己设计的，连结果都已经计算好了，甚至连课堂上对实验过程和结果提出质疑的同学都已经安排好了。

这次公开课让余周周喜忧参半。高兴的是，许许多多无聊的课程，比如保健课、劳技课，还有课间操及眼保健操，她都有借口逃避了。物理实验室已经成了余周周的官方避难所，她对自己所负责的小实验充满了前所未有的热情。

她的实验搭档温淼也是喜欢逃课的人，不过这个家伙和她唯一的分歧就在于劳技课。温淼喜欢劳技课，也喜欢那些手工作业。余周周不明白，一个并不娘娘腔的男生怎么可能如此热爱劳技课，而作为实验搭档，他们必须统一口径一起行动，所以当温淼坚持要上劳技课的时候，余周周终于抓狂了。

"你是不是男人啊，那种课你也有兴趣？我们需要练习啊，练习！"

温淼打了个哈欠："练习个头！咱俩的实验几乎没有任何技术含量，你不就是想要带着漫画到实验室泡着吗？其实我觉得，在课堂上一边看一边提心吊胆更刺激，你说是不是？"

余周周理亏，他们的实验的确很简单，很简单：模拟日出。

基本原理是光的折射作用，所需要的道具就是一只方盒子、一个手电筒，还有一只玻璃瓶，确切地说，是撕掉标签的输液瓶。手电筒代表太阳，方盒子所代表的地平线的高度正好遮蔽了后面手电筒的光芒，讲台下的同学们什么都看不到。可是在两者中间放上装满水的输液瓶之后，讲台下的同学就能看到手电筒的光亮了。输液瓶在这里充当了大气层，对阳光进行了折射，这就是所谓"黎明在真正的日出之前"。

用温淼的话来说，这种无聊的实验，六岁小孩都能操作。物理老师的要求一直都是："自己琢磨台词，别上台像个结巴的木头人似的给我丢脸！"

不过温淼不理解的是，他们第一次走进实验室准备实验器材的时候，自己正在给手电筒安装五号电池，突然听见在水池前面给输液瓶灌水的余周周发出了傻笑声。

他悄悄走过去，看到她盯着手里灌满水的玻璃瓶，嘴角翘起，不知道在回忆着什么开心的事情。

她举起瓶子，轻声自言自语："嗬，把圣水带走！"

"什么圣水？"

被打断思路的余周周尖叫一声，玻璃瓶脱手而出，摔在地上粉身碎骨。

在一旁擦拭鱼缸和铁架台的沈屾侧过脸看了看他们这对活宝，目光冷淡。

余周周至今也没能够在周六的A班上和沈屾说上一句话，除了"麻烦让一下，我出去上厕所"之外没有任何交流。A班的座位伴随着每次月考的成绩总在变动，然而余周周和沈屾的这一桌万年不变，好像两座长在地上的石头山。

余周周隐约觉得，自己已经习惯了做年级第二名，这没什么不好的。小日子仍然优哉游哉地继续着，学习，但也看点儿漫画，打打羽毛球、跑跑步，妈妈也答应过年的时候给自己买一台电脑了……

沈屾是绷紧的弦，她不是余周周。

余周周甚至在不自觉地向温淼的生活信条靠拢。正如对方的姓氏，温暾和煦的好日子。

陈桉的主角游戏，还有师大附小的往事，交织成玻璃瓶外模糊不真切的影像。

沈屾除了那次在物理老师面前串场以外，就再也没有出现在实验室里面了，面对余周周撒欢地逃课这一事实，温淼一直在用"你看看人家年级第一，为了多点儿时间学习，连物理老师的公开课都不放在眼里，你活该这辈子排在她后面"来刺激余周周。

余周周在沮丧的同时，也没忘了反问温淼一句："你倒是挺上心的，那你自己呢？你那学习态度还不如我呢！"

温淼想都没想，懒懒散散地回了一句："可是，余周周，我们不一样。"

余周周突然愣住了。

似曾相识的话。

记忆汹涌而来，最终无功而返。

回到班级的时候，里面正在发周末当作作业的英语、数学、物理卷子和语文作文范文，从第一排向后传递，班里霎时一片热闹的雪白。每一科的课代表都站在讲台前大叫："有没有人缺语文卷子？有没有人缺？"

"我缺我缺！"文艺委员刚举手大喊，就听见周围一群人的哄笑。

余周周从后门经过，看到辛美香正在帮前后左右的男生女生整理卷子，按照顺序码成整齐的几份。虽然这些卷子他们都不会去做。

一个钉子引发的血案。辛美香的打抱不平，余周周知道现在也无以为报。现在被欺负的人换成了辛美香，自己却没有勇气走过去把卷子从她手里抢过来，塞回给徐志强他们。

到了自己座位上，余周周竟然发现马远奔已经帮自己把卷子分门别类码得整整齐齐。

余周周有点儿感动，反观身后正对着一堆页码杂乱的卷子发狂的温淼，不觉暖洋洋地笑了，对马远奔说："谢谢你啊！"

马远奔总是嬉皮笑脸，像个多动症儿童。可是很早前余周周就发现，无论对方是什么表情，他的眼睛总是空洞的，眼珠很少挪动，眼白过多，直勾勾的。如果把他的脸的下半部遮住，只看眼睛，甚至都没有办法猜到他的表情。

然而听到答谢，他没笑也没看她，有点儿脸红，只是不耐烦地说："收好你的卷子，以后别老到我书桌里面掏卷子！"

余周周不好意思地摸摸鼻子。她总是忘记带卷子，每次上课时候老师要讲解卷子答案的时候，她总是要到马远奔书桌里面搜刮一番，反正对方的卷子总是看也不看就塞进书桌，乱糟糟的，总能找到需要的那张。

"对了，刚才物理老师来了，去参加比赛的同学名单公布了，一会儿和二班的同学一起去实验室，好像说要排练。”

好吧，要串台词了不是。余周周无奈地把《犬夜叉》塞进书包里。

“还有，”马远奔突然说，“这个周末一过就要比赛了，好像是去师大附中。”

“哦，”她点点头，然后突然抬起头，“你说什么？”

6

都是推墙惹的祸

“周……余周周，怎么，你紧张吗？”

温淼看到一直大方坦然的余周周今天早上格外低眉顺眼，走路时候只盯着地面，一反常态的样子，不觉有些担心。脱口而出的竟然是很亲昵的“周周”，他几乎咬了舌头，连忙改口，加上姓氏。

余周周抬头，点点头，又摇摇头。

她要如何对温淼说明呢？她并不是因为公开课而紧张。

十二月二十四日的早晨，天是灰色的。余周周等人在物理老师和教导主任的带领下，跳下大巴车，在萧瑟的寒风中走进师大附中的校园。操场上好像刚刚扫过雪，格外整洁。由于正是第一堂课上课的时候，所以走在路上几乎没有遇到其他学生。

余周周不知道自己究竟是怎么想的。她对师大附中的校园有些恐惧，恐惧到坐在车子上的时候也格外安静，大脑空白。然而真的走进校园发现这里一片空旷的时候，竟然又有种失落感。

“哎，害怕什么啊，还有我呢！你要是忘词了，我给你兜着！”温淼故意很大声地说，还用胳膊肘轻轻拐了余周周的后背一下，仿佛这样就能给这个冤家鼓劲一样。

余周周微笑了一下：“啊，放心吧，我没事。还有……你以后叫我周周吧！”

得偿所愿的温淼立刻转过脸：“少跟我套近乎。”

余周周知道，温淼在紧张。

他已经是第四次往厕所跑了。

连一直面无表情的沈屾也坐在自己的左侧低着头碎碎念，似乎正忙着复习实验的开场白。背词的时候压力越大，越容易走神造成思维空白。沈屾的开场白进行到第六次了，仍然总是在同一处卡壳，破碎。

这一刻，放松下来的反倒是余周周。她抬眼望向前方，连物理老师跟主任说话时候的笑容都那么僵硬。前方正在进行“表演”的老师和同学的嗓音透过麦克风音响盘桓在十三中的同学们头顶，大家越发沉默。这种状况，让余周周心情很沉重。

她非常担心。

曾经以为早已在小学毕业之后就死掉的集体荣誉感在这一刻再次燃烧起来。

这种要人命的礼堂布置，很难不让大家紧张。

舞台上摆着桌椅、黑板、讲台、投影仪和幕布，抽签之后，各校代表队按顺序上台。而所有的评委和其他参赛学校的老师同学都坐在舞台下的座位上观摩，黑压压的一片人，直勾勾的目光炙烤着台上的参赛者。可想而知，这样恐怖而空旷的“教室”里面所进行的任何教学活动，都有三堂会审的味道。

在这样一个阴沉沉的大礼堂里，这样一个睡眠不足、惴惴不安的早晨。

从厕所回来坐回到余周周身边的温淼发了一会儿呆，抬起头盯着舞台上方红底白字的条幅，咧了咧嘴。

讽刺的是，条幅上写着五个大字：快乐新课标。

“快乐你姥姥个大头鬼。”他咬牙切齿地骂，余周周扑哧笑出声。

“真的别紧张，你听我跟你说。”因为没有遇见任何故人，余周周的肩膀彻底放松下来，笑容也回到了脸上，时不时左顾右盼，那副灵动的样子，几乎成了十三中代表队里面唯一的活人。

温淼半信半疑地看过来，面前的余周周一脸严肃，目光诚挚地说：“温淼，到时候你就看着咱们班同学讲话就行了，底下的观众，你就当他们都是猪。”温淼很诧异，指着自己的鼻子说：“那对人家现在站在台上的人来说，我们岂不是猪？”

余周周点头：“对，对他们来说，咱们就是蠢猪。”

温淼哭笑不得：“你这算什么开解方法啊？骂自己是猪？”

“你记住这句话，”余周周依然没有笑，“一会儿上台，咱们俩摆放仪器的时候就把这句话认认真真地说三遍，一定要说出来！”

温淼被余周周万分严肃的表情震撼了，也不再问为什么，只顾着点头。

余周周轻轻拍了拍他的肩，转头去看台上某个学校选派的笑容僵硬、语调肉麻的语文老师。

她想要告诉温淼，这句话并不是在骂谁。告诉她这句话的女孩子，现在不知道是否还站在舞台上。

她很想念詹燕飞。

当年余周周故事比赛一战成名，可是第一次和詹燕飞一起搭档主持中队会参加全省中队会大赛的时候，她仍然紧张得不得了。串联词都是毫无意义的大段修辞，就像春节联欢晚会一样，余周周不能像讲故事一样随意发挥，生怕背错了一句，于是独自一人坐在那里絮絮叨叨地默念，就好像此刻的沈屾和温淼。

那时候，就是詹燕飞抓起她的手，说：“都会没事的。你记住，台底下的都是猪。”

才一年级的小燕子，有着同龄人所不具备的成熟稳重，玉雪可爱的脸颊上有浅浅的笑窝，手心干爽柔软，却对她说：“台下的都是猪。”最后一个字的尾音让她的嘴巴噘起来，有点儿大义凛然的风度。

这是詹燕飞独创的缓解紧张的秘诀。余周周半信半疑，仍然低头神经质地背诵串联词。

终于站到台前，准备开始的时候，詹燕飞再一次抓住了她的手，轻声说："来，咱们一起说一遍。"

"说什么？"

"台下的都是猪。"

余周周结结巴巴地环顾四周："你说现在？"

"快说！"

两个女孩子放下话筒，用只有对方能听见的音量，异口同声："台下的都是猪！"

这种刺激而荒谬的行为让余周周几乎一瞬间就笑出了声，然后才发现，紧张的感觉似乎随着笑声飘散了。

"我宣布，师大附小一年级七班以'园丁赞'为主题的中队会，现在开始！"

余周周从回忆里面走出来，仰头对着礼堂穹顶的那盏水晶吊灯笑了笑。她从詹燕飞那里学会了坦然自若的姿态，她们站在台上，从来不注视台下，虚无缥缈的台词、绚丽的灯光，乃至热烈的掌声，通通都不重要。重要的是，她们站在台上，无视一切。

台下的都是猪。

余周周并不知道温淼一直在旁边注视着自己，她已经完全沉浸在自己的世界里面了，双眼微闭，笑容甜美。

温淼极轻微地叹了一口气。

这时，讲堂里响起了礼貌的掌声，那位语文老师带着班级同学退场，下一个参赛班级从舞台右侧陆陆续续入场。

"下面参与评课的是师大附中初中部选送的英语高级教师梅季云，参赛班级是二年级一班全体共六十一名同学。"

余周周抬眼的瞬间，就僵在了座位上。

余周周的班级坐的位置距离舞台非常近，她的视力又很好，几乎数得清楚正在指挥同学入座并帮助老师调整投影仪的那个男生白衬衫上一共有几粒扣子。

“周周，你没事吧？”温淼第一次光明正大地去掉姓氏喊了余周周，不觉有些难为情。

“我，我，我怎么了？”余周周偏过脸看他，笑得有些僵硬，活像刚才退场的那个语文老师。

温淼正想说什么，礼堂里面就响起一阵欢快的音乐，他们的注意力都被吸引到了台上。台上师大附中二年级一班的同学们都站起来，和着节奏拍着手，齐声唱着这首悦耳的英文歌，死气沉沉的会场一下子就被感染了，下面的老师同学也纷纷跟着拍手。

“这是什么歌？”温淼在余周周耳边轻声问。

余周周耸耸肩：“我不知道名字，但是我知道这是《音乐之声》的插曲，呃，其实唱的就是 1234567，do，re，mi，fa，so，la，si。”

当中有一句，余周周记得非常清楚，“Far，a long long way to run.”

师大附中的公开课水平显然比之前的那些班级不知道要好多少，阴暗的会场都因为台上欢快的气氛而变得明亮了些许。他们真的很放松，从老师到学生，丝毫没有在生硬地做戏的感觉，很大气——这不仅仅是因为主场作战。

在大家还不经常使用投影仪的时候，他们的 Powerpoint（演示文稿）教案已经做得非常漂亮。和澳大利亚嘉宾外教的互动，还有四个一组对即将到来的二〇〇二世界杯进行介绍的学生都表现极为出色。

余周周把目光从台上收回来，发现周围六班的同学都瞪大了眼睛盯着台上，尤其是沈屾——连上课时她都习惯性低着头，此刻，却眼睛发亮地看着台上，眼镜片上些微的反光甚至让余周周感觉到有些恐怖。

那是一种不服气，一种服气；一种向往，一种不屑。

余周周明白，沈屾这样有志向的女孩子，一定会在心里面和真正的重点校学生进行横向比较，而这一次，终于有机会看到他们的实力，自然会很留意。

可是她又觉得从沈屾的表情里读出了点儿其他东西，甚至有些恨意，不过不强烈。为什么会是恨？

也许是想多了。余周周摇摇头。

但怎么会是想多了呢？此刻的六班，简直比一开始还要紧张压抑十倍，这样子上场，不砸锅都奇怪了。

还在忧国忧民的余周周被温淼一胳膊肘拐回了现实，抬起头，台上的灯光已经暗了下来，只有两束追光打在舞台中央的两个人身上。

果然是主场作战，大手笔。

舞台中央的女孩子身着浅蓝色小礼服，做了鬈发，笑容明媚，余周周一时有些恍然。

而背对着余周周方向的男孩则披着白色的斗篷，戴着礼帽。她看了看柔美背景音乐中正在对视的两人，侧过脸问温淼："这是 cosplay（角色扮演）？"

"什么？"

"我是说……那个是怪盗基德吗？"

温淼白了她一眼："去吃大便吧！人家在演罗密欧与朱丽叶，小型舞台剧！"

余周周叹气，情痴罗密欧怎么穿得像侠盗罗宾汉似的。

当男孩子开口说话的时候，余周周终于没有办法腹诽什么了。标准的英式发音，还有那熟悉的嗓音。余周周并不很习惯这个家伙一本正经的讲话声，在她的印象里，这种嗓音应该是气急败坏的、得意扬扬的，别扭却真诚的、亲切的、美好的。

不过她从来就不否认，这个家伙一直都有站在台上统率众人、光芒万丈的能力。从她和他第一次站在一起读课文的时候，她就格外清楚这一点。

只要他认真起来。

罗密欧和朱丽叶的台词基本上没有几个人能听懂，温淼沉浸在剧情里面的时候，余周周在旁边好死不死地来了一句："莎士比亚真啰唆。"

追光熄灭，舞台灯光重新亮起，全场掌声如潮。怪盗基德牵着朱丽叶，摘下礼帽俏皮地朝观众弯腰行礼。温淼有些赞叹又有些羡慕地微笑着，余光却注意着表情凝重、目光专注的余周周。

他从来没有在余周周眼睛里面看到过那样的小火苗。

师大附中的公开课结束的时候，礼堂里面迎来了第一个小高潮。二年级一班的同学们笑吟吟地鞠躬退场，让接下来上场的班级黯然失色，屡屡出错，一路平淡无奇地收场。

还有两个班级，接下来就是余周周他们班。大家已经等待了接近两小时，紧张兮兮，士气低落。温淼愈加紧张。他不想告诉余周周，他有些妒忌刚才那个罗密欧。平生以来第一次觉得自卑丢脸，虽然他还没有上台。

不在乎。温淼告诉自己。他一直对自己说，凡事只要差不多就可以了。

真的就可以了吗？只是这样而已吗？

沈屾冷若冰霜地盯着地板絮絮叨叨地背词，再一次卡壳在同一个地方，阴冷的礼堂里面，她的额头竟然渗出了细密的汗。

结束了梦游的余周周突然站起身。

沈屾和温淼都吓了一跳，余周周盯着他俩的眼睛，眉头微蹙，有种奔赴刑场的意味。

"周周……"

"走，陪我去上厕所。"

"你说什么？"沈屾第一次对余周周说了"借光"以外的话。

"我说，"余周周用不容反驳的威严再次重复，"你们俩，跟我去上厕所！"

温淼从男厕所出来，站在女厕所门口靠在墙上等待。第一次被女生拉出来一起上厕所，还好没有被拉进同一个厕所。

"余周周就是个疯子。"他在心里恨恨地骂。

从厕所走出来的余周周拉住了他们两个人的袖子，说："先别回去。"

"你到底要干什么？"沈屾的表情有些不耐烦。原本应该在一旁起哄

“哇哇哇第一名第二名打起来了”的温淼却没有力气再关注她们。

“你们俩是不是很紧张？”

“我不紧张。”沈屾偏过头，“有什么好紧张的。”

温淼极为老实地点了点头：“我紧张。我害怕一会儿手一滑就把玻璃瓶子打碎了。”

余周周紧抓着他们的袖子不放手，说：“所以，来，我们推墙吧。”

“你干吗？你吃饱了撑的啊，我看你倒是不紧张，你精神错乱！”温淼甩开她的手，气鼓鼓地就要往会场里面走。

“我说真的，”余周周没有恼怒，她心平气和地解释道，“以前在书里面看到过，弓步站立，双手使劲地推墙，可以收紧小腹的肌肉，能非常有效地抑制紧张情绪，真的！”

她一脸殷切地望着温淼，朝沈屾方向使了个眼色。温淼知道，沈屾负责的“研究光在不同液体中的折射率大小”的实验是整次公开课的第一个实验，是开门红还是当场砸锅，会影响到所有人的情绪。

温淼有些理解余周周疯狂的举动了。从来不好意思向沈屾搭讪的她，这次竟然豁出去了，不知道是不是也被师大附中的表现刺激到了。

“好……”温淼点点头，对沈屾笑笑，“咱们卖她个面子吧，估计是她自己紧张，不好意思推墙，非拽着咱们……反正这儿也没人，就……就推一下……”

真他妈傻到家了。温淼说完这一席话，扭开头不理会余周周感激的目光。

于是三个人鬼鬼祟祟地四处张望，确认走廊里没人之后，以余周周为中心，并排而立，平举双手，走到雪白的墙壁前。

“一定要用尽全身的力气，就当这堵墙真的能推动一样，记住啊，一定要使劲！”

她说完之后就第一个冲上去推了。温淼张大嘴巴，他从沈屾惊讶的目光里面看到了同一个词。

大白痴。

然而，余周周旁若无人地全情投入、面目狰狞、两颊飞红的样子感染了他们。温淼笑着跑到余周周身边，弓着步埋着头开始用最大的力气推墙，不经意偏过头看见沈屾也在一旁沉默地推着，面色沉静，不像余周周那么狰狞，然而太阳穴附近一跳一跳的青筋说明她真的用了很大的力气。

“不行了，不行了，不行了。”余周周第一个败退下来，擦了擦额角的汗。

然后她微笑着，看着眼前的两个人仍然坚持不懈地在推着墙，似乎要把刚才那种紧张和自卑的情绪一股脑儿揉进墙皮里。

终于结束的沈屾喘着粗气，朝余周周笑了一下，很短暂的一瞬，却非常温柔。

而温淼则真的感觉到了一种重获新生的轻松感，胸口压抑着的情绪一扫而空，他咧着大嘴笑得开怀。

“喂，周周，”温淼越叫越顺口，“真的很有用啊，你从哪儿知道的这些稀奇古怪的招数……”

他停下来，忽然发现就在他们三个背后，站着一个抱着礼帽、拎着斗篷的英俊少年，挺括的白衬衫、疏朗的眉目，还有……冷冰冰的神情。

是刚才的罗密欧。

“你们在做什么？”

沈屾立刻低下头，不知道是因为羞愧还是因为别的什么。温淼看到余周周张大嘴巴，一副偷地瓜被人当场抓到的表情，甚至有些过分惊恐。

“我们……”

温淼动了动嘴巴，想要解释一下，毕竟自己在人家的学校里面胡闹，说来说去都有些理亏。

可是少年只是盯着余周周，好像他和沈屾根本不存在一样。

而且，目光非常凶恶阴沉。

靠，不就是推了你们学校的墙吗，凶什么凶！温淼往余周周身前一挡，刚要开口理论，少年却低下头，声音有些发涩。

“余周周，我问你呢，你推墙干什么？”

安静的走廊像一条漫长的时光隧道，只有尽头有一扇窗，透过熹微的灰白色的光。少年逆光而立，谁都看不清他的表情。

原来他们认识。温淼忽然觉得，自己已经被淡化到和墙壁一样苍白了。那种带着凉意的沉默空气，把四个人都温柔地包裹在其中。

划破这团空气的，是从温淼背后走过来的余周周。

她带着一脸谄媚而极不真诚的表情，伸出左手轻轻抚摸着墙壁，好像是在给一只大狗顺毛。

“我们只是顺手做点儿好事……”

少年脸上浮现出有些讥讽的表情，仿佛在说，撒谎精，接着瞎编啊！

“是吗，做什么好事需要三个人一起推墙啊？”他挑着眉毛笑。

余周周嘿嘿一笑，劈手一指墙面。

“因为我们发现，你们学校的墙有点儿歪。”

7

冤家路窄

“余周周你去死吧……”温淼声音小得像蚊子，不知道是不是因为在咬着牙。

“我怎么没看出来墙歪了？”林杨终于撕下了罗密欧的那张忧伤的脸，声音也不再优雅自持，余周周忽然感觉到心底一阵轻松。

这才是她所知道的那个林杨。

“因为……”余周周歪头看看笔直的白墙，“因为刚才我们已经把它正过来了啊……”

有那么一瞬间，余周周觉得林杨就要扑上来咬自己了。

每当她看到他，心里就会有些复杂的慌乱，说出来的话，做出来的事，通通脱离正常的轨道。又或者说，她是故意的，故意把话题都引向最远端，好像这样就可以避开他们之间的那一大团愁肠百结。

像从前的每一次一样，用饭盒、卫生巾、少了一句祝福的同学录，以各种奇奇怪怪的机缘巧合抹平时间的鸿沟，把最初的彼此黏合在一起。

余周周没有看到温淼鄙视的目光，也没看到沈屾眉眼间的错愕。她依然毫不在乎地笑着，眼睛却有些紧张地盯着眼前的林杨。

林杨没有笑。在有些漫长的沉默里，他像只小兽，一点点收敛起受伤时立起的毛发和突出的利爪，只是微微眯了眯眼睛，安然和余周周对峙，带着一丝凛冽的味道。

余周周所知道的那个气急败坏的林杨，只出现了几秒钟，就隐没在了歪墙之中。

“你觉得这样有意思吗？”林杨笑了，可是这笑容一点儿都不温暖明亮。

余周周扬起眉毛，胸口有些堵得慌，但没有反驳。

“你都多大了，还找这种借口，以为自己小学没毕业啊？”

“招呼都不打一声就没影了，现在不知道从哪个旮旯儿冒出来，就又开始用你那点儿小聪明糊弄人、欺负人？”

林杨抱着胳膊倚墙站立，每一句话都语气平缓，甚至带着点儿不屑的笑容，只是尾音处轻轻地颤抖，泄露了一丝真正的情绪。

温淼愣住了，他看到三分钟前还如同女王般掌控着全局的余周周此刻已经低下了头，脸庞微红，看不清表情，只有马尾辫还高高地翘着，像只不肯认输的喜鹊。

原本在得知罗密欧和余周周认识的时候，他就开始知趣地保持沉默，然而这一刻实在按捺不住了。

“我们又没把你们学校的破墙推倒，你管我为什么推墙？我他妈的就乐意推，干你屁事？戴个礼帽就不知道自己姓什么了是不是？我他妈的今天就看你不顺眼了……”

“温淼！”

余周周拉住了温淼，冰冷汗湿的手指落在温淼撸起了袖子的小臂上，让他浑身一激灵，发了一半的脾气瞬间瘪了下去。

“别说了，走吧。”余周周朝温淼摇摇头，就垂眼越过林杨朝着会场走去，擦身而过的瞬间，手腕突然被林杨狠狠地捏住了。

“我还没说完呢，你想走就走？”林杨的脸颊有些红，眼睛明亮得吓人。

看到一旁的温淼眉头一皱就要冲上来，林杨只是淡淡地摆摆手：“那个同学，你冷静点儿，这是我们之间的事情，跟你没关系。”

温淼刚迈出去的步子还悬在半空，只得停在那里，表情半是凶狠半是尴尬。

林杨已经比余周周高了大半个头，余周周也不挣扎，只是抬起头安静地看着眼前这个初长成的青葱少年，他的变化如此之大，陌生的不仅仅是需要她微微仰视的身高。

然而很长时间，林杨什么都没有问。

你为什么不来师大附中，你怎么都不跟我联系，你跑到哪儿去了？

他可以打电话给余婷婷，一定能找到她，可是他没有。他自己也不知道为什么。

她的消失就像是一场梦，又或者，当初她的存在才是一场梦。

然而没有任何预兆，她又出现了。凌翔茜还在麻烦地卸妆换衣服，他懒得等，就一个人先去美术老师办公室归还道具服装，然后就看到让人七窍生烟的一幕——推墙做什么？精神病患者要逃跑吗？

下一秒钟，中间的那个女孩子退下来，动作夸张地擦着额角根本不存在的汗，笑嘻嘻地说：“不行了不行了，累死我了，你们两个继续加油！”

她的声音很熟悉，又掺杂着几分陌生的清脆。她侧脸的笑容也那么熟悉，眉眼弯曲的弧度一如初见，然而林杨从来没有见到过余周周笑得这么像一个没心没肺的小丫头，甚至有点儿疯疯癫癫的。

那么自然快乐。

十五岁的林杨第一次在自己的胸口触摸到那么多翻腾的情绪，掺杂在一起，绞成一团麻，时间紧迫，他没有时间细细解开这番纠结，只能分辨出里面最鲜艳的那一根线，鲜红色的，愤怒。

"你以为，我还能乐呵呵地听你胡说八道？还能任你欺负？"林杨的声音平静，手底下却控制不住力度，余周周被捏得蹙眉，但是一声不哼。

半晌，她抬起头："我知道是你让着我。"

林杨有一点儿诧异，张了张嘴，手上力道一松。

"你放心，我不会再欺负你了。"

余周周挣开他的手，林杨惊慌的表情在眼前一闪而逝，她大步朝着会场入口走过去，没有回头。

"我说，你真的没事？"

余周周点点头："没事。"

她很感激温淼什么都没问，包括罗密欧到底是谁。

余周周回了座位，大约过了五分钟，温淼和沈屾才回来。沈屾的表情很阴沉，温淼则是一副若有所思的样子。

她有些懊恼，不好意思地笑笑："对不起啊，我太任性了，刚才让你们都挺尴尬的，现在看来一丁点儿效果都没有，全是负面效应。"

温淼不以为然地摆摆手："我不紧张了，真的，"然后声音突然小下去，"至于沈屾，她现在这副样子不怪你，她刚才跟别人吵架了。"

"沈屾？吵架？"这两个词无论如何都联系不到一起去。

"嗯，"温淼点点头，"还是和一个男生吵。你刚走，就有一个男生和一个女生来找刚才那个罗密欧，结果……他们说话特别气人，我也帮沈屾说了好多话，反正就是……"温淼停下来，耸耸肩。

他不愿意像个八婆一样把吵架的内容都告诉余周周，如果他是那个自尊要强到变态程度的沈屾，也一定不希望吵架时的那些恶毒话语外传。

"最后还是你认识的那个罗密欧把我们都拦了下来。其实他还是挺讲道理的人，真的。你走了以后，他就跟丢了魂似的。"温淼说完，小心翼翼地观察着余周周的表情，却什么都没有发现。

余周周很快转移了话题：“沈屾的情绪没什么问题吧？”

温淼耸耸肩，朝沈屾的方向努努嘴。

此时的沈屾抿紧了嘴巴，再也不像刚才那样嘴皮子翻飞地背诵了。余周周不清楚应该怎样才能安慰对方，于是索性伸出左手覆上了沈屾的右手。虽然手指很凉，但手心还是热的，热手掌贴在沈屾冰凉的手背上，成功地把对方从迷惑的神情中召唤出来。

沈屾看了看她，好像在等待着余周周说什么，可是她什么都没有说。

不知道过了多久，沈屾突然开口，说的却是风马牛不相及的话。

“你想不想考振华？”

余周周愣了一下，然后非常坚定地点头。

毫不犹豫。

不是没有被问起过这样的问题，考试成绩出来的时候，同学们恭维的话总是脱离不了“振华的苗子”这一类话题。余周周总会谦虚地笑笑，然后状似不在意地说：“我可没想考振华，一点儿都没想，能考上师大附中高中部就好了……”

毕竟，十三中历届只有在祖坟着大火的时候，才能有一两个考上振华的学生。

只有对沈屾，余周周相信她们是对等的，能并肩奔跑的人，不会耻笑对方的终点线太过遥远。

“我想考振华。和你一样。”

沈屾反手握住她的手，郑重地点了点头，目光却飘到邈远的某个点上。

“我必须考上振华。”她说。

余周周动容。和她吵架的人究竟说了什么，让她用上“必须”这么严重的字眼？

已经来不及揣摩了。老师在一旁指挥大家一排排地起立，撤到后台排队准备上台。

余周周只能用力地握了握沈屾的手，然后沉默地起身。

杀气。

余周周和临时同桌温淼对视一眼，彼此眼中都有些担心。台前的沈屾浑身散发着比平时还要冰冷十倍的杀气，其他人只是觉得有些怪异，误以为沈屾只是紧张，只有他们两个能够清楚地判断出沈屾真正的情绪。

语音中些微的颤抖，还有过快的语速。

实验结束，被安排好的群众演员余周周举手提问："请问这个实验中的光源为什么要选用激光棒而不是手电筒呢？"

"因为……"沈屾的搭档是个胖胖的男生，话还没说完，沈屾已经开口盖过了他的蚊子音。

"激光棒发出的激光光线比较集中，打在玻璃缸上只有一个红点，便于记录数据，同时，红光相比手电筒的光来说，穿透力更强，当我们用色拉油等透明度很差的液体进行实验的时候，同样能清楚地看到记录点的位置。"

连珠炮，流利快速得吓人。

"谢……谢谢。我懂了。"余周周干笑了两声坐下，沈屾已经点了另一个举手提问的同学的名字。

"她吃炸药了？"温淼轻声问。

余周周想了想，苦笑了一下："恐怕现在观众席里面坐着某根导火线吧！"

温淼有些不解，只得笑笑："你说你们这样，不累吗？"

我们？余周周诧异。她和沈屾，很像吗？

第二个实验就轮到余周周和温淼。他们上台的时候沈屾正在收拾实验仪器，余周周听到很轻的一声"加油"，甚至有些像幻听。

温淼笑不出来了，真正站在台上俯瞰台下黑压压的人群的时候，那感觉和坐在课桌前是完全不同的。

"开始吧。"他深吸一口气，从来没有经历过这种场面，从小到大就没有站到台前的机会，所以温淼真的有些抖。

"急什么，"余周周笑了，"我们还有一句话没说呢。"

“说什么啊？大家都在等着咱们呢！”温淼吓得脸都变色了。

“猪。”余周周气定神闲，“反正开场白是我的，你要是不说，我就不开始。”

温淼气极，呆望了两秒钟不得不僵硬地对着台下的茫茫人海轻声说：“台下的……都是猪。”

“台下的都是猪。”

“台下的都是猪。”

突然就毫无预兆地笑了出来，脸上也不再僵硬。重要的不是真的要在战略上藐视观众，而是在万众瞩目的情况下做这种事情，既恐惧又刺激，确切地说，是把恐惧提前度过了，后面的实验，反而就变成了小菜一碟。

侧过脸，身边的搭档余周周笑靥如花，眼里满是鼓励和赞赏。

温淼感到心间淌过暖流，却在同时，有种深深的失落。

身边这个家伙，轻而易举将会场气氛转暖，站在台上说话就像平时一样自然流畅、亲切大方，偶尔的小幽默赢得下面会心的笑声。温淼忽然觉得余周周如此耀眼，跟六班或者十三中的所有人都不属于同一个国度。

就好像，她早晚要飞走。

“地球不是圆的吗，你们的地平线为什么用方盒子？”

余周周愣了，这个问题根本不在计划范围内，她也不大明白。用胳膊肘拐了一下发呆中的温淼，对方没反应，她尴尬地笑笑说：“这个问题很有意思啊，不过倒也不难解释，让我的助手来给你解答这个问题吧！”

温淼这才清醒过来，愣愣地问了一句：“搞什么，我什么时候成了你的助手了？”

观众席上爆发出了笑声，这种搞笑绝对不在计划内。物理老师和全班同学都只能傻傻地愣着，而那个提出难题的同学也非常羞愧地坐下了，准备迎接老师的批评。

温淼的脸腾地红透了，在大家的笑声中，他有些无助地和余周周对视着。

余周周却扑哧乐了出来。

她敲了敲桌子，大声说："别笑了，安静！"

笑声渐渐平息，大家都睁大眼睛想要看看她到底要做什么。

"作为科研工作者，有两点是要牢记在心头的。"

温淼在心里哀号。余周周又要开始胡扯了。

"第一，我们心里不能存有功利心，谁是组长谁是助手，这不应该是关注的焦点，科学精神才是最重要的，永远记住，真相只有一个！无论是组长还是助手，都对它负有责任。"

说完，还朝温淼示威性地笑了笑。

我呸。温淼在心里狠狠地踢了余周周一脚。

"第二，不是所有实验从一开始就完美，在遇到问题和不足的时候，要及时停下脚步，并能虚心听取意见，防止南辕北辙。因此，包容性是很重要的。所以，对于这个同学你的问题，我们两个的确不是很清楚，实验结束后一定认真思考找到答案。当然，现场如果有同学清楚的话，可以现在为大家解惑……"

"我知道啊，这很简单。"

话音刚落，台下就传来了应和的声音，时间差掌握得天衣无缝，好像事先排练好了一样。温淼朝观众席看过去，发现第一排边上站着的那个男生，赫然就是罗密欧。

"地球是近似球体不假，可是我们并不是站在卫星上远眺的。由于地球表面积很大，人站在地球上，相对地球实在太小太小了，而且眼界范围只有面朝的正前方，所以只能看到地球很小的一块面积，也就意味着，人是看不到整个球面的，又怎么可能有感觉弧度呢？假使我们把圆当作一个正N边形，截取足够小的一段，那一段看起来就会是直线段。同理，如果是地球的话，截取足够小的平面，那段平面根本就不会有弧度，所以你们用方形纸盒子代替地平线，是没有任何问题的。"

男孩说完，就敛起笑容认真地盯着余周周看。

余周周只是轻轻回了一句："回答得真精彩，太感谢你了。"

罗密欧仍然执拗地盯着，最后轻轻说了一句："对不起。"

没有人注意到这句驴唇不对马嘴的道歉，可是温淼感觉到余周周微微抖了一下。

余周周转身开始笑意盎然地把话题拉回到实验上，面对大家一脸恍然大悟的表情，做了非常大气的总结陈词。对于她的危机处理以及台下那个罗密欧的出色配合，场上的观众纷纷给予热烈的掌声以示赞赏。

温淼下台的时候只感觉到了空虚和沮丧。在余周周拍着胸口庆幸地重复“总算糊弄过去了”的时候，他出奇地安静。

自己的木讷表现已经不值得沮丧了，沮丧的是，他竟然会在意自己的表现是不是木讷。

这种强烈的得失心，在被他们耀眼的针锋相对照拂过后，破土而出，扶摇直上。

也许很多年后想起这次公开课，他能记得的，只有两个瞬间。

一个是余周周气定神闲地站在台前，微笑着说，台下的都是猪、猪、猪！

另一个则是白衬衫的少年，在关键时刻挺身而出，侃侃而谈，最后旁若无人地当着黑压压的观众的面，专注地看着余周周说，对不起。

温淼有些忧伤地想，其实无论余周周多么亲切友好地邀请自己，他都没有说“台下的都是猪”的资格。

在他们的舞台上，他才是那头猪。

8

能做的事

“老师请客？”

“嗯，现在都下午两点多了。大家都饿死了。其他同学先回校，物理老师带我们做实验的这八个人一起去附近的肯德基。”

余周周想了想：“温淼，你跟老师说一声，我有点儿事情，得回趟家，必须……回趟家。”

“回家？”

温淼话音未落，余周周已经转身大步跑了出去。

师大附中和师大紧挨着，在奔向车站的路上，她经过了师大的正门。余周周放缓脚步，忽然想起某个阴天的早晨这里熙熙攘攘的家长和学生，还有他们眼中满满的期待。

那些人，现在都在哪里呢？当初的憧憬与志气满满，十年后还剩下多少呢？

还在发呆中的余周周突然听到了一阵荒腔走板的二胡声。

心底仿佛有根弦被触动，余周周拐了个弯，毫不费力地在桥洞底下找到了和那年穿着同一套衣服、戴着同一副墨镜的老乞丐。

“……你怎么还在这儿？”

而且二胡拉得还是这么烂。余周周把后半句吞进肚子里。

老乞丐和以前一样低下头，从墨镜上方的空隙看她，额头上皱起深深的抬头纹。

端详了许久，他突然笑起来，咧开的大嘴里面是金灿灿的黄牙。

“丫头，我记得你。”

余周周笑了。又是一个冬天了。当年那个因为奥数和前途问题而哭泣无门的小姑娘走失在时间的洪流里。虽然现在看来，当时的那些担忧都如此幼稚，其实她并不是没有可能在师大附中入学，然而余周周知道，苛责自己是没有用的，回头看时无大事。

她忽然很想借着机器猫的时光机穿梭回去，不知道是不是还能遇到当初的自己——难道彼时彼刻的余周周要一直活在哭泣和绝望中？

“还想不想听我自己写的曲子？”

余周周摇摇头：“我没带钱。”

老乞丐撇撇嘴：“少糊弄我，舍不得花钱拉倒。咱那首曲子专门演给舍得花钱听曲儿的人。丫头片子不识货。”

余周周笑了：“除了以前我犯傻，你以为还有人能花五块钱听你那首破曲子啊？”

老乞丐神秘地笑了：“这你就不懂了吧？去年冬天，就有个小子出了五十元，站这儿一动不动二十分钟，就非要听你听的那首曲子。”

“什么？”余周周愕然。

“我哪知道他要听哪首啊，我手头这作品一筐筐地都装不下。他就站这儿给我形容了半天，”老乞丐学着那个男生的口气说，“‘就是当时给你钱让你拉二胡的小姑娘，这么高，梳着马尾辫，穿着黑色大衣，戴红色围巾’……”

说完，他促狭地嘿嘿一笑，金灿灿的大黄牙晃花了余周周的眼睛。她突然觉得鼻子很酸，刚刚因为林杨的冷漠和刻薄而堵在胸口却被她刻意压制的那股委屈的情绪瞬间得到释放。

“我说了，你不乐意听，肯定有别人识货……”

老乞丐还在絮絮叨叨地炫耀着，抬起头，发现眼前的人行道上已经空无一人。

余周周急着回家，因为这个晚上很重要，她需要请假提前回家“准备一下”，因为妈妈说，平安夜想让她见一位叔叔。

妈妈身边总是会有追求的叔叔，从来没有任何一个人被引见给余周周，而他们也的确动不动就消失了。

小时候她也会问：“××叔叔怎么不打电话过来了？”

妈妈总是摸摸她的头说：“不见了就不见了啊，就当成是从来就没有出现过。”

所以今天的这个叔叔，一定不是会随随便便就不见的人。

妈妈重视的人，余周周会加倍重视。随着她渐渐长大，母女两个有时候也会在聊天的时候提到一些这方面的问题，其中也包括某些禁忌的往事。

所以余周周格外强烈地希望妈妈能够幸福。世界上有一种幸福，是余周周无法给予妈妈的，多么勤奋懂事也不能。

当她穿戴整齐拉着妈妈的手出现在旋转餐厅门口的时候，她不觉有些紧张。妈妈的手仍然柔软温暖，源源不断地传递给她力量。

“齐叔叔好。”她仰脸看着眼前高大的中年男人，笑得很甜美。

“周周好。”齐叔叔用大手轻轻拍她的头，好像她是一只小动物。

坐在餐桌前的齐叔叔皱着眉，像煞有介事地盯着菜单许久，突然爽朗地大笑起来，有点儿不好意思地挠挠头对余周周说：“周周，你和你妈妈点菜吧，叔叔吃什么都行。”

余周周有些诧异，身子前倾问道：“那叔叔你没有喜欢吃的东西吗？”

“有啊，”齐叔叔的笑容有些像黄日华版的郭靖大侠，“我喜欢吃你妈妈做的炸酱面。”

“没正经。”余周周的妈妈白了他一眼。

余周周愣了一下，头点得像捣蒜：“我也喜欢。叔叔你真有品位。”

齐叔叔和那些精致的叔叔不一样。他没有架子，也不讲派头，笑起来有点儿傻气，却有温暖的感觉。

就是温暖的感觉。像一个真正的父亲。

而且他喜欢看动画片，也喜欢武侠小说和侦探小说，更重要的是，他是工程师，数学学得特别好……

回到家的时候，妈妈还在放洗澡水。余周周蹭到浴室觍着脸笑：“齐叔叔挺可爱的。”

一个四十二岁的男人，被称为可爱，不知道这到底算不算一种夸奖。

“你下午逃课了吧？我一下班赶回来就看见你在家。”

“嘿嘿，”余周周坚决执行转移话题战术，“让齐叔叔陪我去买电脑好不好？”

妈妈叹口气，将淋浴喷头关上，哗哗的水声戛然而止。

“周周，你真的喜欢他吗？”

余周周抬眼，还没有卸妆的妈妈脸上几乎看不出岁月的痕迹，她的脸上仍然平滑无瑕，只有周周知道面具下面浮肿的眼袋和眼角的细纹。在她像个女超人一样踩着十厘米高跟鞋穿梭在家和办公室之间的时候，余周周能做的只是不增加负担。所以，她迫切地希望等到一个能够真正为妈妈减轻负担的人。

谁都可以，只要他有挺直的脊梁、厚实的胸膛和温暖的笑容。

她知道妈妈不希望看到自己为了某种原因而假装迎合与大度，好像对妈妈再婚毫不介意的样子，然而她的确并不在意，甚至是非常非常期待。

“我喜欢他，只要是你喜欢的人，我都喜欢。”余周周郑重地说。

妈妈怔住了，抬起手拨开余周周细碎的刘海儿，手指上的热水珠滚落下来，滴在余周周细密的睫毛上，模糊了她的视线。

“周周，你不必……”

“我是有条件的，”余周周笑嘻嘻地打断妈妈伤感的情绪，“以后我找男朋友的时候，你也一定要抱着这种心态。”

上一秒钟还在抚摸脸颊的手转了个方向狠狠地掐了一把，余周周夸张地大叫一声后撤一步，妈妈笑着骂她：“死丫头，是不是有目标了啊？在我这儿打预防针？”

余周周干笑着摇头：“佛云，不可说，不可说。”

有句话的确不可说。来之不易的幸福，不敢说出来，怕被嫉妒的神仙再次夺走。

“妈妈，你要幸福。”

余周周笑嘻嘻的心里滑过一滴温热的泪。

特等奖第三名。

物理老师带来这个消息的时候，全班都沸腾了。余周周第一个想到的却是，沈屾听到这个消息，会不会高兴一点儿？

那次公开课过去之后的第一次周六补课，余周周和沈屾仍然像什么都不曾发生过一样，几乎没有对话，如果有，也只是“借光，我出去”和“好”。然而对余周周来说，沈屾已经不再神秘，也不再冷漠。这个女孩子心底翻腾的热切的梦想和余周周是一样的，也是十三中同学不愿意也不敢讲出来的那个名字。

虽然公开课的奖项只是一个集体奖项，然而余周周真心地希望这个成绩能让沈屾心里好过一点儿——某种程度上，它能够说明，十三中也不是那么差劲的学校，他们和师大附中的学生也并没有那么大的差距。

当然，只是某种程度的证明。包括温淼在内，所有人都在观摩师大附中英语课的时候深切体会到了差距，并不仅仅是成绩上的差距。那种自信大气的姿态，不单单是成绩带来的。

公开课之后，温淼也莫名地沉寂了一阵。

他看余周周的眼神总是怪怪的。余周周像往常一样回头跟他斗嘴，得到的总是百无聊赖的回应，久而久之，她也自觉地收敛了在这个人面前嬉皮笑脸的行为。

平安夜早晨的那个舞台带来的心理冲击，并不是那么容易消化的。

唯一没有变的只有辛美香和马远奔。

每当马远奔开始在自习课上制造稀奇古怪的噪声时，余周周总会狠狠地掐他，得到的是一句连哭带笑的“死三八”。同样让余周周心有余悸的就是马远奔的头皮屑，在灿烂的阳光下几乎能闪闪发光，可这是她所不能挑剔的，因为说出来会伤人。有时候心情好，余周周也会给他唱粤语版的“恭喜你，你家发大水”，每每此时，马远奔总会笑得像母鸡要下蛋。当然，尽管每次发下来的卷子都会被他码得板板正正，健忘的余周周仍然会时不时把魔爪伸向他的书桌寻找空白卷子或者演算纸。课堂小测的时候，他会趴在桌子上，专门替她检查些简单的计算题。她安心地做后面的大题，他就按照步骤查看每一步的小数点。如果做的是语文卷子，他还会翻开书，指着余周周的古文填空说：“这个字写错了。”

偶尔，余周周也会在徐志强等人要求他跑腿的时候，轻声对他说：“难道不可以硬气一次，对他们说‘不去’？”

每每这时，马远奔都会用看怪物的眼神看余周周。

“他们是我兄弟。”他郑重其事。

他们只是在耍你。然而余周周把这句话埋在心底，有些事情戳破了只能让对方更难过。

也许在马远奔乐颠颠地跑下楼去买零食或者香烟的时候，心里满溢的就是那种被需要的快乐，她没有权利夺走这种快乐，哪怕它只是一种错觉。

马远奔也常常会问余周周，为什么张敏总是骂他和辛美香，却从来不追究徐志强他们的不及格，大家不是都在拖班级的平均分吗？

余周周耸耸肩："因为你不是无药可救。"

她相信，即使张敏再稀里糊涂，也一定能看得清楚，马远奔有一颗善良朴实的少年心。

只是辛美香脸上的瘀青让余周周很担心。现在所有的课程里面只要从第一排往后"开火车"，老师和同学都会默认一般地绕开她。有一次，坐在最后一排的她刚站起来，另一组第一排的女生已经起身开动了新的一列"火车"。辛美香站在原地，沉默地待了一分钟，然后悄无声息地坐下了。

此后，她再也没有站起来过。

至于脸上的瘀青，不必问就知道，是她妈妈的杰作。

"陈桉，有时候我想，其实对辛美香来说，是不是没有被生出来比较幸福呢？"

余周周正伏在桌子上写日记的时候，突然听到背后传来急促的尖叫声和咒骂声。

"我他妈让你把书包交出来，你妈 × 耳朵聋是不是！"

9

主角的游戏

余周周回头的瞬间，只看到徐志强骂骂咧咧地飞起一脚踢在墙角女生的胳膊上，而那个被踢了也不抬头，仍然执拗地缩在墙角紧紧搂住书包的女孩子，就是辛美香。

一群男生冲上去奋力拉住徐志强，嘴里不住地劝着："消消气，你他妈有病啊，跟傻子一般见识，打坏了还得赔钱……”

余周周大惊失色，连忙追过去，绕过骂骂咧咧还在装模作样想要挣脱众人束缚的徐志强，蹲在辛美香身边急急地问：“疼不疼，有没有被踢坏？你倒是说话啊？”

余周周的手覆在辛美香肩头，感觉到的却是剧烈的颤抖。辛美香蜷缩得像一个蛹，以那个脏兮兮的深蓝色书包为中心，紧紧包裹，脸也深深地埋起来。

“你凭什么打人？”余周周气愤得满脸通红，几乎忘记了害怕，转过身朝着徐志强大声质问道。

“老子乐意！他妈的，贱人敢偷我女朋友的东西，我 × 你姥姥……”

徐志强的脏话让人忍不住想要捂住耳朵。余周周的怒火一直烧到胸口，她“呼”地站起身，刚想开口，就被冲过来的温淼挡住了。

“别冲动，他们拦着徐志强呢，你赶紧把辛美香带出去，看看有没有踢坏！”

余周周用尽力气控制许久，才平息下来重新蹲下拍拍辛美香的头：“美香，美香，跟我去校医室，你能起来吗？”

辛美香仿佛被困在了一个魔咒里，只是颤抖，既不抬头也不应声。余周周有那么一瞬间，甚至怀疑她真的已经聋哑了。

“美香，美香？”温淼也蹲下来，柔声唤着她的名字，“你能起来吗？”

辛美香这才微微抬起头，本来就小的眼睛因为哭肿了，干脆眯成了一条缝。她的嘴唇一刻不停地翕动着，可是余周周根本听不清她在说什么。

于是余周周只好跪下，把身体更凑近她，在周围嘈杂的环境里努力分辨她的声音。

凝神许久，余周周终于听到了那不断重复的一句话。

“我要杀了你。”

“你说，咱这算是逃课吗？”温淼打了个哈欠，他已经很长时间没有单独和余周周待在一起，此刻倒也算得上是单独——身边的辛美香从一开始就可以算背景色。

余周周没有回答。她和辛美香一样沉默。

她费了好大劲才把辛美香带出来，一路拉着她爬上学校主楼的天台。天台上的锁头一直都是虚挂着的，于是它成了余周周独自享有的秘密基地。

过了十分钟，温淼也追出来，打听到了来龙去脉。

下课的时候，他们把辛美香赶了出去，让徐志强的女朋友坐在辛美香的座位上闲聊。那个女生离开之后突然又返回来，说自己的一本《当代歌坛》落在了座位上，然而徐志强在辛美香桌面上找了半天，也没看到那本花花绿绿很显眼的杂志。

他坚称是辛美香偷走了之后放在了书包里面，于是一定要搜辛美香的书包。一直沉默着任他们欺负的辛美香这次一反常态地强硬和执拗，护住书包死活不让他搜，争执之下，辛美香愤而起身抱着书包往门外逃，被徐志强拽住后领狠狠地拖倒，一屁股坐在地上，后脑勺直接撞到桌角上。

余周周听到的那声尖叫，就是在她倒地的瞬间发出的。

下一秒，辛美香就连滚带爬缩在墙角，任徐志强怎么踢，她都不松开搂着书包的双手。

“美香，我们去医务室看看好不好？你身上有没有哪里疼？我们去检查一下有没有被撞坏，好吗？”

余周周慢声细语，辛美香却像是中了蛊一般目光呆滞，沉浸在自己的仇恨里。

“喂，你能不能别总这样啊，你要是想捅了他现在就去拿刀，磨磨叽叽个什么劲啊！”温淼的耐心终于耗尽，余周周瞪了他好几眼，通通被他无视。

辛美香恍若未闻，只是低着头，偶尔嘴角会浮现一抹得意的笑容。

温淼惊讶地看着余周周：“她该不会是……疯了吧？”

余周周也愣了，想了许久，忽然笑了起来。

“你不会也疯了吧……”温淼后退了几步，“别告诉我这是传染病……”

余周周摇摇头，笑容愈加温柔，又有点儿悲伤的味道。

“温淼，如果你特别特别想做一件事情，却又因为能力太差做不了……你会怎么办？”

温淼挠挠头，什么都没说就低头看脚尖，不再大呼小叫。

他不想告诉余周周，在那场公开课结束后的晚上，睡觉前他躺在被窝里，把白天的各种场面重复了一遍，只是这一次，神神道道的罗密欧同学的角色变成了自己，关于地平线的每一句话，他都闭着眼睛在脑海中重复了一遍，甚至自己都没意识到脸上的表情也随着脑海中翻腾的幻想而格外生动。

当我们无能为力的时候，我们就做白日梦。

只是有些人的白日梦一辈子都不会醒来。

余周周叹气：“我想，辛美香现在正在想象着自己把徐志强踩在脚下的场面吧！”

温淼沉默着，没有应和。

余周周坐到辛美香身边，轻轻搂着她的肩膀。寒风凛冽，余周周感觉自己的脸颊已经被风吹得失去知觉了。

三天后就是期末考试了，又一个学期要结束了。

自己好像也曾经在睡觉前幻想着自己考上了振华之后耀武扬威地回到师大附小去“探望”于老师，对方的种种反应——虚伪地假笑着说“我早就知道你能有出息”，或者尴尬地承认自己当初目光短浅，或者对于贬低的行为悔不当初……无论是哪一种，她都想好了对策。几乎也不需要考虑真正考上振华的难度有多大，在白日梦里，她是女王，轻轻松松过瘾就好，然后带着满足的笑容沉入梦乡。

醒来的时候，窗外是残酷的现实和懒洋洋的晨光。多么高贵的女王，也都不得不爬起来上早自习。

他们三个不知道站了多久。就在温淼已经变成冰雕的时候，辛美香忽然开口，轻声问：“你们，从小就是好学生吗？”

“陈桉，你知道吗，在辛美香跟着医务室老师去检查肩膀是不是脱臼的时候，我和温淼还是偷偷翻了她的书包。

“那本杂志，的确在她的书包里。

“温淼很惊讶，可是我一直都知道，辛美香有偷书的习惯。只是偷书。当初那本《十七岁不哭》就是她从租书屋偷来的。她并没有很多钱用来租书，确切地说，是交不起押金。她的许多漫画书和小说都是顺手牵羊的，但是看完之后她会还回去的，呃，前提是那本书不好看……

“不知道为什么，也许是她太可怜了，我总觉得她的这种行为是可以理解的。毕竟，应该得到的，她一样都没有得到。

“我知道她问我们那个问题的原因。我也不止一次地想过，如果我成绩不好，张敏还会不会喜欢我，妈妈还会不会给我这么多看漫画书的自由，同学们还会不会这么维护我、喜欢我……

“其实我知道答案，不会。小学六年级的时候，奥数就告诉我了，如果成绩不好，我什么都不是。

“辛美香觉得，只要成绩好，她就能得到我们所拥有的一切。虽然我觉得爱本应该是无条件的，可是实际上，它的确不是。我不知道是不是成绩变好，她就会快乐幸福，但是我知道，这也许是她尝试的唯一途径。”

唯一的机会。

在送辛美香回班的路上，余周周轻声讲起了那个“主角的游戏”。

曾经陈桉教给她的游戏规则，被她用来拯救另一个女孩子。

她们一个曾经失去宠爱，一个从来就不曾得到过。

辛美香眼里的火苗让温淼有些畏惧。

“我帮你。”余周周在她回到座位的时候，轻声承诺。

“这是何苦。”温淼在背后摇摇头。

“你不懂。”

“我怎么不懂？”他认真地看着余周周，“你小学的时候是师大附小的，对吧？千里迢迢跑到我们这个烂学校来，不就是为了那个什么狗屁游戏规则吗？心里憋着口气，为了让所有人都看看，你很有能力，你能考上振华，不是吗？”

“这有什么不对吗？”余周周有些激动。

“没什么不对，”温淼摇头，“没什么。”

所以他对余周周说过，我们不一样。

那一刻，因为公开课而笼罩在温淼头顶的，交织着自卑和迷惑的阴霾渐渐散去。温淼坐在座位上，微笑地注视着正伏在桌面上刻苦复习的余周周的背影。

因为他们不一样。

10

How time flies

余周周不是没有见识过某个同学突然发愤图强，坚持几天之后渐渐懈怠，然后恢复到和以前一样懒散的状态。

甚至连马远奔，都曾经因为一点儿小鼓励而重整旗鼓。

神经质而又善良的地理老师，被大家戏称为“神奇老太”。某天的课堂上把马远奔叫起来，问他：“黑板上两条线，哪条是长江，哪条是黄河？”

马远奔很随意地答对了。

全班同学小题大做地热烈鼓掌，毕竟这对马远奔来说简直就相当于奇迹。他面色红润地坐下，喜气洋洋，余周周也微笑着说：“好聪明。”

有时候余周周真的不知道到底哪些细节会不经意间触动心房。马远奔忽然开始很认真地学习，在纸上写别别扭扭的字，然后面带羞涩地说：“呀，好久不写字，呵呵，都，都不会写了。”

然后在某一堂课间，语文老师走进班里面说：“马远奔你到底长没长脸？全年级只有你和辛美香没及格，你把平均分拉下来多少，你知不知道？”

正在重新练习握笔的马远奔忽然站起来，双眼通红。

后来他又坐下了。

短暂的发愤图强就此夭折，马远奔又回复了当初嬉皮笑脸的一面。虽然余周周知道就算语文老师不出现，也没有那些伤人的话，马远奔照样坚持不了多久。可是，毕竟，希望曾经出现过，正因为这份希望，他才对语文老师那句和平常差不多的训斥有那么强烈的反应。

更多的人，只是因为自己的怠惰而放弃了所谓的学习计划。

可是，余周周从来都没有想到，辛美香能够挺过来。

她好像把一腔恨意都倾倒在了课桌上，随意用笔尖蘸一点儿就能埋头写很久。期末考试过后到春节前的这段时间里面，学校组织初二、初三年级集中补课。余周周每次经过辛美香的身边，都能看到她低着头奋笔疾书。

很早以前余周周就知道，仇恨的力量远大于爱的力量。爱让我们变得温暾懈怠、快乐满足，只有恨能让我们在逆境中撑下去。

那是一种咬牙切齿的不放弃。

余周周知道，这种恨远远不是徐志强等人一直以来的欺负所能够引起的。辛美香的成长历程是一个谜，她沉默的外表下遮盖着的一切都是个谜。

是她格外悲惨，还是她对伤害格外敏感、格外念念不忘？

余周周一边疑惑着，一边热情地伸出援手。辛美香可以分享她所有的学习方法、学习技巧，那些余周周存着小私心不愿意告诉别人的诀窍，还有内容精练、题型丰富的参考书练习册，通通被她贡献出来。

辛美香就像一个黑洞，她从不道谢、从不客气，在余周周絮絮地讲解着某部分的知识体系应该如何归纳整理的时候，她也只是沉默，不会迎合地点头以示自己在认真听，不过，事实证明，她的确是拼了命地在追赶。她的作息已经奇怪到了一定境界——每天放学回家之后立刻入睡，似乎是防止爸妈和食杂店的嘈杂影响自己学习；睡满六小时之后，在晚上十一点左右起床，用整整一个后半夜来学习，天蒙蒙亮的时候顶着寒风出门跑步减肥，然后早早到校参加早自习。

辛美香的这股劲头儿让余周周肃然起敬。

每当余周周给辛美香讲题的时候，温淼都会一直托着下巴在后面注视着她们，从头到尾。

“你对她真好。”温淼的语气中听不出来情绪。

余周周闲来无事，也会对温淼讲一些辛美香的事情——自然，省略了关于阴暗的小卖部和疯疯癫癫的妈妈这一部分内容。她告诉温淼，这个女孩子其实很喜欢读书，有很丰富的内涵，在自己被徐志强欺负的时候挺身而出，还有一颗水晶般的心——她即使不漂亮，可是也能把《水晶》那首歌唱得那么美好。

温淼一直沉默着听，时不时点点头，从不表态。

余周周一直以为温淼是不满辛美香的态度，一副非常不懂得知恩图报的样子。

“今年过年的时候她往我家打电话了，祝我新年好。她只是内向而已，少些甜言蜜语也不是不好，我想帮她，根本不在乎她是不是……”

温淼摇摇头：“我不是说这个。”

“……难道你是害怕她的成绩超过我？”余周周试探性地问。

温淼啼笑皆非：“你想到哪儿去了？你要是担心她，还不如先担心我。”

余周周哼了一声：“得了吧，就你？”

温淼把双手背在脑后，只是笑。

“周周，当你放下戒备，真心想要对一个人好的时候，你就成了瞎子。”

又一个新学期开始了。

余周周开始在每周六、周日约辛美香一起去学校附近的北江区图书馆自习。破旧的阅览室里面，除了一个戴着老花镜看报纸的老爷爷，就只剩下她们两个。辛美香的沉闷让余周周有些无聊，于是她强行把温淼也拉了进来。

原本以为被占用了周日游玩时间的温淼会推托，没想到他答应得倒很爽快。

"你给我妈打个电话，我正好被她困在家里面出不去正郁闷呢，我妈这种无知愚昧的家庭妇女，就知道迷信你这种学习好的女生，恨不得供起来让我天天烧香拜三拜。就当你行行好，我加入你们拼命三郎学习小组，正好没有出逃的借口呢……"

余周周翻了个白眼，不得已给温淼的妈妈打了电话。

第二天早自习的时候，她回过头用笔尖敲敲温淼的桌面："我终于知道你是怎么长成这副德行的了。"

温淼的妈妈有着朴实而热情的声音，几乎是余周周心里面传统母亲的典范。而她以前也在家长会之前见过温淼的爸爸，平和而豪爽的男人，对温淼有着出奇的宽容和放任。

这样的家庭，应该是能够出来温淼这样的家伙的吧！

"我觉得你这种小富即安、吊儿郎当的样子也没什么不对，"她故意用老气横秋的语气说，"你过得太幸福了。"

温淼没有否认，反问道："难道你不幸福？"

余周周愣了愣，仔细思索了一下最近的生活，平淡无聊，只缺烦恼。

好像，当初困扰自己的那种不平和恐惧，已经被时间的流水带走。

"挺幸福的，"她若有所思，不过很快加上一句，"但是我和辛美香某种程度上有点儿像……"

"你们不像，"温淼突然打断她，"一毛钱都不像。"

不过尽管看起来很不喜欢辛美香，温淼还是加入了周末图书馆学习小组，成员数量一下子扩充到四名——如果算上那个老爷爷的话。

"How time flies（时光飞逝）！"温淼夸张地大声念出英语课本里面Jim写给李雷的信。

"嘘！"余周周瞪了他一眼，"图书馆里面不许大声喧哗！"

温淼斜着眼睛看了看报纸的爷爷，笑了。

“整个阅览室就咱们四个，一个严重耳背，一个基本聋哑，剩下的也就你对我有意见，而我向来不在乎你的意见，”于是，他再次端起课本，油腔滑调地大声念道，“How time flies!”

阅览室的旧木桌很窄，余周周把腿伸过去，狠狠地踢了他一脚。

温淼仿佛没知觉一样，仍然自顾自地问：“喂，周周，你说，韩梅梅是不是喜欢李雷啊？”

余周周差点儿没咬到舌头，余光盯着辛美香，对方仍然在和比热容、晶体、熔点战斗，对他们的对话恍若未闻。

于是她也伸长脖子靠近温淼，小声说：“可是我觉得李雷喜欢的是双胞胎 Lily 和 Lucy……”

“没事，我觉得好像 Jim 喜欢韩梅梅，你记不记得上树摘苹果的那篇课文，Jim 一个劲地在底下叫韩梅梅要小心，韩梅梅理都没理他，光顾着跟李雷哈啰来哈啰去，这一看就是……三角恋啊！”

余周周的脸朝下砸在了桌面上。

“孽缘啊，”温淼一副痛心疾首的样子摇头，“从第一课李雷站在中间说‘Jim, this is Hanmeimei. Hanmeimei, this is Jim.’（吉姆，这是韩梅梅。韩梅梅，这是吉姆。）的那一刻开始，三个人的纠缠就已经注定了……”

余周周低头没理他，过了一阵子发现温淼不出声了，抬起头，看到他正忙着用自动铅笔在英语书上乱涂乱画呢。

明明只有两个头像的李雷和韩梅梅，被温淼在图案下方补上了身体——而且还牵着手。

余周周脸一红，突然想起什么了似的凑过去问：“温淼，你是不是思春了？”

温淼一个本子飞过去，气急败坏地大叫：“余周周！思春那个词是乱用的吗？”

他们谁都没有注意到辛美香早就满脸通红，笔尖也停在第 17 题的题号上，许久不动了。

老爷爷的报纸轻轻地翻过一页，安静的阅览室里面只有纸页哗啦哗啦的响动声。春光正好，外面随风拂动的柳条上冒出了一点儿新绿，只是一夜间的事情。

许多许多年后，余周周他们早就不记得Jim写给李雷的信到底都说了什么，只有那第一句，“How time flies”，所有人都铭记在心。

时光飞逝。只有李雷和韩梅梅还在年复一年笑容满面地互相问候：“How are you？”

只有他们的青春不朽。

11

五月天高人浮躁

五月，暮春初夏的风吹在脸上，温暖舒适，让人忍不住想要打哈欠蜷缩成一团，和屋顶上的猫咪挤在一起晒太阳、睡懒觉。初二下学期的第三届补课班，辛美香已经是B班第三排的学生。

很多不知情的人都以为这种巨变来自某天下午毫无预兆的爆发。语文课抽查背课文，轮到辛美香的时候，大家依照惯例，在辛美香前面的女生坐下的瞬间，另一组第一排的女同学已经站起身了。

“为什么把我绕过去？”

辛美香的声音不大，却冷冽坚定。

然后在语文老师和第一排的女生都还在愣神的时候，辛美香已经开口背诵了。余周周从她的声音里面听出了很多复杂的情绪，单薄颤抖的嗓音里，是被紧张和兴奋所包裹的勇气。

她回头得意地朝温淼眨眨眼，好像辛美香是自己的一个非凡作品，此刻终于面世。

温淼仍然懒洋洋的，仿佛对辛美香的举动毫无兴趣。

没有人知道在这短短的四个月里面究竟发生了什么，辛美香仿佛破蛹而出的凤蝶，在初夏时节翩然振翅。她变瘦了，长跑让她的肌肤呈现匀称健康的微黑色，五官渐渐清晰立体，也不再穿那些廉价得让人看不出年龄段的衣服。

大家忽然发现，原来她是个长得很有味道的女生，瘦削的肩膀和下巴，透着几分凌厉。

余周周知道，其实自己也并不完全知晓辛美香付出的努力。想要脱离曾经的自己，就仿佛抽筋拔骨一样。她虽然也经历过各种各样的困境，可是那些毕竟都是外在的压力与不顺，她潜心等待机会卷土重来就好，不需要对自己改变太多，即使有，也是悄然无声的渐变，随着时间的累积。谁也不曾像辛美香一样，对自己这样狠。

仅仅只是为了变得更好吗？

自信起来的辛美香不会在余周周讲题的时候保持沉默。偶尔她会尖锐地打断，直言，这种方法太麻烦了，明明有更简便的算法。

温淼每每此时就会在一旁冷笑。

被抢白的余周周只能挠挠头，笑笑说：“哦？你给我讲讲？”

辛美香被调到第四排，和余周周、温淼那一组相邻，只隔着一个过道。开始有很多同学和她聊天，似乎大家在惊讶过后就迅速接受了这一改变，并且丝毫不记得自己当初是如何在闲聊时集体笑话过这个女孩。

余周周轻声对温淼说：“你看，成绩的确能带来宠爱。”

温淼伏在桌面上，脸埋进胳膊里，只露出半个脑袋，眼睛滴溜溜地转。

“可是你不觉得，这样有点儿可怜吗？”

余周周不愿意承认，然而辛美香身上的确有些东西，是她以前从来没有发现的。

比如，嘴角的那一抹冷笑。

六月末的某天早上，余周周和温淼一起抱着全班的物理作业本穿过行政区的走廊往班级走，迎面刚好碰上同样抱着作业本的沈屾。余周周咧嘴一笑正要打招呼，忽然听见远处的电铃声，似乎就来自学校附近的第四职业高中的教学楼。

电铃声响了很久，余周周从来没有听到过他们学校的电铃声如此嚣张地传遍四方。

“现在是九点钟，打的第几节课的铃声啊？收发室老头喝高了？”温淼向窗外不住地张望着。

余周周忽然想起了什么：“是中考！四职是中考考场，今天是第一门吧？”

他们三个人都安静下来，窗外并没有什么可看的，蓝天白云下，四职的教学楼背影安然伫立。

明年就轮到他们了吧！

余周周忽然想起前两天听说的考试信息：“我听说，师大附中的高中部会在中考前寻找全市统考前一百名的学生商量签协议，如果签了协议，就只能报考师大附中高中部，不过可以有十分的降分优惠。很多想考振华又怕落榜的同学最后都签了这个协议，折中保底。”

温淼点头：“我也听说了。”

余周周想了想，轻声问：“那如果是你们，会签吗？”

毕竟，十三中的学生想要考振华，不成功便成仁。而师大附中高中部确实也是非常好的学校。

温淼和沈屾同时开口。

“当然签啊！”“绝对不签。”

三个人互相看了看，都笑了出来。

“周周，你呢？”

余周周摊手：“我不知道。”

她好像突然对振华不是那么执着了。

是因为太幸福了吗？

那年夏天，有一首叫作《勇气》的歌被班里的男生女生翻来覆去地唱。偷偷在放学后拖着手一起去网吧打 CS（反恐精英）的小情侣不约而同地哼着，“爱真的需要勇气，来面对流言蜚语……”

那年夏天，有四个花样美男让所有学生开始疯狂抢购 VCD 和娱乐杂志，只为了看一眼他们当中某一个人的消息。女孩子们不再彼此询问“你喜欢咱们班的哪个男生”，而是直截了当地划分派别：“喂，你喜欢道明寺还是花泽类？”

连温淼都直勾勾地问过余周周。

余周周红着脸，说：“《流星花园》我没看完……”

温淼惊奇地扬眉：“为什么？”

余周周摇头，死活也不说。

她要怎么告诉温淼？她正坐在客厅里面看电视，妈妈坐在一边削水果，齐叔叔也靠在沙发上看报纸，突然电视里面传来杉菜的尖叫。两个大人一齐望向电视机，正好看见道明寺把杉菜推到墙上扯衣服强吻的镜头。

杉菜肩头的衣服刺啦被扯裂，余周周的面子也刺啦被扯裂。

她面红耳赤地关上电视，齐叔叔在一边笑，向来不干涉余周周课余生活的妈妈这次抓了个现行，放下苹果走过来轻轻拍她的脑袋：“这都是些什么乱七八糟的，以后不许看了！”

余周周欲哭无泪。这个该死的道明寺。

所以当大家热火朝天地讨论着剧情和感情走向的时候，余周周只能闷头在纸上画圈圈。

学校里面也兴起了各种各样的F4团体，当然，也有些不走寻常路的，会起名字叫“四大才子”“十三中四少”等，总之离不开“四”这个数字。

余周周是从谭丽娜口中得知，他们年级也有自己的F4，其中，徐志强是“道明寺”。

想起徐志强那张马脸，忍住想翻白眼的冲动，余周周捂着胸口问：“为什么？”

“可能因为他最霸道吧……”

“那花泽类是谁？”

谭丽娜突然有些扭捏起来，半晌遮遮掩掩地说：“我也不清楚，听说是二班的慕容沉樟……喊，你说他哪儿帅啊……”

余周周在心里冷笑："哪儿帅你心里最清楚吧。"

她不愿意想起奔奔，那个见面不如不见的奔奔。或者说他早就不是奔奔了，只是一个顶着华丽姓氏、奇怪名字的不良少年而已。

余周周有那么一瞬间非常想要在满溢一室的氤氲暧昧中大喊一句："你们都思春了吧！"

不过，青少年青春期心理卫生建设轮不到她来考虑。她需要担心的是她自己。

徐志强和女友分手，对余周周的追求卷土重来。

辛美香的转变让徐志强重新记起了余周周几次三番和他的较量。当面打小报告，拒绝自己的表白，现在又挡在他面前大喊"你凭什么打人"……作为十三中的道明寺，他有责任和义务尽快找到一个杉菜，而目光就死死地锁定在了余周周的身上。

送花，买中午饭，送零食，让各种小弟出去散播两个人交好的消息，一时间，许多外班的同学都会在课间休息的时候徘徊在门口想要看一眼"杉菜"的长相。

甚至连放学的路上都围追堵截。徐志强和一队小弟在她身后跟着，烦死人不偿命。

温淼有些担忧地说："走吧，以后我送你回家。"

余周周感激地笑笑，丝毫没有考虑到，这让温淼陷入了十分危险的境地。很快，徐志强就放出口风，不码上二十个人打得温淼满地找牙，他徐字倒着写。

温淼如常来上学，听余周周提起徐志强的宣言，只是笑笑。

其实不是不紧张的。余周周能看得出，可是他仍然硬撑着，用满不在乎的笑容掩饰着恐惧。

她忽然很心疼。

体育课自由活动，余周周远远看到温淼被一群不认识的男生围了起来，而六班其他的男生都事不关己地在远处观望，一个个都是缩头缩脑的样子。血冲上头顶，余周周一个冲刺就扎进人堆里，毫不费力地找到温淼，挡在他的身前。

领头的徐志强抱着胳膊，眯着眼，歪着嘴，还学着古惑仔的样子叼了一根牙签在嘴角。

“不关你事，让开，老子今天非教训他一顿不可，让他没眼力见儿给我添堵！”

每当需要保护别人的时候，余周周总是有无穷的勇气。那一瞬间她甚至不着边际地溜号了，想到被打得经脉尽断的星矢，也总是一在脑海中想起亲人朋友的时候就会小宇宙大爆发。主角的力量永远来自对别人的爱和保护，不是吗？

她有些兴奋地笑了，余周周你看，你果然是主角的命。

“徐志强，我告诉你，你要是再无理取闹没完没了，我饶不了你！”

“哟，你想怎么饶不了我啊？”徐志强说完就一脸猥琐地笑，周围的狗腿子们也很捧场地赔笑，一时气氛非常和谐。

“温淼是我最好的朋友，你敢动他一根毫毛，我就，我就……”余周周在肚子里搜刮半天找不到词汇，于是用最大的力气叫道，“我就给你告老师！”

全场有三秒钟的静默。

然后狗腿子们欢乐开怀，笑得山河雷动。余周周回头，看到危机中的温淼竟然也一脸“别说我认识你”的无奈。

徐志强却用一种非常欣赏的表情盯着她，笑容诡异。余周周又想起一年半之前他牵着她的手做出的那番深情款款的告白。

“愿意做我的杉菜吗？”徐志强目光炯炯。

所有人都在看她。

余周周一字一顿：“杉，你，姥，姥！”

12

想保护的人只有你

在徐志强变脸的瞬间，有个身影从人群外突围杀到中心区，挡在了余周周和徐志强之间。

千钧一发，英雄救美，很多人一生都难以遇上一次，余周周竟没有发现自己幸运如斯。

奔奔用左手推着徐志强的肩膀，右手反过来拉住余周周的手腕，很镇定地说：“卖我个面子，消消气，你别冲动！”

花泽类当着众人面冲到道明寺面前回护杉菜。意识到这一点，徐志强兴奋得不得了，千载难逢的机会啊，他不发火也得发火！

二话没说，一拳招呼上去。奔奔没有防备，直接飞出去撞在某个狗腿子的身上。

后来的事情，就和余周周无关了。她和温淼渐渐脱离了人群，旁边的狗腿子也不全是徐志强的手下，和奔奔关系好的不在少数，所以全都面面相觑，不知道该不该出手帮忙。两个人的单挑很快就发展为互掐脖子，在地上滚来滚去。

好像电视剧。

余周周这一刻才发现，当初那个因为温和礼貌而在大院里被一群男孩子欺负还需要余周周出面保护的小男孩，已经成长为一个善于打架的少年了。看起来仍然苍白文弱，拳头挥上去的时候却毫不犹豫，凌厉狠绝，带起一阵呼啸的风。

当奔奔骑在徐志强身上一拳一拳挥起来没完的时候，旁边的狗腿子们终于适时地上前拉开了他。徐志强鼻青脸肿，嘴角都是血，仍然不服输地骂骂咧咧，奔奔却自始至终一言不发。

“行啊你，你就这么对你兄弟，你他妈真有种……”

奔奔笑了：“谁跟你是兄弟？”

余周周目瞪口呆，半晌才不得不承认，奔奔转身绝尘而去的样子，是挺跩的。

她对温淼低声说："赶紧闪，快回班。"

好汉不吃眼前亏，温淼并没有固执。他点点头正要走，突然回头问："周周，你呢？你不回班？"

余周周笑了一下，"我去看看奔奔有没有受伤。"

"奔奔？"

她回头，粲然一笑："对，奔奔。"

"喂！"

四职的操场和十三中操场之间的护栏破了大洞，大家时常从这里钻来钻去，两个操场乱窜。四职的操场有一面是宽敞的看台，奔奔坐在最高那一级的角落里，不知道在看什么，听到余周周的呼唤，才微微笑了一下。

然后疼得龇牙咧嘴一番。

应该是受伤了。

"不去医务室看看吗？"余周周坐到他旁边。

"过两天就好了，用不着。"

"那谢谢你。"

奔奔微微笑了一下："客气什么，应该的。"

余周周摇头，有些明知故问地说："怎么会是应该的呢？"

奔奔愣了一下，过了好一会儿才慢慢地问："周周，之前我不理你，你是不是生气了？"

尽管眼前的奔奔是陌生的，可是那种亲切感让余周周仍然在他面前保持着毫无顾忌，丝毫不需要遮盖喜悦粉饰的悲伤。

如果你能够在某个人面前直言不讳，那么一定要珍惜他，因为在他面前，你是你自己。

"不是生气，是很难过。我觉得你变了，小时候的事情你都不记得了。"

奔奔歪头："我的确都不记得了。"

"怎么会？"余周周拽拽他的袖子，"你记不记得院子里有个总欺负人的、又黑又高的大个子叫小海，还有月月，还有丹丹，还有……我们总是一起去独臂大侠后院偷石料，翻一下午就为了收集一块好看的石头……"

奔奔耸肩："我真的没什么印象了。我印象里那个大院的人都长一个样。"

奔奔有些懒散无谓的口气，让余周周刚刚燃起的希望又熄灭了。

余周周抬起头，下午的阳光在奔奔毛茸茸的短发边缘勾勒出美好的金色轮廓，他嘴角的瘀青也透出几分年轻而陌生的味道。她有些迷惑，她清楚地记得眼前的人，却认不出他来。而他能认得她，却不记得过去了。

可是奔奔突然补上一句："我只记得你。"

"嗯？"

"你跟小时候一点儿变化都没有。和我想象中一样，变成了一个特别特别好的女孩子，"说完想了想又补充一句，"我所知道的，最好的女孩子。"

奔奔和余周周有同样的习惯，当他们真心想要夸奖谁的时候，总是词语贫乏，只能不断地重复一个字"好"。

你变成了一个特别特别好的女孩子。

"那你为什么不理我？"

"你为什么不理我？"这是只有小孩子才能问出来的话，不在乎自尊，不在乎姿态高低。随着他们越长越大，所有人都渐渐学会了保护自己，在别人疏远前先一步动身，在别人冷淡时加倍地漠然，在得不到的时候大声说："我根本就不想要啊！"

奔奔伸手拉住了余周周的马尾辫，就像小时候一样。

"因为我会给你惹麻烦的。我不是好学生，你离我远点儿比较好。

"你继续努力吧，继续像现在一样这么出色，或者变得更出色。我只要在远处看着就好了。你不知道我有多为你高兴，真的。"

余周周发现自己好像有哽咽的冲动。她摇摇头，连忙问了自认为很紧要的问题。

“为什么……为什么不做一个好学生呢？”

奔奔很随意地回答：“因为做个坏学生比较简单啊。我为什么要做个好学生呢？”

余周周不知道自己为什么一定要做个好学生。这对她来说从来就不是一个值得考虑的问题，这是一个准则，流淌在血液里。鱼从来不考虑自己为什么要逆流而上，不是吗？

初夏的午后，就连沉默都暖洋洋的，时间好像倒流了十年。

很长时间过去了，奔奔才慢慢地说：“可能是……可能是因为我讨厌我家的人吧！”

余周周这才想起她从一开始就应该询问的话：“你爸爸还打你吗？你的家在哪里？你过得好吗？”

奔奔那个酗酒成性的养父，在他小学五年级的时候，从工地的升降台上一头扎进了水泥池。

出殡的时候，连奔奔自己都想象不到，他竟然会哭。

更想象不到，神秘的亲生父母竟然会出现。就好像一场梦，在他迷迷糊糊的时候，他就有了新的名字和家庭。老邻居都在背后啧啧作声，议论着这个孩子多么有狗屎运，祖坟上冒了几许青烟——所有人都忘了，其实这些原本就是属于他的，他只是归回了自家祖坟而已。

家里值钱的东西只有抽屉里面装钱的鞋盒。奔奔背着书包抱着纸盒子出现在亲生父母面前的时候，脸上被养父打伤的地方还没有痊愈。

在那个混乱的小学里面已经学会了怎么用拳头保护自己的奔奔，偶尔冒出一句“妈的”都能把他那个大他两岁的哥哥吓一跳，喝汤的时候发出声音也会被他笑，奔奔举起拳头准备朝同胞哥哥挥过去的时候，他们有了第一次正式的家庭会议。

奔奔坚持不改户口。从滨海城市迁回省城的父母想要把他送进师大附中，也被他激烈地抗拒了。哥哥只会冷笑着说他白眼儿狼。

"周周，你为什么要回到十三中来读书？"

"我想我的原因跟你不一样。"

十三中是余周周的驿站，却是奔奔的归属感所在。

"先是拿我还感情债，之后又把我带回去改造成一个好孩子，好像我有多么脏、多么恶劣似的，我凭什么要听他们的话？我凭什么要乖乖地变成跟我那个哥哥一样的家伙？"

奔奔就连说这些话的时候也毫不激动。这个看似柔弱的少年身体里面一直有种坚定强韧的力量，可以让他熬过养父的打骂，也可以让他毫不动摇地拒绝亲生父母的改造。

"奔奔，你不可以永远这样。"

"那么我应该怎么样？"奔奔微笑，"周周，你以后想要变成什么样的人？"

"很强大的人，很优秀、很强大的人，可以让我妈妈过上好日子，"想了想，又补充道，"让所有我喜欢的人都过上好日子。"

尤其是你。

奔奔点头："那很好。很像你应该有的理想。"

"你呢？"余周周执着地追问。

"我？"奔奔笑了，"和你一样啊！"

周周再接再厉："所以，你为什么不一起努力呢？我们……"

"周周，"奔奔打断她，"不是只有考上好高中、好大学才能保护自己爱的人，你看，我刚才就可以保护你，而那个差点儿被揍的男生就不能。何况……"

"何况什么？"

余周周眼里的奔奔已经模糊成了金色的剪影，近在咫尺的距离，却无法伸出手拉住。

"何况，我想保护的人，特别少。"

13

离别曲的前奏

余周周迈步走进班级的时候，又闻到了过氧乙酸那股刺鼻的味道。她憋住一口气，冲进班级里面匆匆拿出练习册和笔袋，然后挣扎出来，在门口大口大口地喘气。

初三的冬天，非典就像一个流传极广的鬼故事，把所有人都变得疑神疑鬼的。余周周却毫不恐惧，还在心里暗自感谢这场突如其来的瘟疫。

他们因为非典不再补课，周六的 A、B、C、D 冲刺班已经停掉了，每天晚上准时五点放学，久违的双休日回到了自己的手里，高兴得不能言语。

很多家长还在焦虑补课班纷纷被叫停，会不会影响自家孩子第二年六月的中考，然而余周周心中坦荡荡——天塌大家死，何况对于她和温淼、辛美香、沈屾这样善于自学的学生来说，自己能够支配的时间多起来，未必不是件好事。

图书馆的学习小组仍然在每个周六、周日的下午雷打不动。温淼和辛美香的关系不再那么冷冰冰的，外表和成绩的改变让辛美香越来越自信，话也渐渐多了起来。

余周周是乐于见到这一点的，虽然心底总会遗憾，她已经不是当初那个埋头看《十七岁不哭》，还会送给自己哗啦棒的女孩子了。

余周周告诉自己，这是一种很龌龊的遗憾。她只不过就是舍不得那个怯懦古怪、需要自己可怜的辛美香而已。对辛美香本人来说，现在这个样子才是美好的——她完全没有义务为了自己的那点儿所谓纯真的好感放弃变得优秀的可能。

偶尔会在走廊里遇到奔奔，彼此相视一笑，假装谁也不认识谁。余周周知道，她和奔奔没有变，只要记住这一点就好了。

只是沈屾起了满脸的青春痘。温淼的青春痘已经渐渐消失不见，余周周私底下问温淼有没有治疗青春痘的药物，她想要匿名塞到沈屾的桌洞里面。长大些的余周周虽然很少刻意打扮，但是也知道女孩子的外表无论如何都是非常重要的。

温淼耸耸肩：“我没有特意去治啊，它莫名其妙地就好了。我猜可能是发育结束了吧？”

“嗯？”余周周讶异，“你已经发育成熟了？”

温淼满面通红地飞起一脚，余周周闪身嘿嘿笑起来。

沈屾真的是压力太大了。余周周有些担忧地想，她会被压垮的。

担心别人过多的结果就是自己遭殃。十二月的初始，她就开始发高烧，休息了一夜之后，在耳垂上发现了一粒晶莹的半透明小包包，痒痒的。

妈妈面色一沉：“周周，你发水痘了。”

请假半个月。温淼每天晚上都会打来电话，每过两三天就跑来把课堂上面发的卷子带给余周周，附赠上自己整理好的标准答案。余周周知道温淼一直都懒懒散散，能做到这种地步，实在是很难为他。

“谢谢你。”她在电话里说。

“不用谢，不全是我一个人的功劳，卷子是你同桌帮你整理的，标准答案有一半是我写的，一半是照抄辛美香的。”

余周周鼻子有点儿酸。她伸手抓抓头，一个星期没洗头了，头油的味道让她发晕，何况头皮里面密密麻麻的水痘，尚未结痂，痒得让人抓狂。

“谢谢你们。”她轻声说。

“得了吧，少来这套，赶紧养好病回学校考试！一模马上就开始了。”

“你什么时候开始这么上进了？”

“我自然不在乎，可是你在乎啊！”

余周周黯然：“好，我会尽快好起来的。”

“我一直都想说，你真是绝了，初三才开始发水痘，你青春期延迟啊？”

“这不是水痘！”余周周气极，口不择言，说完了自己都有些愣愣的，不是水痘是什么?

电话那边传来了温淼嚣张的大笑。

“对对对，不是水痘，不是水痘——你起了一身青春痘!”

考一模的时候，余周周被隔离在收发室里面，三面都是玻璃墙。她的卷子被老师专门送过来，打铃之后又专门收走，听英语听力的时候躲在考场外面费劲地跟着扬声器做答案，答题卡还涂串了一行。

最最高兴的其实是下课的时候，坐在玻璃匣子里面，隔着透明的窗子对外面站成一排的朋友傻笑喊话。因为脸上发了好多痘痘，她用围巾把自己完全包裹起来，只露出两只眼睛。温淼挑着眉毛摆出各种怪怪的表情逗她，满意地看着她的两只眼睛始终保持着弯成月牙的形状，心里有种喂养动物园熊猫幼崽的满足感。

仍然眼神冷漠、表情丰富的马远奔，带着罕见笑容的辛美香，还有难得在百忙之中抽出时间现身的沈屾。

余周周笑着笑着就有眼泪盈满眼眶。

真的很想一辈子都不分开，永远把自己困在十五岁的冬天，顶着中考的压力并肩奋斗，却不知道，它永远都不会来临。

那样多好。

余周周病愈回到班级的时候，有一件事情劈头盖脸地砸下来。

一模她只考了班级第二。

第一名是辛美香。

张敏对辛美香的大力表扬里面包含着对其他后进同学能够以她为榜样创造奇迹的希望，可是因为用词过当，反而让余周周的处境变得很尴尬。当你做了太多次第一名之后，它就不再是一种快乐和荣耀，而成了一种枷锁，一旦你不再是第一名，你就什么都不是，哪怕这只是一次意外，别人也会用一种大势已去的眼神看着你。

温淼在她背后轻轻地戳，余周周回过头，笑得有些假。

“什么事?”

“你没事吧?”

“没事。”

我能有什么事？我不是那么小家子气的人，我真心为辛美香高兴，这样的成绩是我在帮助她的时候所希望见到的，我有什么不高兴的？

辛美香一直安然坐在座位上，余周周一直害怕她过来安慰自己，那会很尴尬。然而当对方的确冷冷淡淡地如她所愿了之后，她却又有了一种莫名的失落。

余周周转过头去，伏在桌子上，突然感到很疲惫。水痘痊愈之后身体很虚弱，她动不动就会觉得累，当然，这次心里也很累。

温淼却还在她背后坚持不懈地戳：“我还没问完呢！”

“还有什么？”

“你下次能考第五吗？”

“什么？”

“第五。你不觉得我一直都考第六名是很神奇的吗？这比保持第一名难多了，考第一你只需要拼命地考高分就可以了，但是维持第六名需要技巧，多一分则第五，少一分则第七，这才是真正的实力！”

余周周终于笑了：“实力个屁，你那就是命！”

温淼挑挑眉：“亏我对你这么好，把第五名让给你，还让你排在我前面……”

其实只是为了给她找面子吧，余周周心想，害怕她下一次考试压力太大，所以找了个第五名做借口，这样下次她要是考砸了，可以宣称自己是处心积虑想要考第五名，结果人算不如天算……

余周周温柔地笑了，很认真地说：“温淼，谢谢你，你真好。”

温淼偏开脸，什么都没有说。

还有一件事是关于马远奔。马远奔逃课过多，张敏明确地告诉余周周帮忙记录马远奔逃课的数量，超过规定，勒令退学。

马远奔跟随徐志强他们跑到网吧去打《星际争霸》和《反恐精英》已经有一年多时间。不知道是不是因为在学校的乐趣越来越少，从早自习开始排满数学、语文、英语、物理、化学的课程，无论以前多么爱玩爱闹的学生，此时都开始埋头啃书本做卷子，马远奔很多哗众取宠的举动已经完全失去了观众。

余周周习惯了他不在学校，很多时候还会非常想念身边的这个捣蛋鬼。

“其实他没有继续读下去的必要了。”

余周周从自己的思绪中走出来，抬头看张敏：“嗯？”

张敏叹口气：“这孩子倒真不是坏孩子，就是家里这情况啊……爷爷奶奶在小学门口摆摊供着他，爸妈离婚以后，妈妈都不知道跑到哪儿去了，现在他爸又检查出了喉癌晚期，你说这日子还过不过了。早点儿离开学校去做工还能帮家里分担点儿。他在学校什么都不学，天天跟那些学生混在一起跑到网吧去，没完没了的练习册费用和补课费还照交，这笔开销早就应该省下来。”

余周周点点头，又摇摇头，最后自己都不知道自己在想什么。

最后一堂自习课，马远奔跑回教室。大冬天他只穿一件单薄的旧外套，冻得受不了，一回来就奔向暖气烤手，手里拎着的一袋子零食杂物在远处看着很显眼。

“马远奔？”

“干吗？”他还是用怪怪的口音回答，走回到座位坐下，余周周隔着老远就能感觉到他身上散发的寒气。

“外面冷吗？”她不知道怎么开口询问，于是一直绕着圈闲聊。

“冷，今天真冷！”马远奔小心地把塑料袋塞进书桌里，不住地哈气搓手。

“又去网吧了？这又是给谁捎回来的零食啊？”余周周皱着眉头盯着他的桌洞。

“什么啊！”马远奔忽然提高了嗓门，像个耍脾气的小孩子一样，“这是我妈妈带给我的！她大老远的回来一趟，早上到的，今天晚上就要走了。”

余周周愕然：“那你是去看你妈妈了吗？”

他点头，有点黯然。“舅舅说妈妈出去办事了，我没见到她，”看到余周周有些同情的神情，他连忙又补充道，“但这些都是她大老远带给我的，特意带给我的！”

余周周用自己都没有意识到的严肃目光审视着塑料袋里面的东西：上好佳、汾煌雪梅、满地可……

大老远，就带了这些东西，也不见见自己的孩子？

马远奔毫无察觉，一整堂课都在万分爱惜地抚摸着妈妈给他带的格子围巾，薄薄的料子，边角还有些脱线抽丝。余周周不忍心看，于是把脸偏到另一边去，眼泪一滴滴流进语文练习册，一路打湿了古诗词穿越千年印成铅字的哀愁。

余周周没有说话，张敏还是照例找到马远奔谈了一场。校方会发给他毕业证，于是他从现在开始就没有必要继续读书了。

马远奔将书桌清理得什么都不剩。以前积压的卷子他都整理好交给了余周周。

“当作演算纸吧。”

余周周苦笑：“好贵的演算纸，这可都是你交了钱的。”

马远奔笑了：“交钱才能跟你当同桌啊！”

突然一股酸酸的感觉一下冲上鼻尖，余周周被呛得泪水盈盈，她低下头问：“要走了吗？”

马远奔明明已经把书包背在了肩上，突然又坐了下来。

“我想再上一堂课。”他笑笑。

语文课，大家齐声背诵《出师表》。余周周忽然想起世界杯的那一年，六班和隔壁五班的足球赛很应景地被称为“英格兰与巴西之战”，只是到底他们是实力派的巴西还是帅哥如云的英格兰，这种事关形象定位的问题让温淼在内的很多队员头痛——用他们的话来说，既有外形又有实力，那可真是悲剧。

当温淼用了一整节英语课排出了出战的阵形之后，得意地扬扬手里面的白纸：“完美，什么叫完美，这才叫完美！从战略到战术到……到画工，都无可挑剔！”

余周周笑了："还差个标题。"

一直以不学无术著称的马远奔刚刚醒过来，睡眼惺忪地接上一句："那就叫《出师表》吧。"

于是战术图名为《出师表》。

于是他们和诸葛亮一样输了个干净。

转眼已经又是一年。最后一年。

琅琅背书声中，马远奔眯着眼睛，像只没有脊梁的猫咪蜷缩在座位上，满足地打了个哈欠。

余周周记得马远奔说过，他喜欢上学。在外面杀《反恐精英》到一半，总是会觉得心慌，想要回到教室。

好像这里是彼得潘的永无岛，可以不长大。

余周周他们毕业之后将要进入的是另一个学校，而马远奔必须长大。

语文老师经过马远奔身边的时候，还是忍不住皱眉数落了他两句。

"一天到晚无所事事，闲得五脊六兽的，就你这副样子，啥也不是，以后能干点儿什么事业？"

马远奔这次没有生气，反倒笑了。

"啥也不是？那正好啊，我也可以当老师了！"

全班大笑，语文老师的脸一会儿红一会儿白，这个即将离校的学生让她毫无办法。

这个无伤大雅的叛逆玩笑让余周周有些心酸地笑了。

一直致力于哗众取宠的马远奔，终于有了一次最为华丽的退场。

下课的时候，他拎起书包，朝余周周笑着摆摆手。

"好好考试，考振华！"他大声地把余周周从来没有提起过的目标喊了出来，"我觉得咱们学校只有你有这个本事。"

余周周满脸通红："你临走还不希望我好过。"

马远奔正色道："我说真的。"

"我知道。"余周周微笑。

"还有，你一定要记得我。"

"嗯。"

"你会是很了不起的人，你要记得我，这样我就没白活。"

这种诡异的逻辑让余周周很想笑，然而眼泪在眼圈里面转啊转。

马远奔点点头，远远地朝徐志强的座位望过去——他根本就不在，不知道又跑到哪个网吧去了。

温淼轻轻拍拍他说："保重。"

他朝温淼和余周周分别咧嘴一笑，转过身，松松垮垮地消失在教室门口。

余周周用手背擦了擦眼泪，抬头竟然发现温淼的眼圈也有些发红。

"你跟马远奔的交情也这么好吗？"

温淼摇摇头："我只是想到了四个月之后的我自己。"

14

中考悄然而至

张敏偷偷地塞给余周周两张皱皱巴巴的卷子。

"别告诉别人，这是被调走去教委出题的老师留下的密卷，很有可能数学题的出题风格跟这张卷子非常相似。你偷偷地去复印一份留下，千万别外传，明白吗？"

密卷，又是密卷。从五月末开始，各种各样的押题班就层出不穷，各个学校被抽调走去出题的老师们所留下的那些卷子、教案都成了《葵花宝典》。大家都抱着宁可白做三千、绝不放过一套的心态机械性地做着一套又一套密卷。

张敏似乎看出了余周周的心思："这份卷子不一样，你听我的没错。"

余周周大力点头，笑得非常狗腿。

“我现在就去复印，立刻马上。谢谢老师！”

然后回到班级，余周周轻轻地敲了敲温淼的桌子：“走，又是一套密卷。听说这次这个很靠谱。”

张敏千叮咛万嘱咐不可以告诉别人，余周周知道张敏一直以来对自己的偏爱，可是她自己也有偏爱的人，比如温淼。

尽管温淼总是懒得做卷子，但每每余周周拉着他去复印各种版本的《葵花宝典》时，他还是很领情地跟去。

不知道为什么，她避开了辛美香。

辛美香在一模的惊鸿一瞥之后，就稳居班级第二名。余周周重新夺回了她的第一，却再也感觉不到一丝的快乐。背后有个人虎视眈眈，这感觉让人很不舒服。她从来没有对沈屾的位子产生这样的觊觎心，可是现在，有人在背后看她的目光，让她心底发寒。

第三次模拟考试之后，余周周去开水间打水路过辛美香的课桌，只是不经意地一瞥，辛美香格外敏感地用胳膊肘盖住了自己正在做的数学卷子的题头。

这种类似保密的行为，是所有有过私心的好学生都不陌生的。余周周自己也格外懂得，所以她步履匆匆，假装没有注意到辛美香这个不知是有意还是无意的小动作，心里却很疼很疼。

竟然会变成这样。

从那之后，余周周通过各种途径得到的密卷也好、辅导资料也好，就再也没有主动交给过辛美香。

受伤害了之后才想起来回过头看，辛美香从来不曾跟她和温淼交流过任何学习经验，没有分享过任何资料秘籍，她总是沉默地聆听，无论他们说的是对是错，都不评价、不纠正。

温淼一脸“我早就告诉过你”的表情，余周周不由得大叫：“你到底都告诉过我什么啊？云里雾里的，我怎么知道你什么意思？”

她蓦然想起五月初报志愿之前的那天晚上，那似乎是他们三个人最后一次在图书馆聚首。师大附中高中部的合同已经递到了三个人手上——在最关键的第二次模拟考试中，温淼似乎是知道师大附中会以这次成绩为准似的，考了全班第三，成功冲进了全市前一百名，得到了签合同的资格。

余周周敲了很长时间的桌面，深吸一口气，轻声说："我不签。"

辛美香很沉默、很沉默，什么都没有说。

而一直声称自己拿到合同必签无疑的温淼一反常态，十分干脆地说："我也不签。"

余周周惊异地睁大眼："你说什么？"

"我陪你考振华。"

脸上又绽开五个弯弯的月牙，眉眼和嘴角都含着惊喜，余周周丝毫没有注意到辛美香的沉默无言。

就是那天晚上，三个人一起走在暮春的晚风中，天上的月牙看起来格外像月亮船，又像是余周周笑得甜蜜的嘴巴，嘴角尖尖地向上弯。

"辛美香，你有梦想吗？"

余周周记忆里，这是温淼第一次主动对辛美香讲话。

辛美香还没有开口，温淼就摆摆手："考上振华不算梦想。"

"考上好大学也不算梦想。"

"赚很多钱也不算梦想。"

"我说的是，你自己真正想做的，也许一辈子都没机会做，那是你真正喜欢的、会念着一辈子的事情。"

向来在各种谈话中回避问题并很少提及自己真正想法的辛美香这一次一反常态，有些脸红地低着头认真想了很久，才慢慢地说："我希望以后能去东京，学习画漫画，然后回国，做动画片。做出很多很好看的动画片，写很多很好看的故事……哪怕写给自己看。"

余周周有些动容。她从来不知道，喜欢偷书也喜欢看书的辛美香，心底埋藏着这样一个童话般的梦想。

温淼老半天没说话，最后才轻轻地戳了戳自己的心口，不知道代表着什么含义。

"东京很远。"

他轻声说，然后陷入了漫长的沉默中。

辛美香，你的东京，很远。

余周周和温淼急匆匆地从学校复印社燥热的小屋走出来，迎面就撞上了辛美香和沈屾。她们分别从不同的方向奔过来，每个人手里都拎着一张卷子。

狭路相逢，四个人面面相觑。

余周周笑了，忽然觉得这种事情很没有意思。

沈屾倒是毫不做作地直接奔过来："什么卷子？"

余周周大方地展开给她看，沈屾也把自己手里面的卷子展开，两个人交换，把彼此的卷子审视了一番之后，同时说了两个字："借我。"

"那现在就回去重新再印一份吧。"温淼站在一旁打了个哈欠。

她们一起奔去复印室，被晾在一旁的辛美香攥着手里卷成筒的卷子，嘴唇抿得发白。

周三的早晨，余周周很早就醒来。

从床上蹦下来，推开窗，晨风带来楼下丁香的凄迷香气。书桌上空荡荡的，只有一个透明的文件夹，里面放着笔袋、准考证、条形码和学生证等等。文件夹上盖着一张很大的明信片，余周周不知道是第几次拿起它细细端详。背面的蓝天碧水和硕大的冰山组成了瑰丽却不真实的画面，翻过来，陌生的字迹看上去好像比背面的冰山还不真实。

"周周，我在芬兰的圣诞老人村。来芬兰参加会议，其实更多的时间是在四处游玩。不知道这张卡片能不能赶在圣诞节的时候到你的手中，我想明年的夏天你就要参加中考了吧？希望这份鼓励没有迟到。

"你的信我都看了，却不想回复。我想只有我不回复，你才会自由地写下去吧。我喜欢看你的信，而你好像已经有一年不再写了。我希望原因是你已经不需要再写信了。做个快乐的孩子吧，这比振华要重要得多，而你已经越来越接近了。

"祝平安喜乐。陈桉。"

在中考前三天准备离校的下午，负责清理邮箱的值日生发现了这张已经不知道积压了多久的明信片，边角都有些折损了。

余周周并没有感觉到特别喜悦。也许因为自己早就已经不再期盼回信了，也许因为自己已经“不需要”再写信给一个缥缈的神仙了。不过，她由衷地为陈桉高兴。

希望他以后能寄来世界各地的明信片，希望他能像在那年冰雪游乐场里面说的一样，真正地飞向远方。

中考第一天的早晨，余周周伏在桌面上，心中是那样温暖安定，好像如此笃定快乐和幸福终将到来。

“周周？齐叔叔在楼下了。你喝完豆浆，咱们就下楼，最后检查一遍要带的准考证和 2B 铅笔，都齐全了吗？”

“没问题，走吧。”

15

也许，我太幸福了

似乎在考试中不留下点儿无伤大雅的遗憾很难。余周周在第二天的考试结束后，心中一直惴惴不安。她似乎死活也想不起来自己究竟有没有在物理考试的答题卡上面把考号那一栏涂满了——也许只是写了考号，但是忘记涂卡了？不应该啊，考场老师都会一一检查的，不允许这种情况出现的，一定不会……不过万一漏掉了呢？

这件心事在中考结束直至成绩发布前的那段时间里面，时不时就会跳出来折磨一下余周周。

这个假期是专属同学会和游玩的。余周周和温淼将这个城市里面大大小小能够游玩的公园、游乐场都折腾了个遍，终于等到了发布成绩的那一天。

余周周拿起电话听筒按下查分号码的第一个键的时候，甚至能听到自己的心跳声，那颗小心脏已经马上就要蹦出来了。

“我帮你？”妈妈在一旁轻轻拍着她的背。

“不，”余周周摇头，“不用，没事。”

低下头，按下第二个键，郑重地。

560分满分，她考了542分，比振华历年的录取分数线高出十几分。她面色沉静地挂下电话，抬起头，声音有些颤抖地说：“妈妈，考砸了。”

然后扑到妈妈怀里，假装抽泣，在妈妈焦急的询问中，低头偷偷露出一个狡黠的笑脸。

当天下午，她穿上自己最喜欢的浅灰色短袖衬衫和背带牛仔短裤，背着书包跑到学校去领成绩单。刚一进教室门，她就被温淼掐住脖子来回地晃。

“你干吗……”

刚刚查过成绩的余周周守着电话机，想要给温淼打电话，又怕万一对方考砸了，接到电话岂不是很难过？于是等啊等，终于等来了温淼的电话。

他发挥得比平常出色得多，524分，只是显然只能进入振华的自费生提档线。

这些重点高中的自费生，每年都需要交至少七千元的学费。余周周在电话那端沉默了好长时间，突然听到温淼说：“白痴，我知道你在想什么。其实，我签了师大附中高中部的协议。”

“什么？”

“我说考振华，只是想要陪你啊。你看，现在你考上了，这么好的成绩，多好，我们两个都有好结果。”

余周周不觉笑了。温淼是那种会在振华自费生和师大附中高中部里面选择后者的人。他不喜欢争抢，也不喜欢疲惫执着。但是，中考前那几个月他那样委屈着自己陪她一同冲刺。

“温淼……”余周周忽然想起，辛美香和她曾经都提到过自己的梦想，只有温淼一言不发，“温淼，你的梦想是什么？”

“你有毛病啊，干吗突然提这个？”

“说啦！”

“我的梦想就是别人能让我过上好日子！”

自己的梦想被用来打趣的余周周气得满脸通红：“我让你说正经的！”

温淼在电话那端停顿了很久，好像欲言又止，最后还是恢复了嬉皮笑脸的口气。

“我做不到的，所以还是不要说了。”

余周周闭上眼，轻轻地叹了口气。

“周周，我们是最好的朋友吧？以后见不了面了，也是最好的朋友吧？”

“对。”

好像是一场电话里面的宿命告别。余周周和温淼都看不到彼此的表情。

温淼，谢谢你。

却没想到，作为两个人的最后一次见面，第一件事竟然是被对方卡着脖子晃来晃去。

“你精神病啊！”余周周好不容易挣脱了。

“我这是替你高兴啊，”温淼笑了，“你知道吗？你终于考了全校第一！”

余周周没有感到一丁点儿喜悦，她轻声问：“沈屾呢？”

温淼愣住了：“对啊，我没问，反正张老师说你是第一，全市第七名，好厉害的。”

余周周二话没说就往二班的方向跑过去，在路过平台的时候，在窗口看见了沈屾瘦削的背影。

“沈屾？”

余周周喊出口之后才想到，自己此刻的存在对沈屾会是多么大的刺激。不过，第几名并不那么重要，分数这种东西，够用就好，不是吗？

沈屾回过头，微笑了一下，大大方方的，让余周周宽心很多。

“恭喜你。”

“……谢谢。”

“你是不是想知道我考了多少分？”

余周周摇摇头，点点头，又摇摇头。

“520，没想到吧？”

沈屾居然还在微笑。平静的外表让余周周心酸。

“其实你真的很容易让人妒忌。不过我不妒忌你。凡是我自己能努力得到的，我都不会妒忌别人，即使别人轻轻松松，而我要付出十倍辛苦。明明是为了我家里面省钱，可是最后的结果，我也许需要交两万多元钱去振华或者师大附中高中部的分校读书。

“我家里面出不起。也许要我那个该死的姑姑出钱。我每次看到她和她那个在师大附中读书的儿子就想要掐死他们——我是说真的掐死他们。他们瞧不起我父亲，觉得他给我爷爷奶奶丢脸，还瞧不起我们家这么穷。当时她说资助我，把我弄进师大附中读书，我根本没同意，我就要按着户口本来十三中，我就不信我在十三中就考不上振华，我要让她和她那白痴儿子看看！”

沈屾最后的两句话语速极快，余周周忽然又想起公开课上沈屾连珠炮一样的表现。

“到底我还是让我爸爸妈妈在他们面前丢脸了。其实她儿子考得尤其烂，可是我必须考得很好很好才可以扬眉吐气。我没有。

“我在学校考多少次第一都是白费，关键的时刻，你才是第一。

“我真的不妒忌你。你放心。

“我重点高中报了振华，自费那一栏，根本就没填。我决定去上普高。”

余周周惊讶地抬头。重点初中和普通初中的差距远远没有高中之间那么悬殊，沈屾的决定，不知道有多少意气用事的成分在里面，然而这的确是非常危险的决定。

“或者，你用了他们的钱，上了振华分校，又能怎么样？面子和前途，总有更重要的一样。”余周周有些激动地打断她。

“那不是面子问题，”沈屾转过脸看她，“那是尊严问题。前途和尊严不能比。”

余周周哑口无言。她知道，如果她处在沈屾的境地，她可能也会和沈屾做出一样的选择。

“这三年失败了，我还有三年。我不信。”

在听到一丝哽咽的语气的时候，余周周抬起头，眼前的沈屾已经转过身离开了。

那是余周周最后一次看到沈屾的侧影，额头上的青春痘还没有痊愈，眼镜镜面反光让人看不清她的表情，清瘦严肃，一如初见。

余周周急匆匆地将刚拿到手的录取通知书塞进书包里，就拔腿冲出了家门。

她换衣服的时候磨磨蹭蹭的，终于发现来不及了，还有十五分钟就要到约定的时间了。

所以一路夺命狂奔，跑到江边的时候，远远地就看到有个穿着白色T恤、个子高高的背影，斜背着单肩书包站在阳光下。

昨晚接到电话，听筒那边陌生又熟悉的声音，让她一时失神。

“您好，请问是余周周家吗？”

她咧嘴笑起来，然后深吸一口气，大步奔向他。

站到他面前的时候，先是一言不发，低头从书包里面拽出那张小破纸，“录取通知书”几个烫金大字落在封面上显得有点儿寒碜。

“喂，我考上了。”

陈桉好像晒黑了些，五官比以前硬朗得多，他笑得格外灿烂，好像再也不缥缈了。

“嗯，恭喜女侠重出江湖。”

有那么一刻，余周周突然想起沈屾。作为一个和自己一样向着悬崖纵身一跳的落难女侠，沈屾既没有秘籍，也没有运气。她只是证明了，好初中比较容易考上好高中，于老师他们说的话绝对有道理。

余周周不愿意提起沈屾。自己是幸运的那一个，无论如何都没有资格用悲天悯人的眼神去为她惋惜。那对沈屾来说，是一种侮辱。

余周周不再笑。她迅速地把录取通知书收回书包里面，仰起脸，仔细端详着陈桉。

“你没有以前帅了。”

陈桉夸张地倚着路灯扶额：“你还真是直白。”

余周周点点头：“可是现在这个样子，更像个活人。”

“我原来不像活人？”陈桉低头笑着问。

“不是。”终于相见，余周周才发现自己在面对陈桉的时候，不知不觉变得如此明朗自信，不再是仰望怯懦的姿态。

“我是说，”余周周歪头，“神仙下凡了。”

陈桉笑得很奇怪，他摸摸余周周的头，说：“你这样想，很好。”

余周周突发奇想，拽着陈桉的袖子神神秘秘地说：“带你去一个地方好不好？我本来下午有事，不过现在想带你一起去。”

“什么事？”

“去了你就知道了。”

“我妈妈是不是很漂亮？”

余周周几乎是用贪婪的目光俯瞰着楼下穿着婚纱的妈妈，然后急切地询问陈桉的意见。陈桉温柔地笑了：“嗯，是我见过最漂亮的妈妈。”

“真会说话，”余周周斜眼看他，“比你妈妈都漂亮？”

陈桉愣了一下，不知道想起了什么，过了一会儿点点头：“应该是吧。”

他们站在影楼二层的窗边，楼下的草坪是布景区，泡沫浮雕营造出所谓的欧陆风情。妈妈和齐叔叔在摄影师的指挥下摆着各种姿势照相，香槟色的裙摆在草地上拖着长长的尾巴。

余周周趴在窗台上，突然觉得那个提着裙角小心翼翼地穿过草坪的女人根本不是自己的妈妈，她只是个二十几岁的女孩，正万分憧憬地迈入一段新的人生。

生活里一切都好，她自己，她妈妈，她的朋友。

仰望下午三点仍旧炽烈的阳光，余周周忽然哭了起来。

“怎么了？”

余周周揪着陈桉的袖子，半晌才慢慢地开口。

“我好像有点儿太幸福了。”

受宠若惊，承受不起。

美好之七
长大如抽丝

- 分享彼此的秘密，然后再用别人的这些“发誓不说出去”的秘密去交换另一个人的秘密，得到脆弱的闺密友情。

- 余周周真心地觉得第二名是很美好的位子，再大的风雨，有第一名扛着，而且还有堂而皇之的进步空间。

- 更重要的是，屡屡考年级第二名的那段岁月，是余周周短暂人生中最最美好的时光。

1

醒来是高二

余周周平静地从睡梦中醒来，睁开眼睛的一刻，梦境就像电影的结尾一样缓缓落幕，画面淡出，苍白的雪地重归一片漆黑。

这样的自然醒有些诡异，毕竟她刚刚结束了一个噩梦。噩梦的结尾就算没有尖叫，就算没有猛然坐起手抚胸口大汗淋漓地喘着粗气，似乎也不应该了结得悄然无声。

她把手背贴在额头上，长长地叹了一口气之后从枕头下面拿出了手机。诺基亚熟悉的开机画面已经看了几百次，一只大手拉住了小手——只是今天这个画面让她心口有些疼。

显示的时间是“7:00”。昨晚以为都准备好了，结果忘记定闹钟，高二开学第一天，她就濒临迟到。余周周对着空气无声地尖叫了一下，立即翻身下床，叠被，脱下睡衣换上床边椅子上叠得整整齐齐的白色T恤和背带牛仔裤，冲到洗手间洗漱完毕，然后坐到厨房的椅子上，抓起大舅妈昨晚已经放在桌子上的面包片，胡乱涂了几下奶酪，咬了两口，又腾地起身拉开冰箱门给自己倒了一杯凉牛奶。冰凉的牛奶经过喉咙时她着实被呛到了，强忍着把口中剩下的一点儿咽完，努力压制着自己把咳嗽的声音减到最小，生怕打扰了早晨的安宁。

拎起书包和挂在椅子上的白色校服上衣，轻轻打开保险门，没有打扰到还在熟睡中的舅舅一家。

也许是吃得太急了，又没有时间把牛奶缓一缓，下楼时胃有些隐隐地疼痛，余周周把校服卷成一团抵住胃部，微微地弓着背，感觉稍微舒服了一点点。嘴里面还残留着黄油和面包混合在一起的滑腻感觉，包裹着牛奶味。凉牛奶感觉像水，没有四溢的香味，只有回味的时候才会有腻腻的香。

原本大舅妈是执意要给她做早饭的。余乔刚上大学时大舅再婚，新的大舅妈是个贤惠传统的女人，不过以前值夜班的工作让她养成了晚起的习惯，余乔放假回家，她也只是让他胡乱地吃了几口前一晚上的剩饭剩菜，或者到楼下去买小摊上的豆浆和油条。

周周仍然记得自己站在大舅家的门口仰起脸喊大舅妈的时候，对方复杂的眼神。当然，并没有嫌弃。

再婚的女人都是希望对方家里没有负担的。然而大舅刚刚从上一个负担中解脱，转手又接了下一个。

大舅妈是个好女人。比如，她坚持要给余周周做早饭。她可以用油条糊弄余乔，却不可以用它来对付周周。有时候"一视同仁"往往不是个褒义词。余周周知道，一股仗义和热情让大舅把自己接进门，然而热情耗尽的时候，她的存在就是生活上的慢性折磨。比如，每一个早晨的早起。

更痛苦的是，大舅妈做的饭菜很难吃。

而余周周不好意思剩饭。

"我可不可以每天早上吃面包、喝牛奶？"

"那怎么行？那东西当零食还差不多，不好好吃饭的话，上课哪来的精神头儿啊？"大舅妈的嗓门很大，眼睛瞪起来有些怕人。

"可是面包片比馒头营养，牛奶钙质高……"余周周想了想，"对长身体有好处。"

"可是，没有这么办的，"舅妈迟疑了一下，"像什么话。"

有时候像不像话比营养要重要，然而舅妈的举动可以理解。余周周安静地坐在椅子上看着自己的脚指头，努力地让自己说话的方式既有说服力又不强硬。

“我以前一直是这样吃早饭的，我喜欢吃面包，妈妈也一直让我这么吃早饭，都习惯了。”

舅妈愣了一下。

“那好，好……但是我必须早上起来给你煎荷包蛋、热牛奶。”

“我喜欢凉牛奶，我讨厌鸡蛋。”余周周低下头，声音有些冷。

“不行！就按我说的做吧。”

一阵沉默：“好吧，大舅妈，每天早上辛苦你了。”

她能看到听到这句话之后大舅妈眼睛里面闪过的光，和当初把自己接进家门的时候一样复杂，那种夹杂在热情和疼惜中间隐隐不安的忧虑。

也许是因为眼前这个表情淡漠的孩子从来没有让自己觉得亲近可爱过。余周周有时候会听到大舅妈压低嗓门问大舅，自己是不是做错了什么。

“随她去吧。”大舅永远只是啜着茶水，盯着电视，轻描淡写的一句。

余周周终究还是个乖巧的孩子，偶尔意见不合的时候，也不会有争执，她要求的并不多，也不曾任性。只不过热牛奶的香气让她想呕吐，荷包蛋她也只是吃蛋清。

“不好吃？”

“不是，我从来都不吃蛋黄。”还是一句没有表情的话。

余周周记得舅妈脸上有点儿受伤了的表情，忽然有些心疼，可是仍然憋住了一脸的冷漠。

她已经记不清舅妈到底坚持了几天的荷包蛋和热牛奶，只是有一天早上起来看见安静的厨房里摆着面包片和独立包装的奶酪。周周坐下来，慢慢地吃，好像这一场景已经持续了多年。

其实她知道自己应该怎样去表现，才能成为惹人喜爱的女孩子——她曾经一直是这样，纯天然。

“陈桉，我始终相信，真正的亲密不是慈爱的拥抱和相视微笑，不是撒娇和宠溺，而是不客套，是不必觉得不好意思地提出要求，是大声说‘妈妈给我买电脑吧’‘那条裙子真丑，不要买’，是被赶下楼去吃油条和剩饭，甚至是争吵和吼叫，丝毫不在乎关系破裂也不在乎破坏表面的和谐……所以我知道，一旦假惺惺的亲切氛围营造起来，我和舅舅、舅妈都会很不自在。你能明白吧，所有人都为了摆脱尴尬和冷漠而把感情大火加温，矫枉过正。但是，总有一天，还是会因为某些事扯破彼此之间和和美美的面皮。”

余周周重新开始给陈桉写信，只是她有了更快捷的途径。短信是可以即时送达的，陈桉不必再因为信件的延迟而阅读几天前甚至一个月前的余周周，然而，余周周再也找不到笔尖在信纸上沙沙作响带来的内心的安定。

其实，余周周对舅妈撒谎了。她小的时候是没有福分吃到奶酪和面包片的，而等到长大了，生活稳定了，妈妈也常常没时间给她做早饭，豆浆、油条才是常事。那些关于营养和习惯的一切，只是为了说服舅妈胡诌的。

甚至，是为了圆一个小小的心愿。余周周只记得四五岁时候开始，妈妈为人做推拿按摩，作息很不稳定，错过了饭点，就会随手掏出一元钱两元钱让她去食杂店买些东西吃。

周周，去买面包吃吧。

只是不可以买口红糖。

奔奔他们总是很羡慕余周周，她是食杂店的常客。然而余周周羡慕的是电视上那些中国香港人和外国人，坐在长长的餐桌旁，喝牛奶、吃烤土司。甚至在大家玩过家家的时候都用湿润的建筑用沙子做包子、饺子的时候，她就开始蹲在一旁埋头研究如何做方形面包片。

不过，生活变好之后，她反而忘记向妈妈提出这个要求了。也许是因为物质和精神都不再短缺了。

现在，反倒都想起来了。

关于妈妈。

余周周忽然觉得胸口堵得无法呼吸。她脚步顿了顿，然后深吸一口气，抬起头，大步地奔向车站。

余周周站在站台上的时候仍然觉得很疲惫，好像昨晚一夜没有合眼一样。远处一辆8路车晃晃悠悠地驶过来，仿佛一个吃多了撑到走不动的老头子。抬手看表，“7:06”。

今天一定得坐这一辆了。余周周无奈地叹口气。

8路车有两种，一元钱一位的普通巴士，两元钱一位的空调巴士。空调巴士车比较少，也比较宽松，每天上学她都要等六点五十左右到站的空调巴士。只是为了不迟到，她今天必须要挤普通车了。

余周周几乎每天都能目睹惨烈的挤车大战。车刚刚从拐角露面，站台上就有了骚动，随着车靠近站台，大家都调整着自己的方位和脚步，推测这车大致会停在哪里，以便抢占有利地形。她曾经见到过一辆刹车距离过长的8路，硬生生引得一路人追车狂奔，一个中年妇女不慎扑倒，被后面的一群人踏过。

车一停，拉锯战就展开了。小小的上车门像蚂蚁洞一般被黑压压的人群堵住，余周周有一些心疼那辆臃肿的车——每一天每一站，它都要把这些上班族吞进去，里面一直挤到窒息，挤到前门进去一个就会从后门掉下一个的程度。还没有挤上去的人仍然死死地抓住前门，抿住嘴巴不理会车上的人的大声叫骂。许多刚刚挤上去的人也回头大声地斥责他们耽误时间，要求他们等待下一辆车。

余周周每一天都静静地看着这一幕上演，心里没有任何评价。

只要抬起头就能看到马路对面新建的花园小区，漂亮的欧式建筑，铁艺大门吞吐着闪着炫亮车灯的豪华坐骑，呼啸驶过人满为患的站台。

这个世界有两条截然不同的神经。

每个人的生活都有苦衷，也有各自的真相。妈妈曾经说过的。

余周周已经记不清这模糊的声音到底是不是妈妈说的。但是，那只放在自己头上的手余温还在。余周周始终没有明白妈妈想要说什么，或许她只是喝醉了。只是一年的时间，潮水般的回忆一波一波淹没她，她也只是这样睁大眼睛沉在水底一言不发。

每到六点五十，空空荡荡的空调车就会幽灵一般地来，余周周踏上车，与拉锯战现场擦身而过。她记得空调车上的另外两位常客，也是在振华上学的女孩子，她们每一次看见站台上的那一幕都会大声地笑，耸耸肩嗤笑着说："真的不明白，就差一元钱遭那么多罪值得吗？"

余周周并不知道值不值得，然而她知道自己挤车不在行。半天过去了还是呆呆地站在外围，根本没有办法靠近车门。被踩了好几脚之后，她愤而扬手招了一辆出租车。

"叔叔，振华中学。"

你啊，小姐的身子丫鬟的命。她仿佛听见妈妈带着笑的口气。

钻进车里面，周周扭过脸没有去看8路车旁胶着的战况。灰色的天空、灰色的城市在身后交织成迷离的网，她觉得有些冷，穿上校服，把头埋进奥妙洗衣粉残留的香气之中。每一次闻到洗衣粉的味道她都觉得很安全，安全到昏昏欲睡，昏昏欲睡到一抬头就可以看见"囍"字，高高悬挂在昨晚梦境的天空中。

那个梦。

前半段喜庆华丽，后半段却像一个魔咒，生命的旋律急转直下，差点儿就戛然而止，好像一个拙劣的作曲家在生硬地表现作品的跌宕起伏，只不过笔锋转得太过凄厉。

余周周陡然张开眼，偏过头去看窗外倒退的楼房。

"小姑娘，你是振华的啊？"

车都快到校门口了，司机好像刚睡醒一样开始搭话。

"嗯。上高二了。"觉得只是应一声不大礼貌，周周在后面自觉地加了一下年级。

"考上振华了，嘿，真厉害啊。"

"呵呵。"

真没营养的对话。她不自觉地想笑。

"我女儿今年考高中，啥也没考上。想给她办进好学校，但咱一不认识什么校领导，二没那么多银子往里砸，随便念了个学校，也知道她不是那块念书的料。不过，这个社会需要你们这样的，也需要我家丫头那样的，是不是？往差里说，总要有人开出租车吧，不能都去坐办公室，对不对？"

上了大学也可能被现实逼回来开出租的，谁也说不准以后的人生是不是一个大圈子兜回原点。这是陈桉的原话。

“是啊，叔叔，你女儿一定有出息的，她爸爸这么宽容，这么明事理。”

大叔笑了：“那就借你的吉言了，丫头。”

下车的瞬间，余周周忽然有些奇怪于刚刚那位大叔慷慨的演讲，或许他早上刚刚在家里面把女儿臭骂一通，然后觉得心疼了，又过不去面子上那道坎，于是对余周周一通剖白，权当是自我安慰。

“还不学习，中考是人生分水岭你们懂不懂，跟一群傻子似的还在那儿不务正业，等你们一群人都去扫大街的时候，我看你们还笑不笑得出来！”

脑海中闪现了张敏口头禅一般没品位的教导，朴素偏激的道理，却真实而残酷。

余周周最后一次回身看一眼驾驶座上的大叔，耸耸肩，觉得有些难过。

门口“振华中学”四个烫金大字沉稳内敛，周周单肩背起书包汇进了上学的人潮。

2

竞技场

学校主教学楼共四层，分了四个区，每个年级各占一个，还有一个行政管理区域。周周踏上 B 区二楼的时候，突然想起自己的书包里面捎给辛锐的政治练习册，于是转头向三班走去。

正要出门的一个女生帮余周周朝教室里叫了一声辛锐的名字，然后继续自己的电话。“我不是让你把校服给我塞书包里面吗？我们班主任跟个变态似的，开学第一天他非剁了我不可，那你昨天晚上到底听没听见啊，还有不到半小时就升旗了……”

“周周。”

余周周回过神来，辛锐站在门口看着自己，面无表情，微黑的面容棱角分明，配上白色衬衫，非常有味道。

“你剪头发了。”余周周低头去掏书包里的练习册。

“嗯，”辛锐一只手指绕着刚刚及肩的头发玩，慢慢走到班级的后门，“马尾辫梳腻歪了，想换换。”

“给你。”余周周递过练习册。

“谢谢。嗯。”

余周周这才发现辛锐心不在焉，注意力完全集中于后窗。她有些奇怪，于是走到她身后一起往里面看。

“她是谁？”余周周轻轻地问。

“谁？”辛锐假装没有听懂。

余周周耸耸肩，笑了一下没有追问。

辛锐于是低下头，有些尴尬地说：“凌翔茜。”

整个班级里面只有十几个人，而辛锐的目光死死地锁在了靠窗的第一排。那里只有一个女孩子孤零零地坐着，余周周直接锁定了目标，彼此都心知肚明，辛锐的装糊涂只能显得很小家子气。

余周周没有说话，慢慢地走到前门直接往里面看。

“喂，你……”辛锐想要阻止，余周周已经站到敞开的门口安静地观望，而辛锐却靠在墙壁上，把审视的目光停留在余周周身上。

凌翔茜把书放在腿上而不是桌子上，头深深地低下去，以至于余周周根本看不清她的脸。高一时候，余周周和辛锐都是一班的同学，而她是二班的。坐了一整年的隔壁，余周周记忆里，她们好像从来没有在振华遇见过彼此。

凌翔茜穿着淡粉色的 T-shirt（T 恤衫），外面套了一件耐克的白色上衣，顺直的长发在晨光中有着温柔的光泽。似乎觉察到有人在盯着自己，她抬起头来，对上了余周周的目光。

四年不见，凌翔茜的变化很大。和以前一样漂亮，面若桃花，但是曾经眉宇间那种孩子气的趾高气扬已经被收敛起来了。凌翔茜并没有躲避余周周的目光，而是大大方方地笑了笑，余周周也同样微笑地回应了一下。

“真漂亮。”余周周说，“书给你了，那我走了。”

“她来学文，在学校很是轰动呢，”辛锐没有感情色彩地说，“她一定是文科年级第一。”

“晚上还是一起回家？”余周周没有接话茬儿，也没有回头。

走到楼梯口时，她忍不住回头望了望三班的班牌，看见辛锐正在靠着墙发呆。

“她一定是文科年级第一。”这句话里面，既没有钦佩，也没有祝福。

余周周不止一次地想，温淼是对的。

上楼的时候，余周周不知怎么突然有些心慌，三步并作两步地往上跑，脚下一滑，差点儿摔了个狗啃屎，拼命地抓住栏杆才没有用脸着地。旁边一个男孩子开始很没有同情心地大笑。余周周愣了一下，望向这个肆无忌惮地笑着的男孩，单薄的身材、朴素的校服，还有苍白而且不英俊的脸，笑声很稚嫩，像个初中生。

“对不起。”那个男孩子很尴尬地朝余周周欠了欠身子。

“没关系……嗯，早上好。”余周周笑了，从早上开始郁郁的心情因为这个跟头和对方肆无忌惮的笑而明朗了许多。濒临摔倒的瞬间心跳加速，竟然会得到一种大难不死的庆幸。

“早上好。”男生把头点得像捣蒜，都能听见声音了，“其实我认识你，你是余周周。”

“嗯，我是。你呢？”

“我是你的同桌，我叫郑彦一，分座位的时候你不在，我们被分到一桌了。”

“郑彦一？彦一？”余周周觉得好笑，想起了《灌篮高手》里面陵南队的相田彦一，那个总是急着收集情报的男孩子。忽然又一阵悲哀，因为这个彦一只是永远都上不了场的角色。

“嗯，叫我彦一就行了。”

七班里面只有十几个女孩子，余周周的座位在靠窗的倒数第三排。窗子是面向马路的，周周有些羡慕那些窗子开向操场一侧的班级。自己所处的位置刚好面向莲花购物中心上张贴的兰蔻香水的大海报。

“这是咱们的课表，那天分完座位后抄在黑板上面的。咱们的历史要重新学高一的中国近现代史，地理要从地球地图和世界地理开始学，政治倒是继续高二的哲学部分，高一的经济学部分假期补课的时候再说。至于数学、语文、外语就一切正常了。这是那天开会时候说的，对了，你为什么没有来呢？大家可是很关心分座位的情况的。”彦一瞪大了眼睛。

是个很热心的同桌，好像学习也很认真。余周周看着他手上拿着的、用各色的荧光笔把重点标得清清楚楚的历史书，笑笑说：“自制彩页？”

彦一不好意思地挠挠头：“不是啦，我喜欢把书弄成这个样子，比较有我的风格。”

周周摊开自己的书，干干净净的，好像刚刚从书店买回来一样。

“高一的时候都没有听过史、地、政的课，反正学校排榜的时候也不算这三科。”余周周耸耸肩，“幸亏学文了，以后可以重新学。”

“那你为什么学文呢？理科成绩那么好……”

“对了，咱们今天还要升旗吗？”周周忽然问。

“当然。七点四十吧，还有十分钟呢。我打算先看看历史书，你呢？”

“哦。”余周周也摊开了空白的历史书，目光投向窗外。彦一忽然发觉自己从刚才开始提的三个问题，对方其实一个都没有回答。张张嘴唇想要问，看到神游中的余周周，又憋了回去，低下头开始看鸦片战争。

窗下就是振华的正门，而门口的街道上已经拥堵不堪。

万国车展。

禁止鸣笛的牌子从来没有起过作用，每天早上喇叭声都要这样热闹一番。奔驰、奥迪的确早就不新鲜了，然而这辆白色加长版凯迪拉克还是让周周吃了一惊。

“彦一，来看这辆车。”

“这是……我的天，不就是上个学吗？至于这么大排场吗？”彦一嘟囔了两句就回到座位上继续看书，“你觉得呢？好过分。”

“呵，我只是觉得车很漂亮。没什么特别的感觉。”

振华原来的校舍没有这么大，也用不着盖得太大。作为省级示范性高中的龙头老大，振华每年只招收五百名学生，保持着令人咂舌的升学率。三年前，振华开始同其他省重点一样开办分校，承诺分校与总校使用一套教师队伍，每位老师都同时担任分校与总校的教学任务，而且分校招生人数是总校的两倍，终于收到了大笔学费，也建起了这座漂亮的新校舍。一时间省内争议不断，尤其是总校的家长们，上访了多次，可分校还是轰轰烈烈地办起来了。整所学校内一时间冰火两重天。

也是分校让振华朝着豪门高中大步迈进，招来了白色凯迪拉克。

忽然看见有个男孩的背影逆着人流走出来，似乎是遇见了熟识的同学，四个人不知道因为什么笑作一团。

余周周静静注视着那个陌生又熟悉的背影，时间太长，不觉有些发晕。她把目光收回来，看见彦一正在一本厚厚的笔记上奋笔疾书。余周周并没有问他这是什么笔记，也没有夸他笔记记得好。在尖子班待了一年，她学到了很多，就算彦一不是那种小心翼翼、斤斤计较的人，她也不想冒险。

还记得高一下学期时生病缺课，余周周不得已向后桌的女孩子借英语笔记，对方不情愿地拿出来，翻到最后几页递给了她。笔记实在有些多，于是她问能否借回家抄——后桌说可以，你把那几页撕下来吧。余周周愣了一下，知趣地把笔记还给了对方。讪讪地转过身来时，自己的同桌低声笑了，说：“那本子前面有郑大勇补课班的笔记，五十元钱一堂课，这么宝贝的东西怎么会让你带回家去？别傻了。”

从此，别人在学什么，做什么练习册，余周周统统当作没看见。何况，和初中不一样了，她现在的确不是很热衷于成绩上的钻营。

翻开历史书，鸦片战争那一节还星星点点画了几笔关键词，到了后面就全是空白了。余周周当初的确不曾想过学文科。只是陈桉一句“我觉得你学文科挺好的”，她就报名参加文科班，连陈桉都被吓了一跳，回复了一条带着惊讶表情的短信。

“反正文理都没什么所谓。文科就文科吧！”

陈桉并没有再回复什么。

拿起笔开始仔细地浏览书上的内容，忽然听见讲台前面一声号令——“快要七点二十了，大家陆续下楼站队吧！”

班主任说完就出去了，只留下模糊的背影。

“急什么啊，站队也要争先，以为是小学生啊。”背后几个女孩子在嘟囔。

彦一放下笔：“一起走吗？”

说完才发现，自己的同桌，带着一脸茫然的表情，已经不知道神游到哪里去了。

3

时光在你身上留下了什么痕迹

在余周周转身离开的一刹那，辛锐的目光跟上了她的背影，一直到她消失在走廊的尽头。

其实那句话原本不是安到凌翔茜头上的。辛锐真正想要说的是：“周周，你一定会是文科年级第一的吧？”

辛锐不会说出来的，从前的余周周温和热情，她不忍心当面挑战。现在的余周周就像一团模糊的水汽，战书发出，仿佛一拳打进了浓雾里面，彼此都不疼不痒，只能显得辛锐挥拳的动作格外愚蠢。

无论是赢是输，都是一个人的战斗，辛锐只能像堂吉诃德一般地忍受着彻底的漠视。

何况，这是自己唯一的朋友。

所谓唯一的朋友，也就是那个唯一收藏了自己的秘密的人。

每个人手里都攥着别人的过去，可能是大段大段的形影不离，也可能是细碎成一片片的擦肩而过。辛锐不是突然从天上掉下来砸在世界上的，她也曾经安静地生长在普通小学、初中的某个角落，也曾经被某个风云人物的眼光剪辑到他或她的年华纪念册中去，也曾经和某些人进行过不咸不淡的对话，也曾经胆怯地把橡皮借给班里最好看的男孩子对方却没有归还……

当然，更多的痕迹，是不光彩的。她拼命地想要抹掉自己曾经的痕迹，也几乎成功了。认识她的人都散落在他方，她在令人骄傲的振华里面，拥有最最崭新的开始。

只有余周周知道她曾经是谁。可是她无法把余周周从振华抹掉。

至少余周周是她的朋友。当别人笑话自己孤僻、冷漠、人缘很烂的时候，可以搬出一张证书，上面写着“余周周”三个大字。

“辛、锐！”

辛锐回头，看见一个很俏丽的女孩子。辛锐不禁对对方的打扮皱皱眉，嘴角微微有些嘲笑的弧度。是小学同学何瑶瑶，怪不得叫自己的名字的时候会在中间停顿一下——辛锐这个名字，是初中毕业才改的。

“瑶瑶”领先。小学老师近乎宠溺地这样称呼何瑶瑶，热衷偶像崇拜的同学们争先恐后地在她面前没完没了地喊这个绰号，辛锐仍然记得何瑶瑶略微得意却又谦虚地紧绷着的脸。成绩很好的女班长，初中时择校去了八中，令大家着实羡慕了一阵。自己那个鸟不拉屎的学校里，毕竟还是有一位公主的。

“什么事？”辛锐还是换上了一副和善的笑容，睁大了眼睛询问。

“哦，是这样，”何瑶瑶侧侧头，用手把长发掩到耳朵后面去，“今年夏天的时候，因为一些原因同学聚会没有办成。大家说刚开学都不忙，所以准备这周六一起出去玩，我来问问你参不参加。”

小学的同学会。辛锐有一刹那的失神。几乎就没有参加过……不，还是参加过一次的。刚刚毕业的时候，辛锐坐在角落里面喝饮料，听着大家吹嘘彼此将要进入的初中有多么多么好，每年都有多少考上振华的学生；听着他们讨论无印良品的解散、羽泉的走红和衣服品牌；看着他们在被别人注意到的时候，在脸上凑出紧急集合的灿烂笑容，在对方搭讪的时候，轻启朱唇给出对方最想要听到的恭维或者最不想听到的真相……没有人夸奖辛锐特意穿上的新裙子，却有人把橘子汁洒到上面然而连个道歉都没有。最后还有 AA 制平摊的费用——辛锐吃得很少，却因为这些钱和洒上橘子汁的裙子被妈妈打了一巴掌。

散场后辛锐走进家门，那个一步迈进后让人心里面陡然下沉的地方。一股熟悉的霉味钻进鼻子。突然有那么一种没有来由的怨恨填满了自己的身体。

不知道恨谁，不知道恨什么，十二岁的辛锐（那时她还叫辛美香）只是独自在黑暗中咬着牙哭泣。是因为橘子汁，却又不是因为橘子汁。上帝不是故意欺负她，与她遭遇相同的人有许多，群众演员甲乙丙丁，同样被忽略，同样卑微，他们却可以每年乐此不疲地参加，只有辛锐自己被那股莫名的怨恨深深地包裹起来了。辛锐从没有想过是不是自己小心眼或者太过敏感，她的目光里只剩下一片迷茫的雾。这是他们的青春，很多人回忆起来会觉得那是青春无悔、友情万岁，可是，这不是辛锐的青春。

从此之后开始用各种各样的理由推托。反正既不是重要人物也不是美女，没有人过多地劝过她，很快就没有人来邀请了。没有人知道辛锐其实有多么想参加同学会，但是时机未到。

时机未到，时机就是未满十七岁的少女辛锐考上了振华高中的那年夏天，七月炽热的太阳融化了惨淡的时光，辛锐像即将出征的战士等待着号角，却没有人给她打电话。忽然想起自己一年之内搬了家、换了电话、换了名字，没有人知道。

那个痛苦的夏天。慵懒的天气陪伴辛锐消磨自己的少年心气，她努力让自己相信新的名字是新的开始。所谓的复仇，只是一种对过去的纠缠。

随它去吧，旧的名字和千疮百孔的过去。

“哦，我不去了，周六的时候有点儿事。”心心念念的同学会在面前，辛锐淡淡地笑着决定放手，甚至还为自己此刻的豁达感到一丝骄傲快乐。

然而当事人终于决定不再耿耿于怀的时候，往往老天不会给她机会留下一个潇洒的背影。我们永远都会呛死在红尘里。

“忙着什么事啊？”何瑶瑶嘴角微微上翘时的表情忽然激怒了辛锐，“你可是一直都不怎么参加啊，王老师一直都很奇怪这一点。对了，她这次也来。你这个大忙人，光闷头学习了，想要学到闷死啊，怪不得能够考上振华呢。不过，既然都学文了，应该就比较清闲吧？我们都很奇怪你为什么学文呢，是理科吃不消吗？”甜美无辜的笑容，天真可爱的声线，辛锐却好像听见了远处隐约的战鼓。

辛锐体会到的真正的快乐只有一瞬间，就是当她在振华的教务处无意看到分校的几个同学在交建校费。何瑶瑶依旧是小时候的甜美模样，辛锐吃了一惊，和她打了个招呼，虽然何瑶瑶已经记不起辛锐了，但是得知辛锐是尖子班一班的学生时，脸上的虚假笑容已经难以掩饰她的懊恼和沮丧——但是，也只是一瞬间而已。

当时辛锐并没想在她面前炫耀什么，然而离开教务处独自上楼的时候，一份比自己想象中还要浓烈的甜在心里弥漫开来。

分校，何瑶瑶。何瑶瑶，分校。

迟到了的快乐，虽然阴暗，但却是实实在在的。

辛锐感到自己的释然被何瑶瑶席卷一空。书呆子，在尖子班混不下去的理科生，这样露骨的挑衅，似乎这个何瑶瑶还不懂得什么叫作绵里藏针。辛锐决定硬碰硬。

脸上的笑容更加灿烂，身子微微前倾，小声地对何瑶瑶说：“往死里学，都是跟你学的啊，小学的时候，我可是特别崇拜你呢，什么都和你学，后来才知道实在是太盲目了，一不小心，我也把后劲都用完了，可怎么办啊？”故意强调那个“也”字，顺便耸耸肩，“所以早就得过且过了，文科班理科班哪个不是混啊，倒是还混得不错。莫非你从来不看年级大榜？那倒也是，你们分校排自己的名次就可以了，反正也和我们没什么交集。”

何瑶瑶脸色一凛，嘴唇都在抖。

“别再逼我说这么没有品位的话了，想要挑衅就来点儿有水平的。你这招小学就过时了，说话那么露骨，我没有工夫以彼之道还施彼身，再来一次我会吐的。”辛锐漫不经心地看着何瑶瑶。

用从余周周那里学来的表情看着她。

演出偶像剧一般地转身逃跑，顺便抹着眼泪，何瑶瑶的样子让辛锐觉得有些无奈。

好恶心，全都好恶心。这种戏码，连带自己也一起厌恶。

辛锐沿着走廊向阳光大厅的方向走，慢慢地翻着手里面余周周刚刚送来的练习册。辛锐以前问过周周，在浩如烟海的教辅书专卖店那里转的时候是什么感觉。

“没有什么感觉。”余周周心不在焉地望着前方。

“是吗？”辛锐低头笑笑。“我只是觉得，我想要把它们都做完。很强的斗志，很强的乏力感。好像把它们都做完，就会得到一个……什么，什么东西。”辛锐有些语无伦次，但她知道余周周会明白。

这是只有在余周周那里才可以说的话。换上任何一个人，这话都会被传出去，以一种貌似崇拜实则鄙视的态度，就算说话双方的努力学习程度相比自己也是有过之而无不及。

“知道吗？那个辛锐，志向就是把所有练习册都做完。”

“啊？真的？有病啊？”

…………

就像当年，自己和初中冲刺补课班的其他同学一同在背后嘲笑过分努力的沈屾。

辛锐忽然觉得这个早晨格外地难熬。她拼命撕扯着自己乱成麻一样的思绪。回头看看，其实她一无所有，这几年手里积累的财富，只是那点儿刚被唤醒的自尊心，它正张开了大嘴巴嗷嗷待哺，而自己拼命地去抢夺光芒和赞赏，只是为了果腹。

忽然听见一阵欢呼——外面下雨了，升旗校会应该是取消了吧！

这场雨闷闷地等待了一个夏天，终于浩浩荡荡地向这座躁动的城市进攻了。

“辛锐啊，怎么一个人在这里？”

今天早上似乎净是遇见这种人，不远不近偏偏又让人难受。辛锐狠狠地想，却努力挤出了一个笑容。

俞丹应该算得上是合格的班主任吧，四十岁上下的年纪，正是社会的中坚力量，精力和经验兼备，在学校颇有威望，管理学生也很有一套——当然，一班真的是不大需要管理的班级。如果说需要些本事的话，应该是在协调和安抚这方面。

和辛锐初中那个鱼龙混杂、吵闹不堪的班级不同，一班的尖子生是一群比同龄孩子懂得更多、对未来打算得也更多的人，彬彬有礼、多才多艺，却活在一片隐隐的压迫之中。

“俞老师。”辛锐乖巧地笑笑。

“怎么一个人坐在窗台上？”俞丹抱着一摞书靠过来。

起床晚了吧，妆化得有些潦草。粉底没有打匀，还有眼袋。辛锐想。

“有点儿困，走廊里面太闹，就到大厅来了。”

“新班级里有很熟的同学吗？”

辛锐对谈话发展的趋势有些担忧。从这句问话，她就猜出俞丹想要跟自己谈什么。

高一末尾的时候，很多成绩不理想的女孩子去找俞丹咨询关于学文科的事情，然而最后交了申请表去学文的，竟然是从未发现有这方面苗头、成绩也很好的辛锐和余周周。

“有几个，也认识了几个新同学。都是很好的人，挺喜欢她们的。”辛锐随口扯谎。

“真可惜余周周没有和你一个班级啊，不过这样也好，多接触新朋友。我观察高一的时候，你几乎没和任何人有过深的交流，虽然和大家的关系都不错，只是与余周周说的话多些，也许是因为你们俩初中的时候一个班吧。”

那么，你到底想说什么？辛锐没有表情，决定要努力转移话题。

“听说二班只有一个女生学文科。”辛锐说。

“哦，叫凌翔茜吧，是个很优秀的女生。”

然后辛锐就没有话说了，俞丹很和善地笑了。

“总觉得你有心事啊，辛锐。愿意和老师说说吗？”

他妈的，怎么又绕回来了。辛锐知道俞丹觉得自己心理有问题，曾经在她那不咸不淡的周记本里面写道：“老师觉得你可能把自己逼得太紧迫了，也给周围人造成了很大压力，愿意跟老师谈谈吗？”可是，辛锐从来没有做出任何回应。反正俞丹定然不会因此穷追不舍，她最懂得中庸之道。就像是大扫除时候，劳动委员独自一人被许多坐在桌前学习动也不动的同学气得呜呜直哭，俞丹最后也只是温柔地对大家说，这次扫除大家都很辛苦，回家后好好休息。

只是这样而已。

可是没想到，这场“谈心”，辛锐终究还是躲不过。

辛锐笑了，笑得很灿烂。她知道如果死撑着说没有，只会让俞丹觉得没有面子。

“老师，我真的很担心呢，一直都学物理、化学，突然改成了历史、地理，我很害怕自己的选择是不是正确，本来应该咨询一下的，但是我一直也没想过要学文科，只是考试前突然冲动了，所以……”

“后悔了？”俞丹依旧笑着，“如果后悔……”

“没。”辛锐摇头。

俞丹于是用和缓的声音开始讲，从大处着眼来说，人生中总要面对种种考验，改变未必不是好事；从小处着眼，她也是有很大潜力的，又肯吃苦，只要坚定信心……

辛锐装作很认真地听着，偶尔还提出一些无关紧要的问题，时不时地点头。

俞丹离开的时候突然又回头说：“对了辛锐，大家都很想念你和周周啊，同学们还说要给你们两个办个欢送会呢。”

是吗？辛锐警觉自己嘴角的弧线有些冷酷，于是加大力度笑得阳光灿烂。

“我也开始想念大家了，今天早上都上错楼层了，差点儿走回到一班去。呵呵，谢谢大家了，至于欢送会，我去问问周周的意思吧，就是觉得大家学习都很紧张，不希望耽误同学们的时间呢！”

俞丹也笑了：“没事，你去和周周商量一下吧，我们都希望能给你们俩准备个欢送会。楚天阔还说呢，你们两个突然就这么匆匆地走了，吓了全班一大跳，怎么也不能放过你们。咱们大班长都能这么说，你想想你们的举动有多奇怪。”

楚天阔说的？辛锐有点儿失神，苦涩中掺杂了一丝意味不明的甜。

她淡淡地笑了：“可能我们俩的行动让大家吃了一惊吧！”

“可不是嘛。这样吧，你们俩商量一下，然后直接和楚天阔联系吧！”

“知道了，谢谢俞老师，我也回班级了，再见。”

辛锐长出一口气，走了几步，回头看看灰色套装的背影，然后把嘴角紧急集合的笑容一度一度收回来，直到它变成刀疤一样的直线段。

4

到底有多远

辛锐掉头回班，拉开门的时候迎面撞过来一个女生，她一闪身，对方就朝着对面的墙直扑了过去，从背影看，是凌翔茜。

“不好意思，没有吓着你吧？”凌翔茜一只手捂着头，另一只手忙着整理有些凌乱的头发。

“没。你没事吧？”

“嗯，那我走了。”

按理说不应该是这样冒冒失失的女孩子啊。辛锐留神看了一眼凌翔茜跑步的样子，居然和何瑶瑶一样做作，心里不由得生出几分厌恶。

公主殿下。

辛锐回到自己的座位上，打开周周捎给自己的政治练习册。

每个单元前面都有辅助背诵，编者将重点部分留白由学生来填写。开会时学校通知的教学进度是从马克思主义哲学讲起，高一时的经济学部分留到以后再复习。辛锐翻开书包寻找新发下来的政治书，右手边排好了三种笔准备自己画重点。刚刚看了三行绪言，广播里面突然传来了刺耳的声音。

“各班同学请马上到升旗广场上集合，校会照常举行。”

原来那阵莫名其妙的雨竟然瞬间袭来瞬间又消失了，辛锐有些烦躁，好好的一个早上，被荒废得有些莫名其妙，和那场神经质的雨一样。

“一起走吧！”突然有个矮个子的女孩子走过来冲辛锐笑了笑，胖胖的脸上有对明显的酒窝，小小的眼睛一眯缝起来更是像没有一样。女孩很自然地拉住了辛锐的手，辛锐有些诧异。

“我叫陈婷，你呢？”很简单的开场白，陈婷的声音平凡得让人记不住，语速偏快，但是语气隐隐地让辛锐觉得不舒服。

“辛锐。锐利的锐。”

“没听说过啊！”陈婷丝毫不知道自己惊讶得有故意之嫌的声音已经让辛锐头上布满阴云，“你高一哪个班的啊？”

“一班。”

一班、二班的学生不是省奥林匹克联赛一等奖就是中考成绩极高的学生，辛锐早就了悟如何随意地说出这两个字，并且不让别人觉得是喜气洋洋、故意炫耀。就把它当成是五班、六班、十四班一样说出来就好了，平淡的语气，和余周周说的“早上好”一样。

虽然听腻了别人对这两个字大惊小怪的反应，可是陈婷压根儿没有反应的态度还是让辛锐有些难堪——就好像明星走在街上摘了墨镜，却没被人认出来。

“一班？也是优班？看见那个女生了吗？进屋拿外衣的那个。”陈婷指着不远处的凌翔茜，而凌翔茜似乎听到了，辛锐看到她眼睛微微往这边望了一眼，又低下头装作没有听到。

“那个是凌翔茜，二班的。二班可是优班，理科超强，她还来学文，肯定是文科第一呢。家里有钱，人又漂亮，算校花了。”

你跟我打招呼就是为了介绍校花给我认识？辛锐微微皱了皱眉头，一瞬间想抬杠说，凌翔茜可能是因为理科太烂才来学文的，看了一眼对方热衷八卦和挑拨的表情，终究还是因为害怕这句话被恶意传到凌翔茜耳朵里而作罢。

“嗯，我知道她，真的特别全才，完美啊，我们这样的凡夫俗子只能望着女神叹气了。”

辛锐用有些夸张的声音附和道。毕竟，自己在余周周的面前也说过她会是年级第一的。可是，没有一句是真心的。

辛锐不愿像凌翔茜一样被万众期待，旁人只需要用夸张赞美的语气定下标准和枷锁，却从来不管当事人会背负多大压力。

赞美是不需要负责任的。

然而没有人期待，却更丢脸，前一种是在众人面前，后一种是面对自己。

辛锐学不会自欺。她知道自己讨厌一切有意无意地举着镜子照出她卑微一面的人，她打碎了何瑶瑶的镜子，然而凌翔茜这一面，却不是可以抢过来粗暴地摔碎的。

一道裂痕，砰然碎得无可挽回，这才是完美应有的归宿。

“你原来是哪个班的？”辛锐岔开话题。

“我是十六班的。”同样是分校，陈婷全然没有何瑶瑶的自卑和在意，这样的口气，辛锐在说“一班”的时候无论如何都模仿不来。“我们班有个人你绝对认识，慕容沉樟，就是挨处分的那个，打起架来那才是够爷们儿，我们班女生一半都喜欢他。还有柳莲你知道吗？那女生早上坐白色加长凯迪拉克来的，老爸是金门大酒店的老总。”

辛锐没有讲话。她们已经走到了楼道里面，人群很吵，辛锐已经没有力气周旋了，正好拉开了彼此的距离。

忽然听见身边的几个女孩子叽叽喳喳地讲自己早上起床后的趣事。

“我要疯了，明明就要迟到了，我妈非要给我缝衬衫扣子，我抓了一手果酱，她让我帮她拿着点儿扣子，我没有办法就含在嘴里了。我爸又来劲了，把我准备好的校服拿衣架给挂起来了——这不添乱嘛！我一着急，张嘴喊他，结果把扣子给咽下去了。你说这可怎么办？”

辛锐忽然有种被雷劈中了的错觉。这个场景好像发生过，在某个文具店，她无意中把心中所想说了出来，被余周周听到，执着地追问着那颗扣子的去向。

那时候，余周周笑得如此温暖柔和，轻声问她：“你也喜欢文具？”

现在的余周周，书包里面只有一个浅灰色的格子笔袋，里面钢笔、铅笔、圆珠笔各一支，再加上橡皮和0.5笔芯，通通朴素至极。

辛锐正沉浸在回忆里，胳臂又被陈婷拉了一把——“看没看见，那个就是余周周。”

又看到了余周周，和身旁一个苍白瘦弱的男孩子在说着什么，看样子也只是处在互相了解中，说着彼此共同认识的同学老师一类的话题。见到辛锐，余周周笑了一下。

“没想到雨停了。”辛锐说。

“余周周啊，你在一班吧。我是陈婷啊，小学时候我是五班的，我还记得你呢！听说你考上振华了，我就一直特别想看看你变没变样，结果高一一年都没机会见到你呢，我还说这人天天埋头学习怎么跟消失了似的。听说你也学文了？为什么不在一班待了？是不是……难道理科学得困难吗？”

辛锐的眉头彻底拧成了麻花，半小时内第二次听到类似的话，对文科生通用的误解和侮辱让辛锐的烦躁被催化得剧烈反应起来。

“真的是好久不见。你也学文了？”

余周周浅浅地一笑，辛锐哼了一声——又来这套。余周周什么也没回答，只是顺便随口问了对方不咸不淡的问题，亲切友好的乾坤大挪移。

“对啊，我妈非让我学文，我还不乐意离开我们十六班呢，慕容沉樟和柳莲都是我们班的。我上学期物理、化学全四五十分，这样根本考不上中山大学，所以我就得学文了，无奈啊，要不谁学文啊！”

呵呵，就凭你，想上中山？辛锐的阴郁已经挂在脸上了。

“我就觉得学文挺好的啊。”彦一在一旁小声地接了一句。辛锐看着他，觉得这个瘦瘦的男孩子一下子高大了许多。“你和周周一个班的？”她问。

“嗯，我们是同桌。”

“我叫辛锐。锐利的锐。”

“我知道你，很厉害的，你和余周周高一是同班的吧。我叫郑彦一，原来是十五班的。”

“啊，十五班的，我知道我知道，陆培培原来在你们班，她民族舞跳得超漂亮，我们班有俩男生追她呢。听说她妈妈是市银行行长，进学校的时候校长单独见她妈妈呢，咱们学校贷款还指望跟她妈妈搞好关系嘛。不过听说她也来学文科了，就在我们三班！还有于良，那天我看见他那个传说中的女朋友了，比他大九岁呢，在农大读博士，家里超有钱。”陈婷继续旁若无人地说。

“九岁？”彦一惊讶地大叫，“大九岁？余周周，你相信吗？”

“哦，女孩子年纪大点儿没关系。女大三，抱金砖。”余周周打了个哈欠。

“可这是九岁，九岁！”

余周周愣了一下，慢慢地说：“那就是三块金砖。”

辛锐扑哧笑出来，刚刚陈婷对凌翔茜肆无忌惮的吹捧给她带来的压抑感突然减轻了，似乎是意识到了陈婷对知名人物一视同仁的热衷和描述时的口无遮拦，她开始换一种无所谓的眼光观察陈婷了。

对方还在不停地说着。

“我今天早上听顾心雨说，哦，顾心雨也是二班的，优班呢，这丫头成绩特别好，原来在我们初中就特别厉害，我们俩没的说，关系超好。顾心雨说今天早上升旗有诗朗诵，是许荔扬和二班的林杨，大美女和大帅哥！演讲的是楚天阔，咱们校草，你知道吧？一班的班长，一班可是优班！”

你刚才不还问我一班是不是优班吗？辛锐叹口气。

余周周没有再讲话。辛锐在陈婷说话的间隙冲她做了个无奈的表情，周周回应了一个哈欠。

“她对凌翔茜评价也很高呢。”辛锐不知道为什么又提到了这个人。刚说完，就有些后悔，毕竟不希望周周觉得自己小心眼。

“她的嘴里没有评价，只有传闻。”

“传闻岂不是大家的评价？”

“传闻是一个有分量的人的评价和一群三八的复述。”余周周似乎昨晚睡得很不好，一边说一边不住地打着哈欠，眼泪都在眼圈里面转悠，“去上厕所了，你们先走吧。”

“可是，凌翔茜不是传闻。”明明不想要提到，偏偏要争执她的是非，辛锐觉得自己疯了。

此时，彦一出于礼貌不得不听着陈婷讲十五班名人的爆料，随着她一起下楼，而辛锐和周周则在拐角处安静地看着对方，谁都没有动。

“她成了你新的动力吗？”余周周问。

“我不懂。”

“你懂。”

“随你怎么说。”

“我倒是很高兴你找到了这样一个人。”

“我找她做什么？找她麻烦？”辛锐隐隐约约感觉到，余周周正在触碰自己心里面的禁区。

“你知道我说的不是这个。”

“那是哪一个？”

“辛锐，你没有办法独自生存。”余周周叹气。

“但是你有办法。”

辛锐说出这句话的时候自己都吃了一惊，这句话比何瑶瑶的镜子还尖利刻薄，直直地戳向余周周最深的伤口。她慌张地想说些圆场的话，又觉得在余周周面前这样做没有什么意义，只能继续丢脸。

余周周看着她，安静地笑。

“是啊，我的确有办法。所以我不恨。”

旁边经过的人群没有注意拐角处的她们，余周周安静地注视着辛锐，眼睛里是迷蒙的水汽。

辛锐忽然想起同样的神态，在初中的操场边上，温淼的注视。

初夏的蜻蜓在背后飞过，辛锐有些脸红地追问：“东京很远，究竟是什么意思？”

“很远就是很远。”温淼明显不想多说。

东京很远？如果有钱，只是几个小时的飞机，三万英尺的高度。

可是有时候又觉得其实自己明白他在说什么。

因为这个场景总是记得，有一个人对自己清清楚楚地说着。

东京很远。

5

公主殿下

凌翔茜站在升旗广场上愣神。

一个假期的慵懒之后突然早起着实让她吃不消。爸爸早上走得很早，为了搭他的车，凌翔茜也不得不提前一个多小时到了学校。

忽然听到旁边有人正在窃窃私语：“看，那个就是凌翔茜。”

凌翔茜装作什么都没有听到，目光也没有向声源倾斜一度，却扬起脸转身和后面的李静园说话，娇媚灿烂的笑容正朝着说话人的方向。

“好漂亮。”

“是啊，学习还那么好，从二班出来学文，肯定是年级第一了。”

凌翔茜的嘴角又向上倾斜了一度，虽然还是有些昏沉，可直觉上自己已经是升旗广场的中心了。生活就像一场表演，光鲜美丽，娱人娱己。

而从学生生涯伊始，冥冥中就有一股推力在顶着她，从幼儿园小红花最多的茜茜到今天，她一直仰着头承接上天滴下的甘露，那里浸润了全部的惊羡与宠爱，让人欲罢不能。挑灯夜读后取得最棒的成绩，然后规规矩矩地坐在沙发上直面为子女成绩问题头疼而又猛夸自己“完美”的叔叔阿姨，露出谦逊温和的笑容，顺便在背后轻声抱怨说自己真的不喜欢被恭维——凌翔茜不清楚为什么每每这样的场景出现，心底总像涌泉般漫溢幸福。

美丽的凌翔茜偶尔把手挡在额前去看阳光，恍惚中那灿烂喷薄的是她自己的无量人生。

就是因为这样吧，才会为瑕疵神伤。早上只能把书放在腿上低头去看，是因为怕别人看到那本沾了水，结果变得皱巴巴的历史书。凌翔茜家里有成堆成堆的笔记本，全部质量上乘、美观大方，却都只写了前几页——多数情况下只因为那几页写的字不好看，或者行列歪了，或者和这本书一样洒上了水，于是被搁置。小学的时候就喜欢好看的文具，有时候不小心把刚刚买到的圆珠笔外壳划掉了漆，就一定要执着地再买一支崭新的——只是后来发现，其实往往是那支破损的笔用起来最随意顺手。鬼知道为什么。

早上的心情有些烦躁，就是因为急不可耐地想要买一本新的历史书。只是这种小事情而已。

她忽然想起怪怪的蒋川，曾经很哲学地告诉她，完美主义者注定无法善终。

大家慢吞吞地从教学楼里面出来，在升旗广场上闲聊打闹。教导主任用高八度的声音催促各班站好队，声音尖厉得能划破钻石。

前方那个穿着背带裤正忙着披上校服外套的女孩子，似乎是余周周，早上和自己对视微笑的余周周。

再见面时，凌翔茜几乎已经想不起来余周周到底是个什么样的女生了，虽然依稀记得小时候她曾经让自己很吃瘪。

不过那都是过去了。过去她太不懂收敛。

余周周考上振华了，中考的分数甚至比自己还高出 2 分。

话说回来，余周周也学文科了。

凌翔茜想到这里，忽然有点儿恐慌。接受夸赞是要有一定担当能力的，而她——凌翔茜，一定能做年级第一吗?

凌翔茜晴朗的心情顷刻毫无道理地大雨瓢泼。

还有一个人。辛锐——那个又黑又冷的女生，和余周周一样，也是从一班转过来的。

不过，就算是她们两个没实力胜过自己，普通班里也有尖子来文科班，谁知道会不会出现黑马?如果最终凌翔茜没能众望所归，大家会怎么看她?

思绪就这样杂乱无章地涌动，终于心烦意乱了。

“我宣布，振华中学升旗校会，现在开始!”

陈景飒的声音和教导主任活似姐妹花。

这句话是高一时候陈景飒被选为升旗校会主持人之后蒋川说的。当时凌翔茜只是低着头笑，没有搭腔，却也暗自赞叹这句话的绝妙。抬头时看见了陈景飒的冷笑，一下子满脸通红。蒋川有点儿娘娘腔，其貌不扬，却天生有种谁也不放在眼里的傲气和温暾，说话往往一针见血。陈景飒很明智地没有和他计较，反而处处为难当时刻意想要自我保护的凌翔茜。

生气，就要表现给那些会给出令人满意的反应的对象看。凌翔茜就是这样的对象。她愈加渴望所有人的友好和承认，陈景飒偏偏就成了心头的大石头，每周一早上都会用她有如录音机绞带般的声音来提醒自己，有人讨厌你，很讨厌、很讨厌。

“下面请欣赏国旗下的演讲，‘金秋九月，振华人扬帆远航’，演讲者，高二一班楚天阔。”

掌声雷动。记忆中似乎很少有这样的情况，大家一般情况下都在走神或者聊天，尤其是操场中后部分的人。然而这一次，学生们都出奇地捧场。甚至扬声器也很配合，沉稳而清亮的声音传遍了安静的广场。

凌翔茜低头笑了笑，大家都在伸长脖子张望升旗台上的小黑点，她的目光反倒飘离了，一副满不在乎的样子，耳朵却紧张地捕捉对方好听的声音。那样沉稳而清亮的声音，就像这个人一样。

早上的时候去找过他，把约定好的时间拖后再拖后，希望能接到对方询问的短信，可是没有，所以只好急急忙忙冲出教室赶在升旗前跑到一班。他们班的同学在门口进进出出，一脸八卦表情看着她。凌翔茜希望被别人注意到，希望被传和楚天阔的八卦，但是又不希望被传播成自己在主动追求——所以她更希望楚天阔来到自己班级的门口说，请找一下凌翔茜——然后在周围人一片带着笑意的起哄声中，表情淡漠又微微脸红地向门口移动，对门口那个好看的男孩子说："什么事情？"

所以她向对方借书，并且希望楚天阔到自己班级去取书，然而每一次凌翔茜发短信要楚天阔过来拿书的时候他都在忙，凌翔茜不得不装出一副体谅人的样子去一班送书，表情矜持地寒暄几句匆匆告别。

她从小被许多人追过，知道男孩子眼角眉梢藏不住的爱恋都是怎么表达的。有人热切地献殷勤，有人故意凶神恶煞地找碴儿欺负，其实都是男孩子笨拙的示爱方式，传达的都是同一个信息：凌翔茜，我喜欢你。

然而眼前这个站在升旗台上的男孩子，他好看却又略显生疏的笑容，那些彬彬有礼却极有分寸的关心，都让凌翔茜同学着迷而又苦恼。

这个男孩子的心，就像奖券，揣摩了半天，还是没有确定的答案。

或许他只是欣赏她。

又或许连欣赏都不曾有，只是礼貌使然。

凌翔茜抬头去看九月明朗的天空。她想起小时候误以为自己喜欢林杨，大人们总是开玩笑，久而久之，她也觉得林杨是她的，以后还要嫁给林杨，管他一辈子——后来两个人聊起这桩所谓的"娃娃亲"，都笑得合不拢嘴。

那时候，林杨稍微走神冷淡自己，她就会哭，会尖叫泄愤，也会赶走林杨身边的男生女生中她看不上的那些。那么明澈霸道的喜欢与不喜欢，现在想来仍然很怀念。只可惜，长大了发现一切都是错觉。

因为她遇见了楚天阔。

原来喜欢一个人是会让自己变成哑巴的，是会让自己学会伪装的，她不会大叫着冲上去说：“楚天阔，你怎么不跟我打招呼？楚天阔，你怎么跟那些女生说话？她们多烦啊……”

十几岁的孩子，心思就像层层叠叠的云。那种像儿时天空一样万里无云的心境，再也不会有了。

“振华人在不久之前结束的高考中再摘桂冠，而我们这些即将踏上新的征途的后继者定将不辱使命，为振华谱写新的灿烂篇章……”

学校需要升学率，学生需要好前程，其实没有什么使命不使命的，只是一种合作而已。家长是客户，学生是产品，就这么简单。凌翔茜又低下头不安分地用脚尖摩擦地砖，静静地想着早上和楚天阔的对话。

“新班级开过一次会了吧，感觉怎么样？”

“挺好的，男班主任，教历史，看样子挺严厉的，我想带班应该挺有经验的……他叫武文陆，你认识吗？”

“哦，知道，高一的时候他曾经借用我们班做过一次公开课表演。很好的老师。”

“嗯……是吗，那太好了。”

伶牙俐齿的凌翔茜无话可说了。

和楚天阔之间很少有长时间的沉默，对方总是有本事在尴尬的空白到来前结束话题。

“快升旗了，赶紧回去吧。”可能是觉得这样的道别太仓促失礼，又补上一句，“散着头发真的很漂亮，可惜学校不提倡。”

好看的笑容、随意的语气、暧昧的话语里面没有暧昧的意味，楚天阔干净的转身在凌翔茜的脑海里一遍遍 replay（重放）。凌翔茜用手指把玩着发梢，一种从未有过的卑微感在心底里蒸腾起来。

忘记在哪本书上面看到过，爱一个人是很卑微、很卑微的一件事，尤其是对方不爱你的时候。

凌翔茜最后一次抬眼望了望那个认真演讲的人，然后深深地低下头去。

太遥远了。

掌声再次响起来。

“妈的，肯定又是诗朗诵，破学校不会别的套路。”

身后的女孩子有些沙哑的低声咒骂让凌翔茜皱了皱眉头。不过，的确是没有什么新花样。诗朗诵是一定的了，只是要看看许荔扬换不换新的男搭档了。

“下面请欣赏诗朗诵《埋在心中的名字》，让我们欢迎二年级六班的许荔扬和二年级二班的林杨同学。”

凌翔茜张口结舌地站在原地——林杨，诗朗诵！

操场上这时响起了热烈得有些惊人的掌声和叫好声，林杨在男生中的人缘向来是好得没话说，同样是干净好看的男生，他和楚天阔完全是两种气质。

但是，凌翔茜毫不怀疑林杨可以圆满地完成任务，文学影视作品中凡是这种吊儿郎当而又聪明敏锐的男孩子一般都是在关键时刻让人大吃一惊的厉害角色，而林杨已经很多次演出过这种俗滥情节了，所以哪怕他今天表现出了大师级水平，凌翔茜都不会皱一皱眉头。只不过，她很惊讶为什么林杨会接受诗朗诵这种让人无奈的任务——声情并茂地念着那些肉麻的排比句，怎么看都不会是林杨的所为。

许荔扬的金嗓子听来已经不新鲜了，甜而不腻的好声音曾经在新生当中被传诵了好一阵，频频在升旗仪式、艺术节开幕式上出现，渐渐也就习以为常了。

然而今天，林杨。

“振华，多少人在天涯海角一遍又一遍地念你的名字。”

“振华，多少人在海角天涯一次又一次地把你牵挂。”

林杨的声音同样很好听，虽然没有楚天阔的深沉和霸气，然而更亲切、轻快。

这家伙，念得倒是挺认真呢，虽然一点儿都不投入。

凌翔茜有时候觉得这简直是奇迹。蒋川、凌翔茜、林杨，从小学到现在都是同班同学。虽然已经想清楚自己其实对林杨没有真正的喜欢，但对林杨仍然有种难以控制的独占欲，甚至有时候，她和林杨之间的暧昧与默契会在很多时候给自己信心和勇气。

冗长的升旗仪式终于结束了，凌翔茜随着队伍朝教学楼走过去。经过升旗台的时候，偷偷地用余光看了一眼正在整理器材的楚天阔，男孩低垂着眼睛认真而温和的样子让凌翔茜心里一紧。

宁愿自己是那堆器材。

这个三流偶像剧水准的想法让凌翔茜很鄙视自己。

倒是林杨和一群男孩子嘻嘻哈哈地经过身边，凌翔茜敏锐地感觉到他似乎在搜索什么人，在心里偷笑了一声，故意出现在他的不远处。

“嘿，凌翔茜。”

果然。

凌翔茜侧过头去灿烂地笑：“不错啊你，今天表现相当不错！”

“噢，是吗？”

今天的林杨格外地拘谨，虽然还是在笑，但却像是丢了魂。凌翔茜皱皱眉：“你怎么了，没事吧？”

周围很多男孩子开始坏笑，纷纷远离了他们两个。凌翔茜并不是很反感男孩子的这种八卦和起哄，尤其是当对象是林杨的时候。

“我没事啊。”

落寞的声音让凌翔茜愣了好一会儿。

“你个猪头，装什么忧郁美少年！”凌翔茜哼了一声，心里却有些打鼓。从未见过这样的林杨。

“我真的没有事啊，哪里忧郁了？”林杨侧过脸冲凌翔茜笑了笑，“我只是有些后悔，为什么要答应杜老师来念这个诗朗诵。”

“怎么？念得很好啊！”说完凌翔茜自己觉得有些无趣。

“谢谢你。”林杨一脸落寞。

“林杨大少爷，你可不像是会为这种事情烦心的人啊，什么时候在乎起自己的形象来啦？”

“呵呵。”

林杨心不在焉的样子让凌翔茜有些生气，很久两个人都没有说话。

“好啦好啦，不跟你扯皮了，我去上厕所，你先上楼吧。”凌翔茜白了他一眼，适时截断这段对话，沉下脸拐向走廊的另一侧，没有回头去看林杨。想听对方来一句：“喂，你是不是生气啦？”可是什么都没有，只是一片沉默。

七拐八拐地回到三班门口，凌翔茜在踏进去的一刻恢复了满面笑容。

班主任示意大家安静，这个面庞黝黑的男人站在讲台前面，眼睛像鹰一般锐利。

“各位同学请坐好，我利用上课前的几分钟讲几句话，上次的开学前小班会咱们也没有多说什么，分了一下座位，领了一下教材就匆匆结束了。我都没来得及做自我介绍，不过你们也都知道了，我姓武，教历史，手机号码和家里的电话会在下课的时候写到旁边的提示板上，办公室在五楼历史教研组。

“来学文科——无论是你们自己的选择还是迫于无奈——那都不重要，重要的是我们有了一个重新开始的机会，希望大家都能踏实努力地度过高中的后两年，这需要我们全班团结一致的努力。”

凌翔茜微微一笑。她也很想知道自己是自我选择还是迫于无奈，还是这两者其实是一个意思？

“咱们学校一共有五个文科班，两个在总校，也就是七班和咱们三班：三个在分校，十三、十七和二十班。之所以提起这些，是希望大家能够清楚这个状况，可以说能和我们班齐头并进的也就是七班，振华历史上的两个文科班历来如此。当然我不是说给大家压力，咱们都是集体的一员，当每一个人都能把成绩提上去的时候，班级自然会好。总校学文的同学少，所以没有学籍的借读生就也都分配到我们七班和三班了。当然，我对借读生一向是与总校分校的在籍生一视同仁的，自然要求也很严格……”话未说完，武文陆就被门外某个人叫出去了。

班里有些小小的骚动。

“妈的，这个死黑脸包公到底想要说点儿什么啊？绕来绕去的，姑奶奶的头都大了。”

很简单，其实不过就是两点，第一个是成绩不要输给七班；第二个是没有学籍的借读生都安分点儿，小心我不客气。凌翔茜心想着，嘴角渗出一丝笑意，低头去看腿上的历史书。

“大家安静啊。”武文陆并没有继续刚才的话题，“我们刚刚组建新班级，可能没有办法很了解大家各自的水平实力，但新班级的班委会还是要组建的。我的想法是，我先根据从大家高一时候的档案里面得到的信息入手，直接任命班干，然后过一段时间大家相互熟悉了，再重新民主选举，大家对这个方法有什么意见吗？”

下面很安静，没有人答话。

“那好，我现在念一下名单。”

凌翔茜抬起头，忽然觉得有些不安。

“首先是班长，我选的是凌翔茜。”果然。

武文陆的目光停在自己的附近，凌翔茜只好站起来，礼貌地笑着说：“大家好，我是凌翔茜，来自二班，请大家以后多多配合、多多关照。”

同学们也给了礼貌的掌声，伴随着一点点窃窃私语。

“那么，学习委员就由，呃，这个叫，辛锐，来担任。”

凌翔茜侧过身，坐在自己斜后方的一个女孩子站起来，面无表情，均匀的淡黑色皮肤和平淡的五官，瘦削的身材，还有让人不舒服的冷漠声音。

“大家好，我叫辛锐，来自一班，不过，并不代表我成绩一定好。”她说到这里，忽然绽放了一脸很灿烂的笑容，整个人的气质都变了。凌翔茜感觉到班级里面压抑的气氛忽然松弛了下来，然而这笑容隐隐约约让她不舒服。

“只是希望作为学习委员能尽快帮助大家适应新班级，并且在新的学科中尽快找到好的学习方法，我会努力的。”

掌声远远比给凌翔茜的热烈得多，凌翔茜的脸庞微微发红。

辛锐坐下的时候，微笑的目光直直地投射到凌翔茜脸上。凌翔茜余光敏锐，然而这一次无论如何都无法偏过头去直视对方的笑容。

中午的食堂人山人海，凌翔茜和李静园端着盘子找不到座位。

“怎么办，烦死了，今年的高一新生比咱们那届又多出了400人，多招了七个分校班。”

你自己不也是借读生吗？还不如人家考进分校的学生呢。凌翔茜心里想着，顺便耸耸肩做出无奈的表情，表示很同意李静园的话。

“喂，凌翔茜！”

凌翔茜回过头，看到蒋川、林杨和林杨的一大帮狐朋狗友。

喊她的是蒋川，林杨自始至终是一副魂不守舍的表情。

“我们快吃完了，你们俩坐这儿吧。”

“谢谢你们。”凌翔茜气鼓鼓的，没有搭理林杨，只是冷淡地朝蒋川点了点头。

“你们吵架啦？”

李静园吃着吃着饭，忽然开口问。

“我们？谁？”

凌翔茜有点儿心神不宁。

“你和林杨呗，从初中时候大家就都说你们俩其实是一对儿，标准的青梅竹马。”

“不是，既不是青梅竹马，也没吵架。”凌翔茜忽然觉得嘴角有点儿酸。

“我觉得也是，”李静园继续含着饭说话，“我觉得还是楚天阔和你比较配。”

凌翔茜的心漏跳了一拍。

“哦？”

“今天的豆腐怎么这么咸，打死卖盐的了？”

“是啊。”

李静园没有再说，只是絮絮叨叨地讲些无聊的事情。

为什么你不再说呢，为什么我和楚天阔比较配？凌翔茜的心悬在半空，却始终赔着笑脸跟李静园絮叨一些无聊的小事。

为什么我和楚天阔比较配？只有你自己这么想，还是很多人都这样说？他们是怎么说的？楚天阔有没有听说过这种传闻？他会怎么想？

你知道我心里的感受吗？你知道我真的喜欢楚天阔吗？

凌翔茜看着李静园鼓鼓囊囊的嘴，还有唾沫乱飞的姿态，鼻子一酸。

算了。

只有凌翔茜自己知道，她呼朋唤友，却连一个可以说说女生之间的心里话的人都没有。

为什么这个世界上没有值得信任的人？

为什么？

6

默契

余周周静静地立在三班的门口等辛锐，透过前门的玻璃可以看到三班的政治老师和教自己班的是同一个人，一样爱唠叨、爱拖堂的中年女人，唇膏涂抹得太过浓烈，上课的时候如果盯着她那两片一张一合的艳丽嘴唇，很快会进入被催眠的境界。

走廊里面放学回家的学生三三两两地从面前走过。余周周像一尊塑像，凝滞在了人流中。

侧过头去的时候，看见了林杨，和几个哥们儿嘻嘻哈哈地从侧楼梯口走过来。

余周周想起早上的升旗。经过了那场不甚愉快的谈话，她去了女厕所，出来的时候辛锐已经不见了。独自经过操场，路过升旗台的时候，抬眼的瞬间，就和林杨目光相接。

刚刚和学生会的同学贫嘴大战过后的少年，在看到余周周的瞬间，脸上残留的笑容消失，挂上了几分惶恐不安。

余周周站在人流中，默默看了他一会儿，直到学生会的其他人也注意到了林杨的古怪，纷纷往余周周所站的方向看，她才低下头继续随波逐流向着广场走去。

也许是早上那个残忍的梦境惊醒了她，整整一年沉浸在自己的世界中的余周周，终于开始正视自己当年的无心之语给对方造成的伤害。

林杨就像是一个悲哀的杨白劳，不停地用眼神对她说：我知道我欠你的，我知道，可是你让我怎么还？

而她其实从来就不是黄世仁。

看着林杨道别了朋友，朝着三班的门口越走越近，余周周掐灭了原本想要低头闪避的念头，还是明明白白地直视着他。

其实余周周不知道应该怎么办。像座石雕一样站在那里很不好，仿佛是个深深埋在重大创伤的阴影中难以自拔的忧郁女生，让林杨看到了徒增烦恼。当然也不想要矫枉过正，为了宽慰对方，进一步表现自己的不在意和大度，于是一看到对方就好似失散多年的兄妹一样热情过度。

余周周还在踌躇，林杨已经试探性地站在了她身边。

“你等人吗？”余周周还是选择了若无其事的开场白。

这是他们上高中以来的第一句话。你等人吗？

林杨明显慌了，他笑了一下，又恢复很严肃的表情：“哦，我等，我等凌翔茜。”

余周周发现林杨在说完这句话的时候忽然脸红了，不禁莞尔。

“嗯，听说你们一直都是特别好的朋友，和以前一样。”

“哦，你听说过……听谁说的？”

余周周愣了愣，林杨忙不迭地说：“不是，不是，不是，我不等凌翔茜，我也没想问你从谁那里听说的，我……我先走了，拜拜。”

在林杨要逃跑的瞬间，余周周果断地伸手拦住了他。

还是把该说的话说清楚吧，余周周想，这个念头已经在心里转一整天了。

“林杨，我只是想告诉你，当初那件事情都是巧合，我自己也知道，不怪你。当时我情绪太激动了，说了什么欠考虑的话，请你原谅我。”

这样，就可以了吧？

林杨静默很久，余周周看到他眼睛里面有什么亮亮的东西在闪烁。他刚动动嘴唇想要说些什么，一个矮个子男生就伸长胳膊搂住了林杨的脖子。“又等凌翔茜啊？”说完眯起眼睛看了余周周一会儿，说，“不对啊，这也不是我们的大美女啊！”

男生的目光纠结在林杨那只被余周周拉住的袖子上面，余周周忽然觉得有点儿尴尬，她放开手，没有说什么话圆场，只是淡漠地笑笑就转身离开了。

依稀听到背后的男生愣愣地说：“我……我是不是打扰她向你表白了？”

余周周给辛锐发信息说：我在大厅窗台那里等你。

坐在窗台边打开随身听，里面的男人正用低沉的嗓音哼唱，“1995年，我们在机场的车站”。

手机一震，新信息，上面是陌生的号码。

“我是林杨。路宇宁是我的好哥们儿，他那个人就是那个样子，你千万别介意。”

他竟然有自己的手机号。余周周歪头看了看那条短信，不知道回什么，索性不理睬。

闭上眼睛陷入神游之中。

后背玻璃冰凉的触感让她忽然想起四岁的时候，和妈妈住在郊区的平房，门口的大沟常常积很多的水，不知道是谁把一块大木板扔了进去。她白天自己待着无聊，就用尽全力把门口扫院子的大扫帚拖到水沟边上去，跳上木板，想象着自己是动画片里面的哈克贝利·费恩……的女朋友，此刻正在波涛汹涌的大海上绝望地划着船，精疲力竭地挥动着巨大的铁扫帚。累了，就坐在木板上面，学着电视上的人一样双臂抱膝，把额头顶在膝盖上，喃喃道：“哈克不要急，我来救你了。”

风不小心把门带上了，她被锁在室外，只能坐在孤舟上等待妈妈回来。深秋的傍晚很凉，孤舟冰冷的触感让她轻轻颤抖。

但是还好，还有哈克在，哈克对她的奋不顾身感激不尽。

很久很久了，余周周在心里召唤着公爵子爵，哈克，夜礼服假面，他们却再也不出现。

又忽然想起刚刚和彦一道别的场景。彦一整整一天都佝偻着背伏在桌子上，从百宝箱一样的大笔袋中翻出各色荧光笔在书上勾勾画画。可是周周从来没有觉得他在成绩上会是什么厉害角色——他的眼睛里面没有斗志，也没有热情，更没有掩饰自己远大目标的那种戒备。

只有疲惫，红血丝爬满了眼球。

虽然很喜欢这个同桌真心的热情，余周周仍然很少和他讲话。相比之下，后桌的两个女孩子已经开始探讨人生和彼此不痛不痒的隐秘经历了，窃窃私语之后就拉着手一起去上厕所——女生的友情很多都是这样开始的。

分享彼此的秘密，然后再用别人的这些“发誓不说出去”的秘密去交换另一个人的秘密，得到脆弱的闺密友情。

正想着，辛锐已经走到她身边，轻声说久等了，没有抱怨老师拖堂。

手机又震动了，还是那个号码。同样的短信。

余周周心间忽然一颤。林杨的执着，似乎从小到大都不曾改变。

“辛锐，周周。”

楚天阔从远处跑过来，抱着一摞档案。周周喜欢好看的事物，总是直视得对方发蒙。这么多年只有两个人面对这样的目光依旧镇定自若，一个是楚天阔，一个是今天早上的凌翔茜。连曾经的林杨都做不到，林杨总是会脸红。

“真巧，正要找你们呢。”楚天阔在她们面前站定，笑得很好看，“辛锐，俞老师都告诉你了吧？可能周周还不知道，我们，嗯，咱们班想要给你们俩补办一场欢送会，你们真是够一鸣惊人的，我们都没有心理准备。大家都觉得挺舍不得的……”

辛锐笑了，很讽刺的笑容。

楚天阔停顿了一下，看了一眼辛锐，很严肃地说：“肯定有人舍不得。”

辛锐愣住了，低下头没有说话。

“虽然可能，”他把脸转向余周周，用很轻松的口气说，“周周不是很喜欢走形式。”

余周周耸耸肩笑笑，这样的话不让人厌恶。

“不过，有时候形式是可以促进内容的，对吧？可能一场欢送会之后大家就真的想你们了。”楚天阔笑得更灿烂了，辛锐抬头看了一眼他，又低下头去。

“放心，你们不喜欢说话，我主持的时候也不会让冷场出现的，相信我。”

没有逾矩的话，但是很实在贴心，不显得圆滑。

余周周点点头：“你们打算什么时候开班会，到时候再告诉我们吧。班长辛苦了。”

楚天阔笑着说：“回头见，一切顺利。”

余周周把辛锐的沉默局促尽进眼底，什么都没有说。

站台上依旧很拥挤，余周周和辛锐站得距离人群很远，把学校周边的杂志摊和食品店都逛遍了，才慢悠悠地走过来，看着站台上的人相互之间闲聊打闹，绿、白、蓝，三个年级三种校服挤在一起，可都是热闹不起来的颜色。

高一的时候辛锐曾经努力过，拉着沉默的周周往 8 路上面冲。然而每一次都是辛锐勉强站在门口的台阶上面，回望车厢外眼巴巴看着自己的余周周，无奈地叹口气跳下车和她一起等待下一辆。余周周能够承受的下一辆永远都是站台上面人丁稀少的时候来临的那一辆。辛锐每一次跳下车来，都会面无表情地用膝盖对准余周周的屁股狠狠地踢。

周周喜欢那时候的辛锐，那个冷着脸的，但是眼睛里面有包容和笑意的辛锐。

变故让她看清楚很多人，却也变得不那么纯粹，因而更宽容。余周周曾经以为初中最后那段时光自己和辛美香之间的种种隔阂会让她们成为陌路人，然而变故悄然改变了她，曾经那么在乎的“第一名”“最出色”“最真挚纯粹的友情”通通退居二线。高一时候辛锐接近自己，仿佛初中什么都不曾发生过，仿佛她们还是好朋友，仿佛她从来就不是那个窘迫可怜的辛美香——余周周安然接受。

反正都无所谓。

两个人在站台附近游荡半个多小时才坐车回家，几乎成了习惯。

曾经余周周让辛锐自己先走，辛锐不同意；提议两个人留在班级里面自习，直到人少了再出去乘车，辛锐也不同意。周周没有问过辛锐为什么喜欢站在站台上面无所事事地等待，虽然觉得好奇——留在教室自习才是辛锐的风格。

这个问题憋了快一年，后来忽然就懂得了。初夏的晚上，两个人傻站在站牌下，什么都没有聊。周周已经神游到了外太空，忽然听见身边辛锐很满足地像猫一样伸懒腰、打哈欠的声音。

“真好。”辛锐说。

于是周周微笑地看着她，说：“是啊，真好。”

也许就是这么简单。

两个人在站台上面都没有提早上升旗的时候那段古怪的对话。辛锐有一搭没一搭地跟周周讲白天发生的事情，余周周安静地听。

和过去相比，好像角色颠倒过来了。

上车的时候有座位，她和辛锐的座位离得很远。余周周把头靠在脏兮兮的窗子上面，昏昏沉沉睁不开眼，暮色四合，外面深蓝色天幕下的景色已经变得如此模糊不清，她很困、很累，仍然固执地不肯睡觉。

余周周每到颠簸的时候就会犯困，小时候总是被妈妈抱在怀里四处奔波，用一块叫作抱猴的布包包住，她哭闹不睡觉的时候，妈妈就会不停地颠着她，说：“宝宝乖，宝宝乖。”

然而在车上，就算再困，也一定要睁着眼睛看风景，哪怕同一条公车路线已经看了几百次。

“反正回家也能睡觉，现在多看一点儿，就多……多占一点儿。”

余周周还记得小周周当时一副赚大了的表情讲着莫名其妙的道理，还有妈妈听到之后扑哧一乐说：“对，周周真聪明。”

周周真聪明。

余周周打了个哈欠，眼泪从眼角一滴滴渗出来。

就这样摇摇晃晃地到了目的地，余周周朝辛锐打了个招呼，先一步下车了。

外婆家的楼下从她小学三年级开始聚集成了一片菜市场，很多教职工下班后都会到这里买菜回家做饭，每天早上和晚上，这里都格外热闹。

政府曾经很努力地想要把摊贩都挪进商场的底层，最终还是失败了，城管和摊贩的拉锯战持续了一年，市场战战兢兢地重归繁荣。小时候，余周周很喜欢吃楼下某家烧烤店的老奶奶烤的红薯片，所以每次远远地看见城管的车，她都会狂奔好几个街区帮老奶奶通风报信。

老奶奶前年冬天去世了。她的儿子还在同一个地方烤羊肉串，可是余周周一次都没有吃过。

周六日下午在家里面复习功课时，还会听到“刷排烟罩哩”和“荞麦皮嘞”的叫卖声，声音由远渐近，然后又慢慢走远。

那个时候抬头看天，对面的老房子上方一片湛蓝。

余婷婷和余玲玲都搬走了，大舅重新搬回来。倒也应了余玲玲妈妈的那句话：“他不是说儿女应该自己照顾老人吗？那他倒是搬进来啊！”

余周周重新住回了外婆家。妈妈留下的那套房子没有被卖掉，闲置在海城小区，余周周整整一年没有回去过了。

舅妈已经把饭菜做好了，柿子炒鸡蛋、豆角、青豆鸡丁。周周洗了手，就坐到桌边。

“尝尝舅妈的青豆鸡丁。第一次做。”

“好。”

“别抱太大希望。”大舅说完，就被舅妈瞪了一眼。

“我明白。”周周说，也被舅妈瞪了一眼。

吃饭的时候彼此的话都不多，舅舅会说些工会里面的事情，舅妈也讲些办公室里的是是非非，余周周偶尔会插句话，更多的时候是埋头吃饭，顺便发呆。

舅妈不让余周周刷碗，于是她也从来不主动请缨。吃过饭后舅舅去看《焦点访谈》，余周周回到自己的房间做作业。

振华的传统是不留作业，只是给学生订制很多练习册，大家私下也都会自己额外买一些练习册，虽然大部分都没有时间做完。几乎已经没有人像初中的辛美香一样把自己买的练习册藏着掖着不让别人看见——连辛锐自己也不再这样了。考到振华来的人都是好学生，对这种幼稚伎俩心知肚明，何况就算秘籍人手一本又怎样，毕竟不是人人都是练武奇才。

政治书摊开在明亮的护眼灯下，看着就有些反胃。余周周上政治课的时候直接睡过去了，靠着窗台，用左手撑住下巴，微微低着头，好像认真地看着书的样子。

下课的时候彦一推推她，轻声告诉她，绪论和第一章第一节讲完了。第一个哲学原理是“自然界是客观存在的”，答题的时候，哲学原理、方法论以及“反对的错误倾向”要按顺序写出来，具体的内容他都抄到笔记上面了。

说着，把字迹清晰、稚嫩的笔记推到余周周的手边。

她从绪论开始看，把一些细碎的但是看起来又很重要的句子画下来，因为在失去意识的最后一刻，她听见政治老师说，选择题可能会抓住这些书上面的小句子出题。

余周周浏览了一遍笔记，大概背了背，然而开始做题的时候她的思维居然像是停滞了一样。

不愧是政治书上面的哲学。自以为看过不少哲学史和哲学概论的余周周，四十道选择题，居然花了半个小时，她甚至怀疑自己睡觉的时候错过了什么天机。

舅妈推门进来，一杯牛奶，凉凉的，照旧埋怨了一句：“你就任性吧，喝凉的对胃不好。”

余周周笑笑说：“谢谢舅妈。”

十点半左右，舅舅和舅妈就睡觉了。余周周一般会坚持到十一点，冲个澡，吹干头发，然后钻进被窝，设好手机的闹钟。

她调出通讯录，找到陈桉的号码，发送：“晚安。”

她不再对陈桉诉说生活中的事无巨细，偶尔只是发送一条短信发表些没头没脑的感慨，然而她确定陈桉会懂得。道晚安也变成了一种习惯，甚至陈桉还会时常打来电话。余周周自从知道陈桉一定会回复“晚安”，就总会在他还没有回复的时候立刻关机睡觉，第二天早晨打开手机，就能接到问安短信。

然后一整天就会有些念想。

仿佛是生命中唯一的热源。

然而今天晚上，又收到了林杨的信息。

“你存我的手机号了吗？”

甚至能想象到他有点儿执拗无赖的样子。

余周周心里有些异样。“存了，晚安。”

然后，才把对方的号码提取出来储存上了。

忽然又进来一条信息。

“今天早上的诗朗诵，是不是……是不是很傻？”

余周周讶然。

林杨，诗朗诵？

除了升国旗的时候，余周周在整个仪式中都戴着耳机。所有的歌都是陈桉喜欢的，她把这些歌循环播放一星期，一整天就结束了。

她用他喜欢的歌声，结绳记日。

“挺好的。”余周周只能胡乱地撒了个谎，回过去。

很长时间没有回复。正当她准备关机的时候，屏幕又亮了一下。

“明天中午，你有事吗？”

“没有，怎么？”

“下了课我去你们班找你，一起吃饭吧。”

余周周很长时间以来都觉得无可无不可，无所谓。然而这一次，她还是隐隐地想要拒绝。

“好。”她发送出去，关机睡觉。

既然今天早上刚刚说过，她没有怪过他。所以必须要做出些补偿，让他从愧疚中解脱出来，然后两不拖欠。

这算是她为这一年来的错怪进行补偿。证明给他看，她真的不怪他。

真的没有怪过吗？

有时候总是需要找一个人来责怪吧？不是他，就是自己。

午夜，余周周又一次惊醒的时候，仍然没有尖叫。她只是猛地睁开眼睛，怔怔地盯着天花板，许久才接受了自己醒过来的事实。

下床，发现窗帘没有拉。白月光在地上投下一片温柔，触手所及之处都是冰凉的幻境。余周周走到窗边，望着街上的一地狼藉。

十字路口都是一堆一堆的灰烬。今夜是农历七月十五，民间称为鬼节，大家都会在这一天前后给死去的亲人烧纸钱。昨天，也就是开学的前一天晚上，余周周在大舅、大舅妈的带领下，站在这个十字路口给妈妈和齐叔叔烧纸钱。

天气已经开始转凉，晚风冷飕飕的。大舅妈是个有点儿迷信的女人，一直在叨咕着，这股风都是来取纸钱的鬼带来的。

余周周在大舅的指导下用棍子画了一个圈，留了一个门，然后又沿着圈的边缘用劣质白酒浇了一遍，在正中央点燃第一张纸钱。

她哭不出来，只是一脸漠然地盯着跳跃的橙色火焰，扑面而来的温暖气息好像妈妈的抚摩。余周周固执地站在那个虚拟的“门口”，等待着那阵抓不住的风。

大舅妈遵循着老规矩，在烧纸钱的时候不住地叨咕着：小姑子，来收钱吧，女儿出息了，别担心、别挂心，在那边好好的……

你可不可以闭嘴，你可不可以闭嘴。

余周周并没有生气，她只是害怕这种像煞有介事地和妈妈对话的感觉，所以自始至终一言不发。

也只有在这种时候，她会有种活着的感觉。余周周已经有整整一年的时间没有感觉到任何情绪的波动了，仿佛冬眠了一般，却在此刻被烧纸带来的温暖唤醒，一种名叫仇恨的情绪充满了身体，让她重新活了过来。

仇恨给人力量。仇恨让人想要活下去。

余周周宁肯自己恨着一个人，一个可以报复的人。然而她的仇恨对象如此稀薄，连它是否存在都有待考察。

它给了余周周最最完美炽烈的幸福，然后在她面前给这份幸福画上了句号。

“他们停在了最幸福的时刻，周周。”

是陈桉说的吗？余周周对那段时间的记忆如此混乱，回头看的时候只剩下破碎的只言片语，甚至都找不到先后顺序和话语的主人。

好像是故意忘记了。

她自己又在激动混沌的时候说过什么吗？说过什么偏激决绝的话？诅咒命运、诅咒一切，说自己不活了，活得没有意义，还是说都是她的错，都是她害了妈妈和齐叔叔，又或者，把过错都推到林杨身上？

她每每回想的时候，总是只能听见一片喧嚣。

“如果当初不是你，如果当初不是你……”

她是不是对林杨说过这种话？

她不记得自己说了什么，只记得当初电话那端无措的沉默。

余周周光着脚站在冰凉的地板上，仰头沐浴着安静的白月光。

林杨自始至终都没有错。旅行团有 17 号出发的和 23 号出发的两种，只是因为林杨一个别别扭扭的邀约电话，她告诉妈妈和齐叔叔：“我们还是 23 号出发吧。”

我们还是 23 号出发吧。

那时候余周周兴高采烈，又要此地无银三百两地加上一句“其实我也不是很想去，可是那个同学非要……”齐叔叔，她已经从善如流地、甜甜地叫“爸爸”的男人，用了然的目光看着她，忍着笑，摸摸她的头说：“是啊，那个同学可真烦人啊！”

那一刻的余周周抬起头，目光所及之处，都是幸福。

陈桉说：“你们谁都没有错，这只是巧合。”

余周周挣扎了很多年，为了她和妈妈的幸福。现在陈桉告诉她，这只是巧合。

她伏在陈桉的怀抱里面，脸色苍白，哭不出来。

曾经余周周以为不幸是种巧合。

现在她才明白，真正的巧合，是幸福。世界上最罕见的巧合。

余周周照常地上学放学，学习，考试。生活是一种机械运动，因为她知道，自己努力与否、优秀与否、快乐与否，都无所谓。

她最终还是爬回到床上，蜷缩起冰凉的脚趾，慢慢沉入梦乡。

早上没有迟到，在校门口看见了奔奔。

“早。”余周周笑了。

奔奔长高了，白皙温和，耍帅的技巧越来越自然，早就不是当初英雄救美之后绝尘而去那种低段数了。他在总校分校的名气都很大，然而余周周很少会问起他的情况。她不大关心别人心里的慕容沉樟是什么样子，反正奔奔在她面前从来不耍帅。

“新班级感觉怎么样。”奔奔的问题都是陈述句的语气。

“没什么感觉，班主任挺好玩的，很邋遢很大条的感觉，有点儿像我们初中的张敏。哦，班里面不少美女。”

“美女？咱们这个年纪，真正的美女还都没出现呢，你看到的那些只不过就是比同龄人早用了几年粉底，在头发、衣服上面多花了些心思而已，看起来会比你这种清水挂面好看。”

奔奔鉴赏美女的本领越发高强。余周周也是通过那天辛锐的同学叽叽喳喳的八卦才得知，奔奔的新女友柳莲，就是那个白色凯迪拉克美女。

余周周突然想起什么：“对了，我还真是见到了一个很美丽的女孩子，是真的美丽，不是因为发型和衣服。她不是我们班的，不过我们曾经是同学，叫凌翔茜。”

奔奔一脸恍然大悟的表情：“知道啊，校花同志。我高一的时候还追过她。”

脸上竟然有几分孩子气的好胜。

“哦，”余周周说，“看样子失败了。”

“倒没怎么难受，反正当时我同时追了好多人。”

“也对，鸡蛋不能全放在一个篮子里。”

“聪明，”奔奔笑了，“周周一直都最了解我。”

奔奔最终没有反抗父母花钱将自己送往分校的行为。既然余周周来了，那他也过来就好，虽然两个人之间的接触会越来越少。

在余周周即将转身朝另一条路走过去的时候，奔奔忽然喊住了她。

“周周！”

“什么？”

奔奔沉默了一会儿，终究还是扬脸笑了一下，“没什么。周周，平时多笑笑。”

余周周愣了一下，点点头。

离开的时候头也不回。

正踏进教室门的时候忽然听到了一声巨响，一个表情有些桀骜不驯的女孩子把盆往地上一摔，指着李主任大声喊：“你他妈管得还真多！”

7

暗潮汹涌

凌翔茜发现，不得罪人真的是非常艰难的一件事。她不知道是第几次回过头去看斜后方的陆培培了。

陆培培毫不避讳地用冷冰冰的目光看着自己。凌翔茜轻叹一口气，下课的时候一定要跟她好好解释一下。

新上任的班长凌翔茜需要做的工作很多，比如，统计班级同学的户口本复印件、整理档案、上报少数民族和侨胞人数姓名……

所以自习课上，当她问出“咱们班同学有是少数民族的吗”，陆培培举起手，她想都没想就冒出一句："分校和借读生不算。"

全班静默，57 个同学，有 28 个来自分校，不乏大批借读生。

凌翔茜感觉到后背忽地冒出冷汗，她有些慌张地补上一句："我是说，分校单独统计……"

怎么说都是错。凌翔茜在心里狠狠地想，明明就是分校的，当初自己没本事考进总校，就别怪别人提。提起分校倒也不算歧视，能有这么大反应，说来说去，不过就是连你们自己都瞧不起分校嘛！

可是不管怎么样，凌翔茜都知道必须得圆场。她不希望刚一开学就树敌，还是一口气 28 个。

一打下课铃，凌翔茜就站起身，摆出一脸笑容走近陆培培，轻声问："培培，你是哪个民族的？"

陆培培正坐在座位上小心翼翼地涂着指甲油，头也不抬："想不起来了。"

周围有女生冷笑，凌翔茜闹了个大红脸，索性豁出去了："刚才我不是故意的。对不起。"

在初中被人从背后诋毁过，多亏了林杨和蒋川的回护。凌翔茜慢慢学会收敛自己的傲气和直率，很多时候和坚决不说"对不起"的尊严相比，少惹点儿麻烦才是真理。

何况，她真心希望所有人都能喜欢自己。每当听到对自己不好的评价，她就会郁闷上半天，思索究竟是自己的错还是对方小心眼，如果是对方小心眼，那么有没有补救的办法……

凌翔茜几乎忘记去想，究竟是什么让一个公主变得低三下四。

"你刚才干什么了？什么故意不故意的？"陆培培说话的语气越来越尖刻，凌翔茜心底尚未消磨光的骄傲让她"呼"地起身。

"我来跟你道歉是因为我的确无心，也是我的涵养决定的。你自重！"

陆培培瞪着杏核眼，半天没说出话来。

潇洒转身的凌翔茜坐回到座位上之后，懊恼地捂住了额头。

低下头迅速地发了一条短信："蒋川你大爷的！"

蒋川很快回复了一个笑脸符号——“：)”。

“又谁惹你了？”

每当凌翔茜烦躁的时候，也许会选择性地告诉林杨自己的烦恼，却会发给蒋川同一条短信：“蒋川你大爷的！”

蒋川是她的出气筒，蒋川说话越来越尖刻，当她有发泄不了的怨气又放不下架子和修养去痛骂的时候，蒋川都会揣摩着她的心意，骂得痛快淋漓。

那个像影子一样的蒋川。

凌翔茜没有注意到，背后有双眼睛一直在观察着她从纠结到赔礼道歉，再到愤而起身最后回到座位继续纠结的过程。

和名字一样锐利的目光。

上午最后一堂课的下课铃打响，余周周后桌的米乔仍然没有回来。

李主任早自习查班的时候，发现米乔刚刚贴了满桌子的艾弗森的大海报，形成了花花绿绿的桌布，从远处一看极为扎眼。她向来是铁腕主任，二话没说上手就撕。

李主任是个思想很老派的老师，在振华任教20年，现在仍然兼任七班的地理老师，上课时候最喜欢说的话就是：“想当年振华每一个年级只有六个班，大家整整齐齐穿着校服，上课时候思路活跃，下课时候还纷纷坐在座位上自习，任何时候都根本用不着巡查老师，安静得地上掉根针都听得一清二楚……”

那样精英的振华，师大附中高中部根本连振华的尾巴尖都追不上。

中国有北大、清华齐名，可是在省内，只有振华，只有振华。

所以也根本不需要什么新校舍。李主任一想到伴随这个华丽的大楼拥进来的那些借读生和庞大的分校，就会心痛。

李主任对借读生和振华堕落现状的痛心疾首与面对艾弗森被毁容同样痛心疾首的借读生米乔之间的大战一触即发。

余周周有那么一瞬间，误以为嘴唇发白的李主任要背过气去了。

20年教龄，大风大浪的考验让她最终还是站住了，窝窝囊囊的班主任英语老师得到通风报信冲进教室，几乎是用拖的方式把米乔拉走了。

“我喜欢他，把他铺桌面上我就想学习了，你管得着吗？你管得着吗？”

米乔毫不示弱的吼叫在走廊里面久久回荡。

余周周也不是没喜欢过动画片或者武侠侦探小说里面的男主角、男配角，然而像米乔一样被拖走的时候还高叫着“你敢撕我男人我跟你拼了”的家伙，还是第一次见。

不由得笑起来。

许久没有这种单纯开心的感觉了。真是嚣张的年轻啊，年轻真好。

鼻子有些酸。只是有一点点。

正在回忆早上米乔的壮举，抬起头看见林杨远远地跑过来。

“对不起对不起，”他跑得校服领子都有点儿歪，“我们班主任一直在唠叨开学体检的事情，拖堂了，我来晚了。”

余周周点点头，鬼使神差地伸出手去帮他把领子正过来了。林杨已经长得太高了，真的像一株参天的杨树。余周周的身高停留在165厘米，看他的时候已经需要仰视了。

有些事情，你清醒过来都不会明白自己怎么会做得出来。

林杨怔住了，呆呆地站在那里不敢动，直到余周周缩回手。“嗯，这样顺眼多了。”

然后自顾自地向楼梯口走去，无比自然，仿佛根本没有发现林杨的羞涩、局促。

林杨刚刚那一瞬间的惊喜和悸动已经平息。

他不喜欢余周周毫不避讳、心如止水地给他正领子的动作。他准备了那么多话，想要跨过那道鸿沟。埋藏了一整年的话，畏缩不前，终于得到了她一句“我不怪你”，终于被她正视——忽然发现，对方只是把自己当作一个洋娃娃，连正领子这种暧昧的行为都无动于衷。

林杨揉了揉太阳穴，起步追上去。

辛锐在食堂看到余周周的时候，余周周正站在拥挤的窗口外围呆望着。

余周周不喜欢一切拥挤的地方。辛锐心想，这副样子等轮到她打饭的时候估计盆里面只剩下菜汤了。

刚要走过去打招呼问问要不要帮忙，突然看见从人群中挤出一个男生，端着一大盘子饭菜，站到余周周面前，傻笑了一下。

林杨？辛锐有些疑惑。

林杨是二班的班长，成绩好、人帅、性格又随和，还得过省里物理、数学联赛的一等奖。不过，理科的第一名一直被楚天阔牢牢把持着，楚天阔长得比他帅，成绩比他好，甚至连喜欢楚天阔的女生都比喜欢他的多——辛锐不禁有些想冷笑。

既生瑜，何生亮。

这个林杨，过得一定很痛苦吧。辛锐弯起嘴角，刚想转身离开，身后突然传来一声惊呼："辛锐，你自己吃饭啊，你怎么自己吃饭呢，没人跟你吃饭吗？"

"妈的。"辛锐笑笑，对突然冒出来的陈婷说，"平时和我一起吃饭的女生有点儿事情。今天我自己。"

其实从来都是她自己。她和余周周很少在一起吃饭，余周周吃饭的时候喜欢发呆，细嚼慢咽，而她习惯于快速解决之后回班上自习，所以一直都是分头行动。

不过她可不希望被陈婷这种三八知道实情，好像自己是个没人要的可怜虫。

"呀，那不是余周周吗？林杨也是我们小学的，他们俩怎么在一起了？走，去看看！"

辛锐还没来得及反应，就被陈婷直接拉到了余周周和林杨面前。

"呀，林杨，好长时间没在学校碰见你了。你怎么和余周周一起吃饭啊？"

辛锐很想笑。在场的其他三个人永远都不可能像陈婷这样坦白自己的好奇心。

林杨似乎根本没想起来陈婷是谁，他耸耸肩，笑都没笑，只说了一句“你好”，甚至都没有看辛锐和陈婷一眼。而余周周已经低垂眼睛，开始把菜和米饭从盘子里面一样一样挪到桌子上，撤掉餐盘。

辛锐忽然有种被排斥的感觉，那两个人在一起时的姿态很像是……老夫老妻。

可是以前在一班的时候，从来没见过余周周与隔壁二班的林杨有什么接触。这种奇怪的气场让辛锐疑惑重重，直觉不想待下去，于是站起身说：“陈婷，我想去二楼吃，一楼没有烧烤窗口。”

陈婷完全不在状况，被辛锐伸手一拖就拖走了。

有种沉寂许久的不快再次漫过了辛锐。

这个余周周，不言不语，却和一个长得好看的校园风云人物关系很好。

我不是那种看不得别人好的女生，我不妒忌，一点儿都不。辛锐摇摇头，想要驱散心中的不快，专心上台阶，一步一步，朝着更高的方向。

8

开始吧，少年！

那两个人离开的瞬间，余周周听到林杨长出了一口气。

“那女人是谁啊……”他皱着眉头嘟囔着。

余周周摇摇头，坐到桌前，低头开始慢慢地吃东西。林杨打的饭菜都很清淡：白灼芥蓝、木耳炒鸡蛋、干煸四季豆、燕麦菊花粥。

“你不喜欢吃肉？”余周周很奇怪，她的印象中男生通通是一顿饭都离不了肉的食肉动物。

“你喜欢吃？我怕你不喜欢吃油腻的，所以……你等着，我再去……”

“不用了，我挺喜欢的！”余周周叫住他，示意他坐下一起吃饭。

两个人安静地喝着粥，仿佛这里不是食堂而是自习室，他们正各自做着数学卷子。

林杨食不知味。这是从小到大他第一次和余周周面对面吃饭，昨天晚上半是深思熟虑半是一时冲动，发出邀请之后，半天余周周的短信才回复过来，他迟迟不敢按下“查看”按钮。

甚至不知道究竟是希望对方答应自己还是干脆地拒绝。

半夜失眠，回忆在夜里闹得很凶。今天上学几乎迟到，校服里面这件套在白衬衫外的深灰色羊绒背心是他最喜欢的衣服，早上却鬼使神差怎么都找不到了。好不容易翻了出来，穿上了，又觉得有点儿做作，非常不好意思，于是中午出门前赶紧套上了校服才跑去七班找她，但是这样一来，背心被挡住，特意穿它的行为又变得没有意义了。

突然觉得自己的举动简直就像个女人。

林杨纠结得要死，越吃越燥热，干脆把拉链拽下来敞开怀，露出里面的羊绒背心。

然而马上就听见余周周的笑声。他抬起头，对面的女生笑容温和，竟然有几分安详。

“衣服很好看。”她说。

林杨羞耻得几乎想要去撞墙。

他深吸一口气，把筷子往桌子上一撂，一本正经地看着她：“周周，我有话对你说。”

背后突然有人喊：“林杨！”

不管是谁，你大爷的！林杨一脸灰败地回头去看喊自己的人，竟然是楚天阔。

“我正打算下午去找你呢，正好在这儿碰见你。咱们把两个班的篮球赛时间定下来算了，公开课预选赛的时间确定了，所以我们周三和周五下午有两堂自习，正好连着午休，时间充裕。再不定下来，路宇宁就要笑话我们班不敢应战了。”

林杨反应了半天，才点点头，“哦。”

“哦什么哦，你丢魂了？”楚天阔这才抬头看了一眼桌子对面仍然低着头在慢悠悠喝粥的余周周，有些惊讶。

“余周周？你怎么……啊，”他很快转了话题，“送别会的时间也定下来了，就周四下午第三堂课吧，正好和班里开学第一次班会时间一样，不以欢送为主题，省得你们尴尬。就当再回来开一次班会吧。”

“谢谢你想得这么周到，我知道了。”余周周抬头笑了一下。

“顺便告诉辛锐一声。”

“你自己去告诉她吧。”

楚天阔惊异地扬起眉：“怎么？你们吵架了？”

“你想多了，”余周周笑笑，“总之你亲自告诉她比较好。”

楚天阔没有追问为什么，点点头就道别离开了，走掉的时候还朝林杨挤挤眼睛，轻声说：“难为我一直没看出来你暗度陈仓。”林杨没说话，直接回了对方一胳膊肘。

楚天阔走后，林杨清清嗓子，发现刚才一口深呼吸之下鼓起勇气想说的话被楚天阔打岔打得七零八落，挠挠头想了半天，突然溜出一句前言不搭后语的邀约。

“去看我打篮球吧。”

余周周没有抬头：“为什么？”

林杨愣住了，挠挠后脑勺，慢吞吞地说：“因为……我篮球打得不错。”

说完差点儿没咬掉自己的舌头。这是什么理由？

余周周忽然想起《灌篮高手》，遥远得好像是上辈子的事情了。小学时候有一段时间她和林杨恢复邦交，那时候总会在他面前嚷嚷自己有多么喜欢藤真、仙道、樱木、三井……

可是其实，她从来没有看过真人打篮球。

又想起艾弗森。米乔的男人，被撕掉了半张脸，尴尬地平躺在书桌上。

嘴角露出一丝笑：“哦，那我去看看吧，什么时候？”

本来因为自吹自擂而觉得很难为情的林杨瞬间绽开了一脸笑容，余周周忽然有种自己在养狗狗的错觉。

“我定下来时间就告诉你，一定要来！”

余周周看看他，点点头。

两个人都差不多吃饱了，余周周决定不再回避了，直视着他问：“林杨，你找我，是什么事？”

林杨盯着余周周的眼睛，好像要一路沿着心灵的窗子看进她的灵魂里面去。

“没什么事情。”

“什么？”

“真的没什么事情，”林杨坚定地摇头，“至少，现在没有任何事情。”

他端起餐盘站起身：“我校服领子歪了，手上没空，你帮我整整领子。”

余周周刚刚把面巾纸包揣进兜里，抬头诧异地望着他。

林杨倔强地盯着她，一副“你不帮我正领子我就不走了”的无理取闹的表情。食堂人来人往，余周周的心境忽然起了一丝涟漪。

她低下头，继续伪装出一副无可无不可的态度，伸出手轻轻地把他的校服领子拉平整，只是指尖有些轻颤。

“好了。”

“走吧，回班！”林杨笑得春光灿烂。

餐盘回收处叮叮当当的响声在宽敞的食堂里回荡，人声鼎沸，来来往往，在饭菜飘香的拥挤角落，纷乱了一整年的林杨，蓦然感到心里一片片拼图在此刻不紧不慢地归位，拼出一幅完整的画面。

“周周！”

在余周周回到班级门口的时候，林杨在背后叫住了她。

“什么？”

“……没什么。”林杨无声地握了握拳。有些话，以后再说也来得及。

做到了之后再说也来得及。

“周三或者周五中午有我们班对一班的篮球赛，你必须来看！”

不等余周周做出任何反应，林杨转身就跑，宽大的白色校服被跑动带来的风撑起来，他觉得自己就像一只鸟，马上就要飞起来了。

这一年，或者说，这十年他一直凭着直觉混混沌沌地拼接着的那幅地图，此刻已经清清楚楚地铺展到自己脚下。

这一次，他不想说。解释或者辩解、剖白或者发誓。

不再说永远。

但是再也不迷惑，再也不别扭。

“哈，我都听到了。”

余周周把目光从林杨背影消失的转角收回来，倚在门口笑眯眯的女生正是消失了一上午的米乔。

“你回来了。”余周周打了个招呼。

“说得跟小媳妇似的，啧啧，你一直在等着爷回来吗？”

米乔嬉皮笑脸地用食指抬起余周周的下巴：“来，给爷笑一个。”

余周周闻声绽放了最灿烂的笑容。

她只是觉得米乔实在是很有趣。

米乔倒是吓得退了一大步：“靠，从来没见过像你这么配合的，你你你，你……你是谁啊？”说完她自己也不好意思地嘿嘿一笑，抓抓头。

“我叫余周周。”

米乔听到后略微挑了挑眉，好像想起了什么似的，然后马上笑起来。

“哦，我叫米乔。”

她点头：“你好，米乔。”

米乔抓抓头：“客气客气，你好，你……你能不能帮我个忙，跟我一起把书桌上的海报撕下来？”

余周周回头张望着惨不忍睹的艾弗森：“妥协了？”

米乔摇摇头：“不是，我要换一张。”

余周周笑出声来：“好，我帮你。”

她们一起蹲在桌子前用壁纸刀划破透明胶，不过难办的是，米乔为了粘牢用了太多的双面胶，很难清理。两个人一起折腾到满头大汗，马上要上下午第一节课了，桌子上仍然一片惨不忍睹。

“忍忍吧，明天贴上新的海报就都盖住了。”

“嗯，我知道，”米乔拍拍手，擦了擦额头上的汗，“谢谢你，周周。作为回报，我会对刚才我听到的一切保密的。”

“你听到什么了？”

“那个不是你男朋友吗？”

余周周有些啼笑皆非：“不是。”

“那他是谁？”

余周周想了想，突然发现原来自己对于林杨是无法定位的。他不是朋友，不是普通同学，那么他是谁？

她摇摇头：“他……”

“我知道了，他在追你。”米乔甩甩乱乱的短发，小麦色的皮肤因为刚才撕海报的劳动而透着健康的粉红色，笑得八卦兮兮，然而嘴角的弧度充满善意。

“不是……”

“哎呀，你们就是喜欢把事情搞得太复杂，东想西想的，记住，返璞归真，那句英文怎么说来着，那个什么 ground 的……”

“down to the ground？这个不是返璞归真的意思……”

“老娘说是就是！从现在开始它就是返璞归真的意思，”周围的同学已经陆续就座，很多人都在用看怪物的眼神看着一大早上就被揪出去的米乔，可她毫不在意，仍然旁若无人地大声阐述着自己的观点，“总之，直视你自己的感觉，他就是喜欢你，就是在追你，我一看就看出来了。”

余周周面红耳赤，恨不得冲上去封上米乔的嘴巴。

她发现，在米乔和林杨面前，自己的记忆和情绪在一点点复苏。

除了恨以外的其他情绪。

9

人不狂躁枉少年

余周周不得不承认，篮球比赛果然还是要看现场的。

动画片里面，木暮公延一个三分球都能被定格四五次，每次定格都穿插一段回忆，欠缺了太多临场的紧张感。哪里会像此刻，男孩子们跑动时候球鞋和地板摩擦发出的尖厉声音，喘息、争抢，还有运球时候篮球撞击地面制造出的仿佛心跳的“咚咚”声。

每当那些男孩子呼啸着跑过余周周眼前，她都会感觉到一种旺盛的生命力，有力地跳动在自己身旁。

两边啦啦队的呐喊让她也非常想要跟着喊两声，张了张嘴，发现到底还是少了点儿激情。

当时温淼他们和五班的足球比赛，在水泥地上，一点儿都不激烈，水平也一般般，却能让包括她在内的男生女生喊到声嘶力竭，甚至敏感小家子气到连对方的某些小动作什么的都通通看不惯。双方很快由加油升级到互相挖苦指责，最后就变成了六班、五班整体实力 PK 辩论赛。战场从足球场转移到观众席，最后需要双方老师出面才能调停。

因为对场上的那群人的认同，因为一种归属感，自然而然的捍卫之心。

现在的余周周，实在是喊不出来。

让她惊讶的是，她竟然在人群中看到了辛锐。一班的同学都以为余周周和辛锐是特意回到一班为原班级加油的，于是她们顺理成章地被安排在了一班的阵营里面。

惊讶过后，余周周把目光投向场上，忽然明白了辛锐放弃午休自习的时间前来看她从来都不感兴趣的篮球比赛的原因。

楚天阔扬起手，朝裁判喊暂停。通红面颊上的汗水让他看起来更像一个充满热血生机的普通少年。

余周周忽然很想知道陈桉如果打球的话，会是什么样子。

站在场上另一边的是二班的阵营，一字排开，饮水机上的空水桶也被挪了出来。两个同学用拖布杆使劲敲着桶身制造巨大的响声，气势如虹，只是形态不雅。人群中，一脸明媚地高声喊着“二班必胜”的正是凌翔茜。

余周周到篮球场边的时候，比赛已经不知道开始了多久，她询问了一下周围同学比分是多少，大家给出了五六个不同的答案。

她摇摇头，比分不重要，反正比赛结果只有两种——赢或者输。

现在领先的是二班，至于领先多少，余周周不关心。

林杨在场上的确很耀眼，余周周觉得他的水平比他跟自己炫耀的还要好一些。自己刚刚到场边的时候，根本来不及分清队服，抬眼看到的第一个瞬间，就是穿着浅蓝色队服的男孩子朝着背对自己的方向起跳，漂亮的背影在到达最高点之后缓缓落下，出手的篮球转动着，“唰”的一声空心进篮，一气呵成，给人一种慢动作不停回味的错觉。

男孩子进球之后转过身，在欢呼声中笑得光芒万丈。

余周周这一刻才知道，林杨在篮球场上，是会浑身发光的。或者说他一直是个发光体，只是平时收敛着，给自己和别人都留有足够的余地。

多好的男孩。

余周周在那一瞬间终于承认，即使她心里曾经有那么一丝出于推卸责任让自己心里好过的怪罪，现在也在正午喷薄的阳光下被蒸发殆尽。

林杨应该一直都是这样明朗地笑着的，既不应该紧咬牙关低着头被他妈妈恨铁不成钢地打在后脑勺上，也不应该在自己失控的指责之下面红耳赤地沉默。余周周的视线渐渐从场上胶着的战况拉远，九月高远湛蓝的天空变成了巨大的幕布，放着名为过去的默片。呐喊声变成了嘶嘶啦啦的邈远噪声，她回想着关于林杨这个男生的一切，突然发现，林杨的人生中只要有自己参与的部分，总会生出变故，不是他倒霉就是自己倒霉。反之亦然。

余周周惊醒了一般看着场上。

我来看比赛，你不会就要输了吧？

场上的楚天阔已经做出了极大的努力，然而一班的确是沉默过分的班级，男同学普遍缺乏运动天赋，在成绩和体育的平衡上，一班与二班出色地印证了上帝的公平。

二班大比分领先。在比赛临近结束时，双方都有些急躁，二班认为一班输红了眼，一班则认为二班赢得不光彩。几个关于打手和走步的判罚引发了争执，当裁判又一次示意二班两罚一掷，一班场下的男女同学一起发飙，大批人骂嚷着“不比了不比了让着他们”，就结伴离开场边朝着教学楼走去。

“输不起就别比！”

“我们输不起，还是你们班手段下作？打球时候那么多小动作，裁判瞎，我们也瞎吗？你看看，我们班长都变成什么样子了？”

一班的女生指着楚天阔额角上刚刚处理好的伤疤，有些激动。

林杨有些尴尬，楚天阔的额角的确是被自己落地时候拐出去的手肘撞伤的。

“都冷静点儿，场上还有裁判呢，好好地比赛，你们激动什么！”楚天阔试着控制场面，可是操场上面人多嘴杂，他的嗓子有些哑。两边的观众早就自顾自吵成了一团，男生撸胳膊、挽袖子，女生叉着腰，场面一时极为原生态。

好像小学生。余周周退到一旁防止被误伤。她知道原因根本不在篮球比赛上。一班和二班的关系就好像文科班的三班、七班，对他们这些还不成熟的孩子来说，任何竞争关系疏导不利都会有极大可能演变成相互间的仇视诋毁。

不知道是谁第一个动手打人。

或许不重要了。大家时刻准备着，只是等待着八一起义的第一声枪响。

余周周微张着嘴巴注视着场上的混战。在自己的印象中一直都有点儿过分“端着”的一班同学打起架来全情投入，一点儿架子都没有。

这样的事情，是会上头条的，何况这可是一班、二班。

再怎么早熟懂事、成绩优秀，说到底还是一群少年，青春期被关在教室里面从早上自习到晚上，激素只能委委屈屈地用青春痘的方式来泄愤号叫。终于有了机会，痛痛快快地打一架，不问是否正义，不问是否欠考虑。

年轻是有资格欠考虑的。

余周周只是愣了一下，就急急忙忙挤进了人群。她一直很讨厌人挤人的场面，讨厌和别人的身体接触，闻到其他人的体味，被踩脚推搡……然而那一刻，她想都没想就冲了进去。

必须把林杨拽出来。

虽然二班没有输，可事情最终还是变成了这副样子。如果林杨被打了，余周周觉得自己应该慎重考虑一下要不要转学。

不知道是谁使劲拉着她的马尾辫，余周周低声呼痛，不满地皱着眉头回头瞪了一眼，是个不认识的女生，横着眼睛大叫："你凭什么推我？"

余周周愣了一下："哦，对不起。"

女生已经准备好了大吵一架或者动手教训，在余周周的回应之下突然泄了气，瞪大眼睛像看怪物一样看着她转过身重新挤进人群。

她认得林杨的队服，7号，远远地看见一个7号，就扯着对方的衣服把他拉到了场边，抬起头才发现眼前的人是楚天阔。

"呃，"楚天阔勉强笑了一下，"周周，谢谢你。"

"不用谢，"余周周摆摆手，"是我拉错人了。"

说完就继续张望着寻找林杨可能存在的地方。

找不到，无论如何都找不到。余周周把手伸到脑后摸了摸已经歪掉的马尾辫，索性把皮筋儿拽了下来让头发散下来，重新绑成一个低低的马尾，防止再有人拽她的头发。

皮筋儿刚刚绕到第二环，余周周忽然感觉到一双手覆上了自己的辫梢，接过了皮筋儿，把最后一环绑好，轻轻理顺了她的头发。

"你刚才是不是在找我？"

余周周转过身，眼前的林杨仿佛从天而降，出现在自己面前——不过显然降落的时候是脸先着地。

眼角乌青、颧骨红肿，却笑得比进球时还灿烂。

凌翔茜只看见楚天阔被混战的男同学们淹没，那些人挥舞着的拳头令人生畏，她甚至都能想象得出一旦打在自己脸上是什么效果。

可是仍然没有放弃，站在外围伸长脖子往里面看，寻找着那个人的踪迹。刚刚靠近了战斗中心一点点，就被人拉住了胳膊。

“你离远点儿，误伤了怎么办？”是蒋川。

凌翔茜有些烦躁，她一把推开蒋川的手，继续沿着外围转圈，观察着战况。不经意间瞥见辛锐，站得离众人很远很远，双手插兜靠在篮球架上，嘴角还带着笑。

好像看得很开心的样子。

变态。凌翔茜在心里骂了一句，虽然她自己也承认，看比赛的时候，心情是复杂的，大声喊着二班加油，努力吸引楚天阔的目光，仿佛希望对方能注意到自己一样，甚至想要让他这个“对手”生气——虽然连她自己都知道这是多么幼稚天真的想法。

甚至很希望他惨败。非常希望。

凌翔茜突然望见自己正在寻找的白色7号，被一个女生拉出了战斗中心。竟然是余周周。

两个人对望一眼，彼此都吃了一惊，余周周说了一句什么，就匆匆转过头继续在人堆中翻找。凌翔茜忽然觉得余周周的神情非常自责，又好像在海难发生时四处寻找失踪丈夫的小妇人，柔弱而坚定——虽然认错了人。

她没必要再关注战况，目光锁定场边正在劝阻其他同学回班的楚天阔身上。凌翔茜无数次劝告自己，她不过就是从小到大终于遇到一个比林杨还要耀眼的人，于是产生错觉，以为喜欢上了对方的光芒。可是在刚才一班大比分落后二班，而楚天阔仿佛一个悲情英雄般带领着那群扶不上墙的烂泥队员，徒劳地追赶仍然不肯放弃的姿态，还是撼动了她。

她甚至觉得心疼，一边希望失败挫伤他完美的面皮，一边又不希望看到他的骄傲被折损。恐怕对于楚天阔的失败，哪怕只是一场小小的篮球比赛，她都比对方本人要在意得多。

终于鼓起勇气走过去，趁着周围没人注意，轻声问他，“没有被误伤吧？……额头上的伤还好吗？有没有碰到？”

楚天阔似乎没有工夫跟她多说，匆匆地一笑：“我没事，你放心，赶紧回班去吧，这里危险。”

然后转身就投入拉架事业中。

凌翔茜呆站了一会儿，有些黯然，拔腿朝着教学楼走去。

那一瞬间，忽然又希望哪个人能替自己狠狠地揍楚天阔一拳。

回班级的路上，凌翔茜听到了背后的脚步声，迟疑了一下，转过头主动喊了一声：“辛锐！”

然后拖慢了脚步等对方，笑笑说：“一起走吧。”

主动示好，顺便拉一个同盟，法不责众。

“你们班今天好像状态不大好。”凌翔茜为一班的失利找了个借口。

“嗯，其实本来他们水平就很烂。楚天阔带领的一群书呆子，肯定会输。”

凌翔茜愣了愣：“别这么说。”

“楚天阔打篮球根本就不行，你们二班随便拎出来一个都比他强。”

辛锐在说这些话的时候表情平静，凌翔茜一时间搞不清楚她究竟只是客观评价还是真的对楚天阔有偏见。

一时无话。

敲门进班的时候，全班的目光都集中在她们两个身上，武文陆黑着脸问：“去哪儿了？”

其实班主任的历史课已经开始半个小时了，公然翘课这种行为还是有些过分。仗着老师们往往对尖子生较为宽容这一点儿，凌翔茜才有几分底气。

“我们……原来班级有点儿事情找我们两个回去商量……”武文陆眼里的逼问让凌翔茜有点儿慌，故意说得含含糊糊，好给自己缓冲的时间。

“篮球比赛而已，”辛锐忽然把话接过来，“本来很快就结束的，没想到打起来了，拉架到现在。老师，实在对不起。”

“打起来了？”武文陆皱皱眉，朝辛锐点点头说，“你们先回座位吧，下次记得请假。都是班干，起点儿表率作用……就算是真的有事情也要商量。”

话说完，就深深地看了凌翔茜一眼。

凌翔茜无措地望向不声不响就拆台的辛锐，一时间不知道应该回应什么。

10

局部晴空局部多云

期中考试前的傍晚，余周周明显感觉到了彦一的情绪波动。他翻书的时候制造出巨大的噪声，翻页速度极快，头部夸张地左右摆动，让人误以为他的阅读速度已经快到了一定境界，可是常常又会把那几页颠过来倒过去地翻，明显是什么都没记住。

“我说，哥们儿，”米乔在后面轻轻戳了戳彦一，“咱别这样成吗？你镇定点儿好不好？”

彦一回头尴尬地笑了笑：“不好意思啊，呵呵，不过我不紧张。”

“我问你紧不紧张了吗？”

彦一有点儿脸红，转过头去，克制着自己翻书的速度和声音，然而头仍然在夸张地左右摆动。

余周周侧过脸看他：“那我问你吧，你紧张？”

彦一迅速地摇摇头，复又点点头。

“一次考试而已，又不是高考，没什么大不了的，一年后你都不会记得这场考试。”余周周试着安抚他的情绪。

彦一的眼里又爬满了疲惫的红血丝。他有些敷衍地笑，低头继续翻书。

“喂，哥们儿，”米乔继续捅着彦一，“你这速度到底是背下来了还是没背下来拿书泄愤啊？”

彦一一直是个慢声细语的男生，他回过头，认真地看着米乔，眼睛里面的较劲和威胁，让余周周在一旁看了都有些胆战。

“明天就考试了。你别烦我。”

米乔目瞪口呆，余周周知趣地不再想要安慰他，彦一重新夺回了翻书的自由。

余周周想起每当上课的时候，彦一忙忙叨叨在书上用五颜六色的笔画重点的样子，还有把老师的每一句话都记在笔记本上的那种神经质。余周周仿佛被诅咒了，每堂政治课必睡着，彦一总是会把笔记在课后借给她，可是那政治笔记越写越多，余周周自己看了都咂舌，想要从里面挑重点，都找不出条理。

可是，平时小测也好，做练习册也好，余周周都看得出，彦一的成绩并不理想。

她想告诉彦一，有时候过于紧绷，压力太大会崩溃的，一分耕耘一分收获其实是最大的鬼话。

不过什么都没有说。她知道，此刻的彦一什么都听不进去。

正想着，忽然手机振动起来，两条短信同时进入手机。

“复习得怎么样？”

林杨，辛锐。

余周周回复林杨：“挺好的，拿第三应该没问题。”

又回复辛锐：“不好不坏，没什么感觉。”

她和林杨说的是实话，而说给辛锐的，反而是对方常常说给自己听的那句话。余周周不是很热衷于玩这些尖子生之间小小的钩心斗角和语言游戏，可是发过许多次短信后总结出来的规律就是，如果她说复习得很顺利，对方会回复“气人啊，我这边一塌糊涂，等着你考第一”；如果她回复“复习得很糟糕，烂透了”，对方会回复“得了吧，少跟我装”。

越相熟，回短信的口气就越随意，可基本内容是不变的。余周周从初三到高一的两年间，一直和辛锐在考试前进行毫无意义的扯皮，于是慢慢地喜欢上了“不好不坏”这四个字。

辛锐如她料想的一样没有回复，倒是林杨回得很快。

“第三？”

“对。第三的意思就是前面有一个第一，有一个第二。”

都能想象得出林杨气歪了鼻子的样子。

“你说，我这次能考过楚天阔吗？”

余周周愣住了。林杨的直白坦率让她有些羡慕。从来不会被别人压制的林杨，应该是很想要超过楚天阔吧？

她笑了笑，回复道：“第二名挺好的，我最喜欢第二名。”

余周周真心地觉得第二名是很美好的位子，再大的风雨，有第一名扛着，而且还有堂而皇之的进步空间。

更重要的是，屡屡考年级第二名的那段岁月，是余周周短暂人生中最最美好的时光。

林杨的短信很长时间才回复过来，余周周已经把政治原理都浏览完毕，手机才在裤兜里轻轻振动了一声。

“那我就一直考第二吧。你自己说的话，你要记得。”

我说什么了？她觉得有些莫名其妙。

凌翔茜第一次在考试前感觉到了紧张。

最后一遍浏览地理书的时候，她让坐在身后的李静园随便说几个经纬度，自己尝试着在脑中定位。

“北纬40°，东经115°？”

“应该是北京附近吧？中国华北。”

“嗯，对的。”

长出一口气，好像刚才不是自测，而是举着炸弹选择剪红线、蓝线。

下午自习课的时候，就总有种惴惴不安的感觉，甚至看历史书的时候每看到一个自己不熟悉的知识点，就会有种既懊恼羞愧又庆幸不已的感觉。

凌翔茜潜意识里觉得，所有人都在关注着这次期中考试，所有人都在猜测文科年级第一会是谁。凌翔茜想起楚天阔，他会不会也好奇于文科班的第一次练兵呢？

不能丢脸，绝对不能。

更何况，凌翔茜现在已经深深地觉得一旦考不了第一名自己就等于废了，现在的情况是武文陆对她一直有点儿意见，班里面许多借读生在陆培培的撺掇下也对她明枪暗箭放个没完，她需要这次考试，她需要这个文科年级第一来当作万灵药抹平一切。

平时整理好的语文基础题错题本，上面大量的字音字形题也许看不完了。凌翔茜有些纠结到底是早点儿睡觉养精蓄锐，还是熬夜把错题本看完。

还在发呆的时候，晚自习结束的铃声就打响了。

辛锐觉得看不完书了，她决定不去食堂吃晚饭，啃一口面包节省时间。拎着水杯出门打热水，在开水间看到楚天阔和林杨并肩站在窗台边撕泡面的调料包。

两个人都动作迅速，最后林杨哈哈一笑说“这次你又输了”，抱起泡面桶走到水龙头前准备灌热水。

楚天阔惊奇地问道：“你怎么能每次都泡得这么快？”

林杨轻轻摇摇食指：“不如你告诉我，你怎么能每次都考第一？”

楚天阔笑了：“我告诉你，第一也让给你，下次泡面你就让我一次，同意吗？”

林杨摇头：“谁乐意当第一啊，咱就喜欢第二名。”

楚天阔凑到他身边，拧开水龙头接热水：“为什么？”

林杨半天没说话，正当辛锐以为他们之间的话题已经结束了的时候，才听到林杨慢慢地说：“因为有人喜欢我考第二。”

声音里面有点儿受宠若惊，还有点儿小小的炫耀。

楚天阔更加好奇：“谁，凌翔茜吗？”

辛锐把水杯的盖子轻轻盖好。

“怎么会是她？这丫头现在眼里还有我吗？你自己心里清楚。”

林杨的声音里没有一丝不满，却含着十二分的揶揄。辛锐余光看到楚天阔不置可否地笑笑，若有所思的样子。

“我知道了，是余周周。”

林杨的揶揄瞬间都被反弹回了自己身上。楚天阔靠着墙，笑得意味深长，一副“小样，敢跟我斗”的胸有成竹。林杨呆愣愣地看他，不知不觉泡面里的热水灌得太多已经溢了出来，他号叫了一声就把泡面扔了出去。

楚天阔连幸灾乐祸的笑声都是温和节制的，好像有种特殊的磁性。

为了偷听他们的谈话，辛锐已经装模作样地在水池前涮了五六遍杯子了，她突然觉得很没有意思，水杯烫得她手心发痒，低下头匆匆离开，什么都不想再听。

原来林杨被楚天阔压在第二名，其实并不像自己想象的那么难过、尴尬。原来余周周表面冷淡平静，其实也是会说些呵护男孩子的甜言蜜语的。原来凌翔茜是被他们都知晓的女孩子，原来自己站在他们身边这么久都是透明人。

原来一直以来难过的只有自己一个人。

辛锐突然感觉到明天即将到来的期中考试变成了自己的一场没有观众的独舞。

文科班考场的安排很简单，三班和七班的同学穿插着从门口处第一桌开始按顺序后排，排座位的顺序是依照中考入学成绩。所以理所当然地，余周周坐在第一桌，紧接着是凌翔茜，然后是辛锐。

至于第四桌是谁，好像没有人关心。

辛锐盯着凌翔茜的后背，她脱了校服，露出里面漂亮的嫩黄色休闲衬衫，后背有一块蝴蝶状的镂空，晃得辛锐眼睛疼。

把你的校服穿上，好吗？你不冷吗？

第一科语文的监考老师已经踩着预备铃走进教室，辛锐伏在桌子上，冰凉的触感冷却了她的右半张脸。

很快，教室里面就只有圆珠笔划过纸面的时候微微发出的轻响。

辛锐一直深低着头，脖子都有些疼，也不愿意抬头去看那只蝴蝶。

语文考试完毕，凌翔茜一直有些惴惴不安地等待余周周回头，她自己也说不清为什么，好像只要对方回头笑一下，两个人打声招呼就天下太平、万事圆满了。

凌翔茜不安地发现，自己好像越来越在乎别人的反应。

眼角眉梢的喜欢和厌恶，哪怕是一个无名小卒对她的差评都能让她辗转反侧。

这样的日子什么时候是个头？正在她皱眉的时候，余周周转过头来了。

“下午考试是几点钟？”

“一点半。”

“谢谢。”

“周周！”在她即将转回头的时候，凌翔茜叫住了她。

“考得怎么样？”凌翔茜明知道其实什么都问不出来，无论对方说的是实话还是谎话，对她来说都没有任何指导意义。

余周周想了想：“好像大家考完语文都会很开心，因为即使不会写的题也都胡编乱造把空白填满了，是对是错就不用关心了。我觉得考得还好。”

凌翔茜愣了愣，突然感觉到放松许多：“是吗？下午的数学好好加油！”

“嗯，”余周周点了点头，“你也是。”

余周周说完之后就站起身去食堂吃饭，凌翔茜注意到身后的辛锐许久没有动静，不知道为什么自己就是不想要回头跟她说话。

她还记得这个女生当着班里所有人的面在武文陆眼前拆自己的台，却一副无辜的样子。明明是又冷漠、又怪僻的女生，偏偏总是和班里最大的八婆陈婷混在一起，让人看不懂。

如果第一不是自己，那么她宁肯那个位子留给余周周，也一定不可以是辛锐。

一定不可以。

余周周刚走出教室没几步就看见了奔奔。周围人很多，她并没有走过去跟他打招呼。

那个叫柳莲的女生正扯着他的袖子撒娇，奔奔却侧过脸朝余周周眨眨眼。

余周周回了一个白眼。

走在路上，听到让她莞尔的对话。

“文言文第三题你选的是什么？”

“第三题？”

“就是让选择和画线句里面‘然’的用法相同的一项。”

“哦，哦，那道题啊，我选的……好像是 C。你呢？”

“完了，那我做错了，我选的是 B，怎么办啊怎么办啊？”

“说什么呢，肯定是我做错了……算了算了，不是说好了不对题吗？考完了就算了，对什么题啊！……对了，基础知识病句那道题你选的是哪个选项？”

正在傻笑，突然马尾辫被人轻轻拉了一下。

“傻笑什么呢？”

是林杨。余周周发现，他已经在自己的生活中出现得太过频繁了，他们几乎没有一天不遇见，而且往往都是在食堂，所以不可避免地一起吃饭。

就好像事先约好了一样。

林杨似乎还在埋怨绯闻传得不够猛烈的样子。

“林杨……”余周周刚想开口说“你能不能让我自己吃一顿饭”，突然想起下午马上要考数学，她不想这么不给他面子，情绪波动考不好就是自己的错了。

“什么事？”林杨像个好奇宝宝一样凑过来。

“我……”余周周一时语塞，“……你……文言文第三题你选的是什么？”

美好之八

执执念而生，是为众生

第一页上，幼儿园的小朋友们纷纷拎着挂历纸飞奔，领头的两个小孩，一男一女，只看得到背影，迎着夕阳。

第二页，什么都没有，只有一地狼藉，旁边歪倒着一个饭盒。作者似乎生怕他看不明白，用箭头指了一下地上的那一摊污渍，附上六个字：西红柿鸡蛋汤。

应该是画得太差了，生怕唯一的读者看不懂。

林杨忽然觉得心跳都要停止了。他一页页小心地翻着，最后一页上什么画面都没有，只有三个单词。

To be continued.（未完待续。）

1

尘埃落定谁的心间

“你听周杰伦的新专辑了没？超好听！”陈婷自说自话坐在辛锐身边，剥青橘子的时候，汁水溅到了辛锐眼睛里，她丝毫没有发现辛锐流泪的左眼，依旧自顾自说着。

“现在凌翔茜和余周周的分数咬得特别近，凌翔茜数学 145 分，比余周周高了 5 分，但是余周周的英语和语文加在一起又比凌翔茜高了 12 分，历史、地理两个人差不多，但是余周周的政治砸了——特别砸，砸得难以想象，凌翔茜 93 分，她才 77 分，这一下子就没救了。你说多奇怪，老师不是一直说文综三科里面，政治最容易学吗？”

辛锐抿着嘴唇，什么都没有说。

这几天，辛锐的加法、减法、心算已经磨炼到了光速。加完一遍总分，又用分数差来计算一遍，正着一遍，反着一遍，加法一遍，减法一遍……

无论怎么算，她的分数都不可能超过凌翔茜了。不管怎么算，最后的得数都一样。数学砸了，语文一般般，英语一般般，文综成绩不错，只是没好到可以抹平差距的地步。

也许唯一值得庆幸的就是从来没有期望自己考上年级第一，所以没考上也是理所当然，不会尴尬丢脸。

辛锐抬起头遥望凌翔茜明媚的笑脸，想要给余周周发个短信，掏出手机，却在磨光的黑屏上映照出了自己的脸，黝黑冷硬，嘴角难看地耷拉着。

偏开脸，感觉到陈婷的橘子汁又溅到了眼里。

林杨这几天开心得不得了。

文科年级第二余周周，理科年级第二林杨。

他恨不得拉住每个过路的人问一问："这种组合是不是很般配？"

大家的心情都很好，林杨春风得意，凌翔茜松了一口气，楚天阔一如往常，余周周波澜不惊。林杨甚至想起一首自己其实从来没有听过的歌：《我们的生活充满阳光》。

每天中午一下课，他就乐呵呵地跑到七班的附近转，等到余周周走出来，便不远不近地尾随，要到食堂了就快走几步拉拉她的马尾辫，摆出一副"真的好巧啊"的表情。

今天的行动和往常一样顺利。林杨满意地看着余周周略显疲惫的笑容，似乎对于这种巧合已经无奈到极致了。以前的林杨会觉得这样的笑容让他受伤愤怒，现在的他看清了心里的那张地图，把余周周当成了和奥数、物理一样需要付出大量精力去攻克的顽石。反正她总有一天会习惯他，总有一天，会把他当成亲人，或者，别的什么人。

亲情这种东西从来都没什么神秘的，从不知不觉开始，不断地在一起，不断地提供温暖和爱，最后，她就一定离不开他。

弥补那份因为他的无心之失而缺失的亲情。林杨那样坚定地认为，这样慵懒淡漠的余周周，是需要拯救的。

只是亲情而已。至于其他的感情，林杨哪怕在心里想起都会脸红得不得了，他决定暂且搁置。

林杨突然感觉到背后攀上了一双手。

路宇宁像个幽灵一样从林杨的背后跳出来，嬉皮笑脸地对余周周说："妹妹，我们几个终于找到你了。这一个多月林杨一下课就脚底抹油，兄弟都不要了，原来就是来找你呀……”

余周周面色沉静如水，听到这些话毫无反应，仿佛活蹦乱跳的路宇宁只是一幅初级水平的静物素描。

“我代表我们兄弟几个，恭喜你继凌翔茜和蒋川之后，终于当上了三姨太！我告诉你，别生气，其实你才是最幸运的，在所有小说和电视剧里面，三姨太往往都是最受宠的那个哟！”

林杨吓了一大跳，一脚踢过去把路宇宁踹了个趔趄。路宇宁依旧笑嘻嘻地看着余周周说：“你看看，你看看，我们少爷就这点不好，脾气太大，太大。不过，纨绔子弟都这样，你多担待着点儿。”

余周周靠在桌边安静地看着他们打闹，淡淡地笑。林杨忽然意识到这种笑容只有一个含义，那就是不耐烦。

“路宇宁。”林杨不再笑，停下压制路宇宁的动作，表情严肃地喊了他的名字一声。

路宇宁愣了一下，吐吐舌头转身就跑。

余周周和林杨相对无言。林杨觉得万分尴尬，他刚想要挤出一个笑容转移话题，余周周好像下定了决心一样开口：“林杨，我这一个月，饭卡总共才花了 20 块钱。”

林杨没想到余周周开口想要说的竟然是这个，他有些局促地挠挠头：“我只是没有让女生花钱的习惯，要不，你要是觉得这样不好……这顿你来刷卡？”

“我说的不是这个，”余周周哭笑不得，“我是说，我们不要一起吃饭了。”

“又不是特意，”林杨睁眼说瞎话，“只是很巧总是碰上嘛，我也是自己吃，你也是自己吃，凑一桌也没什么啊！”

“我们是碰巧吗？”余周周直接打断了他的话。

林杨语塞，有些尴尬地看着她。

“林杨，我是想说……”

“我知道，”林杨有些急，“我知道你又想说你不怪我了。我不管你到底是不是真的不怪我了，我想告诉你，负罪感折磨了我一年，现在我再也不愧疚了。那只是一个巧合，我不知道因为和我的见面会推迟你们全家出游的时间，更不可能知道他们会在这期间出事。我没有办法预知，也没有办法阻止。如果一定要补偿，我没有办法把失去的一切给你找回来，但是我可以代替他们来……你。”

他的声音越来越小，到最后，脸红得像要滴血，“照顾”二字始终没能说出口。

“林杨，我……你没必要补偿我。”余周周的声音像是给林杨兜头浇了一盆凉水，“一点儿必要都没有。”

“当初我在电话里面太冲动，希望你体谅我当时受的打击太大了，口不择言。我已经说过了，那根本不是你的错……也不是，也不是我的错，我早就想通了，我没有沉浸在什么过去的伤痛中，就好像 *EVA* 里面心灵受创伤的自闭症儿童碇真嗣……”余周周微笑了一下，想要开个玩笑，却发现对方根本没有笑。

“我很好。也许和以前有些不一样，你也要体谅我不可能和以前一样那么无忧无虑，但我也不是什么心理疾病患者。给我时间，我会慢慢恢复。我活得好好的，没有自暴自弃，没有放弃学业，你没有必要自责，更没有必要像监视我一样补偿什么。”

林杨低着头，很长时间没有回答。余周周说出这些话之后，心里并没有像想象中那么好受。

“也许我不是在补偿你，”林杨抬起头，“我是在补偿我自己。”

“林杨……”

“道理我说不过你。不过你就是和以前不一样了。你眼睛里面没有热情，你不喜欢笑了，没有活力，也没有……没有梦想……我想让你变回来。”

余周周笑了。

她要如何告诉林杨，她的梦想已经死了。余周周从小到大仅有的执念就是要变得更好。无论是故事比赛，还是奥数，或者振华，都只是“变得更好”中的一部分。曾经她从来没有思考过为什么要努力地积极地过日子，为什么要勤奋学习做个好孩子，就像奔奔从来没有想过为什么要做个闲散的不良少年。她只是信誓旦旦地告诉自己，这样是对的。

只有当梦想渐渐清晰，她才知道，她只是想要让妈妈过上好日子。妈妈的前半生她无法扭转，甚至孤儿寡母和私生子的印记早就以她难以想象的方式给自己打上了烙印，但妈妈的后半生是她可以改变的。

她为了这样一个幸福的机会，断然拒绝了幻想世界中兔子公爵提出的邀约，抛去女王的荣华富贵，专心地跟着妈妈，冒着冷风一步步走完漫长的旅程。

命运的确给了她们机会。余周周自认她没有浪费这个机会，她是那么努力地想要幸福。然而妈妈去世后，她就再也没有挣扎的必要。

余周周在烧纸钱的时候从来不会絮絮叨叨地说什么“妈妈收钱吧”，她不相信人死了之后会有灵魂，所以也不相信什么“妈妈会在天上看着你”一类的鬼话。

夜深人静躺在床上，她问自己，如果她现在堕落成一个小太妹，或者辍学去要饭，又能怎么样呢？如果这一刻周沈然和他妈妈再次出现，又能怎么样呢？

他们忏悔或者继续辱骂嘲笑，妈妈都听不到。

妈妈听不到，她就不在乎。

余周周忽然发现自己的生命自由了，自由到了她下一秒钟就可以背起行囊去远方流浪的地步。她蜷缩在床上，被恐惧和空虚深深地包裹。

一整年的时间，生活对她来说就是苍白一片。她像是关闭了所有感官，如果不是陈桉一直不放弃地每天给她打电话、发短信、陪她聊天，要求她像以前一样给他讲述自己生活中的事情——那么，她会不会变成第二个绫波丽？

怎么还可能变回去？她盯着林杨的脸，盯到视线一片模糊，伸手一摸，竟然是眼泪。

她看不清对面人的反应，索性转身走掉。

凌翔茜抱着《人类群星闪耀时》站在一班门口安静等待，她心情愉悦，笑容安恬，周围路过的同学很难不多看她两眼。

楚天阔走出来，有些睡眼惺忪的样子。

“刚睡醒？”

“嗯，”他略带歉意地揉揉脸上因为睡觉而印上的褶子，“你看完了？”

“看完了，谢谢你。”她把书递给他。

“对了，恭喜你，我听说你考了第一。虽然不出我所料，不过还是恭喜你。”

凌翔茜似乎看见自己心里开出了一朵花。

“要是这么说，我得恭喜你多少次？恭喜多没意思啊，什么时候你也失手一次，让我们小老百姓看个笑话，到时候我一定来笑话笑话你。”

“失手？好啊，最好赶在高考的时候，让你一口气看个大笑话。”

凌翔茜脸色微变。

他生气了吗？

“不是不是，我不是那个意思。”

“嗯？”楚天阔被她突然间急急忙忙的否定给弄得一头雾水，凌翔茜平静下来后，不禁又开始笑自己傻。

“我……我回去了。”凌翔茜低着头盯着自己的脚尖。

“好，有什么喜欢看的书再找我。”

她有些苦涩地笑笑，看着楚天阔转瞬消失在一班门口的背影。

好的，再见，图书馆先生。

2

我的骄傲无可救药

圣诞夜的晚上，余周周独自站在站台上等车。

辛锐从期中考试之后不再愿意浪费半个多小时的时间站在站台上发呆闲逛，总是一个人留在教室里面自习一个小时再离校。

余周周轻轻地将左右脚交替站立，缓解冻得快要失去知觉的脚。

圣诞节和班里几个同学交换了贺卡，米乔和彦一欣然收下，然后一个笑话她字写歪了，另一个则道歉足足有十遍，只是为了解释自己为什么没有买贺卡回赠余周周。

余周周笑笑，从小到大，自己总是能遇到让人温暖的同桌或者后桌。

彦一终于在厚厚的笔记前倒下来。他伏在桌面上，余周周突然有种他累得已经无法再起身的错觉。

彦一的期中考试成绩并不好。每下来一科成绩，他的脸色就会灰白一分。

有次体育课赶上余周周生理期，她就留在教室里，发现彦一也不出去上体育课。

这时候她才发现，彦一从来都不出去上体育课。文科班男生少，老师也是放任的态度，彦一一直都把体育课当成是自习课来利用的。

余周周苦着脸趴在桌子上，突然开口问："彦一，你为什么这么努力？"

彦一有些戒备地看了看余周周："我又不像你，不努力学习也能……"

"那你为什么一定要考个好成绩？"

"因为……我想要考个好大学。"

"那又为什么？"

"考个好大学，继续读研究生，然后找个好工作。"面对余周周平淡无谓的态度，彦一也渐渐放开了。

"赚钱，娶个好老婆？"

"……嗯。"怎么说得这么轻松……彦一有些脸红地看了一眼语气平常随意的余周周。

"老婆孩子热炕头，"余周周笑了起来，"那么从好大学走出来的成功人士呢，就是更漂亮的老婆、更健康的儿子、更热的炕头。"

"……"彦一已经想要撞墙了。

“但是呢，”余周周自顾自说起来，“你的儿子也许不聪明，聪明又可能不努力读书，努力读书有可能也考不上好高中，等他考上了好高中……”

她停住，回头用晶亮的眼神盯着彦一：“于是他又变成了现在的你。”

彦一忽然觉得有一种无力感，他努力地将余周周刚才所说的话都赶出脑海，只是低着头，仿佛对自己催眠一般：“我听不懂你的道理，我只是知道，不能浪费爸妈的钱。我家不富裕，可是为了让我到振华借读，他们求人托关系花了五六万，我没时间想这些道理。”

“我没有跟你讲任何道理，”余周周笑了，“彦一，你有梦想吗？”

彦一把目光胶着在数学卷子上，不想理她，嘴里却溜出一串：“老婆孩子热炕头。”

余周周大笑起来，彦一也醒过来似的，不好意思地摸摸鼻子。

“其实……”彦一顿了顿，“我小时候学过画画。学了好长时间，有五年多吧。我们老师说我速写画得特别好，色彩弱一些，但是布局很出色。不过，我爸妈说那不是正经用来谋生的东西，所以上了初二我就不学了。”

“所以？”

“所以……我很想做个漫画家。我想去东京，跟着某个漫画家，在他的工作室做助手，然后学成之后回来……”他说着说着有点儿激动，然后愣了愣，又伏在桌子上继续钻研着解析几何，不再理会余周周。

余周周托着下巴望着远处的蓝天。

和辛锐很像的梦想。

怪不得，温淼会说：“东京很远。”

三班的英语外教课老师是个澳大利亚来的老头，瘦瘦的，总是让人觉得他被风一吹就要倒了。凌翔茜有时候会很羡慕那些外国的家伙，仿佛生活得毫无负担，想去哪里就去哪里。

欧洲、北美、巴西、印度、中国、日本、蒙古……这个老头子的足迹遍布全球。

他对于中国学生在他的课上做作业的行为十分无奈，却也没有办法。

毕竟高考时，考口语只是走过场，时间紧迫，没有人乐意陪他在课堂上聊些无聊话题。

一见到外教就怯怯地问“What do you like about China, do you like Chinese food?（你喜欢中国的什么，你喜欢中国食物吗）”的幼齿时代过去了。

让凌翔茜吃惊的是，死气沉沉的课堂上，辛锐竟然是少有的几个积极分子之一。她对辛锐这个阴沉女生的印象始终是“高考不考的我就不学”这种水准，此时此刻，她的踊跃发言让凌翔茜费解。

辛锐的口语并不是很出色，中式英语的痕迹非常重，应该是缺少跟外国人交流的原因。虽然说起来还算流利，交流起来也不成问题，只是远远算不上出色。

凌翔茜百无聊赖地有一搭没一搭听着课，突然听见老头问起有没有人在公共汽车上遭遇过小偷。

她不喜欢举手。老头以前说过，他希望学生们想到什么可以直接站起来说，甚至还鼓励大家：“只要站起来一次之后，第二次就会变得很容易、很自然，你们会爱上这种勇敢站起来畅所欲言的感觉的。I promise（我保证）.”

于是凌翔茜抽风了一样想都没想就站起来，开始用她从小就跟着迪士尼英语、许国璋英语、剑桥少儿英语一路练出来的美式发音讲述自己在公车上遇到贼的经历，讲着讲着就发现老头的神色有些怪，周围也有些同学纷纷停下笔，看看她，又看看她身后。

凌翔茜停下来，转过身，发现辛锐也站着。

刚才在她没抬头的时候，辛锐举起手，老头随手一指这个在今天课堂上已经是第五次发言的女生，没想到辛锐还没有开口说话，她左前方的女生忽然站起来开始用流利的英语回答问题。半张着嘴巴的辛锐从惊讶到阴郁，几次试着开口想要插几句话，却在对方流利英语的攻势下不得不尴尬地闭嘴，站也不是，坐也不是。

嘴巴渐渐紧紧地抿成一条线。

凌翔茜轻轻地捂住嘴巴。

做作。

凌翔茜吐吐舌头。

做作。

“Sorry!”凌翔茜说。

做作。

辛锐的心里面似乎只剩下这一个词。当凌翔茜翩然出招惊艳一室之后，就匆匆地坐下，表现出这一切只是自己的无心之失的样子。

留下辛锐一个人站在那里，老头示意辛锐可以继续了，可是辛锐忽然发现，在听过凌翔茜的英语发音之后，她已经无法开口了。

无法开口，有种恐惧突如其来。面前好像又是初中语文老师那张冷峻的脸，她满脑子嗡嗡乱响，什么都听不到，什么都说不出，抬起眼，看到的是当年余周周同情和鼓励的眼神，渐渐模糊。

3

返璞归真

家里的电话响了，大舅妈在烧热水，大舅在卫生间，余周周放下钢笔跑到客厅接起了电话。

“喂，您好。”

“喂……请问是余周周家吗？”

“我就是，您是哪位？”

“……我是爸爸。”

余周周安静了几秒钟，然后继续用平静的声音说。

“哦，您好。”

…………

这一年的冬天，陈桉没有回家乡。他的工作在上海，遥远得让余周周怀疑他已经去了另一个世界，仿佛一只南迁的候鸟，远离冰封千里的家乡。

小心翼翼地拨通他留下的电话号码，刚刚响了两声，陈桉就把电话挂断了。余周周放下电话，不出半分钟，电话铃响了起来，不用想都知道，是陈桉打过来的。

陈桉做事永远很贴心，他知道余周周在大舅家住着，电话费还是能省则省的，所以总是他打过来。

余周周定了定心神。

“喂？”

“周周，新年好。”

“……新年好。”余周周干笑了两声。

“最近学习生活一切都好？外婆的情况有没有好些？”

“好，都好。”

“那你找我有事情是吧？”

“对，”余周周盯着窗上厚厚的窗花，“刚才我……爸爸……打电话来，说要见见我。”

元旦之后再上一个星期的课，就是期末考试。

林杨最终还是被路宇宁和蒋川他们踢出了中午大锅饭的队伍。

“你丫拉着一张钟馗的脸给谁看呢?！该上哪儿吃上哪儿吃！”

他端着盘子漫无目的地在食堂里晃荡，不知道在找什么。一排排空座位从眼前溜过去，而林杨还是没有找到自己满意的座位。

两个高一的女生打打闹闹地从他身边经过，其中一个不小心把端着的一盘子西红柿炒鸡蛋倒了一地，林杨白校服上溅到一片菜汤。

熟悉的记忆扑面而来，林杨怔怔地盯着地上的西红柿炒鸡蛋许久，旁边的女生几次道歉，他都冷着一张脸没有反应，对方快哭出来的那一刻，他突然站起身，朝门外跑过去。

一个月前，余周周的那番话让他满肚子救世主的热情憋成了冷石头，林杨告诉自己，余周周的确不需要他。

她有自己丰富的世界。她过得那么平静，假以时日，她会慢慢淡忘掉伤痛。就像小学毕业，他通过凌翔茜和蒋川得知周周家里面真实的情况，很是心疼了一阵，把她当成童话世界里面卖火柴的小女孩一般的人物，需要关爱和保护。没想到初中偶然遇见时，她在另一个世界，和另外的朋友笑得那么灿烂、那么自由。

她并不需要补偿。

林杨直到这一刻才明白：也许她并不需要自己，但是自己需要她。

一路狂奔至七班门口，在大冬天呛着冷风用百米冲刺的速度跑了四百多米，他停下来的时候扶着墙几乎想要吐。

“余周周今天没来上学，你白来了。”门口靠着的短发女生顶着大大的黑眼圈，瘦得像个大烟鬼。她把校服反着穿，背面朝前，两只空袖子好像幸灾乐祸似的晃来晃去。

“……你怎么知道我来找……”

“你不是在追她吗？我好长时间没看见你了，以为你放弃了呢，正惋惜男人的毅力，你就又出现了，不错不错。”

林杨几乎要被自己的口水呛死。他两分钟前刚刚做的决定，这个女生怎么一副她早就知道的样子？而且还说得那么直白……

“你怎么知道我……”想了想，眼睛突然亮起来，“余周周跟你说的？”

女生意味深长地一笑，林杨忽然觉得后背有点儿发寒。

“别他妈那么多废话，要不要我帮忙？”

林杨摇摇头，他又不是不知道这些女生起哄的手段，以前曾经在初中被一个至今也没见过的外班女生倒追，他碍于面子不和那个女生计较，可是那个女生的所谓姐妹蹬鼻子上脸，差点儿没把他逼得跳楼。

“我这个军师跟那些白痴女生可不一样，”她神秘地摇摇手指，“看样子你光有决心没有计划，头脑一热就狂奔七百里加急来这儿告白了？啧啧，这智商，真愁人。就按你这策略，呵，你就慢慢追吧，估计你们俩进展到牵手那一步的时候我都快入土了，要是以后生孩子了，我可能在阴间都已经还完房贷了。到时候给孩子起好名字，就写在白纸上烧给我看看！”

女生大大咧咧的一段话让林杨差点儿当场喷鼻血。

“怎么样，考虑考虑？”

林杨几乎是凭借直觉便相信了这个女生。

“那，拜托了。谢谢……”他正色道。

“我不乐意听那些虚头巴脑的。”女生歪嘴一笑，转身回班，几秒钟后拎出三张数学卷子、三张历史卷子。

“晚上做完了给我，我们明天要上交。”

林杨脸色灰败：“历史卷子也要我做？”

“不不不，我们那个历史老师武文陆先生精神不大好，这张所谓的年代线索整理卷，其实就是把这个东西从头到尾抄一遍，”女生说完就递给他另外三张历史卷子，这三张上面满满的都是字，“你照着这个抄就好。”

“抄卷子你都懒得抄？不是都有答案了吗？”

“当然懒得抄，我要不是想偷懒，干吗帮你？作为余周周的后桌，我还看不上你呢，勉为其难帮帮你，你倒还有意见？你现在反悔也可以，我不阻拦，不过相信我，有我在，你想追到她，估计真得等我入土以后。”

林杨头脑一片混乱，他已经回忆不起他是怎么从食堂换影移形到这个地方变成包身工的。

“所以呢，为了那个黑脸包公不要一天到晚找我麻烦，你就乖乖地把卷子抄好了给我——你知道你手上那三张写好的卷子是谁的吗？”

林杨这才拎起卷子去看侧面的姓名栏。

余周周三个清秀端正的字像篆刻一般印在左上角。

“我从她桌洞里偷的。”

女生虽然声音发虚，可是嗓门很大，这种事情被她光明正大地吼出来，林杨不由得留心看了看走廊两边有没有熟人。

“记住了，放学前，最好是第一节晚自习下课的时候抄好了给我，不许迟到！”

林杨点头如捣蒜。

“对了，我叫米乔，是余周周最好的朋友。呃，现在还不是，过几天就是了，你记住了，跟着我混，有肉吃！”

米乔说完之后咳嗽了几声，低声咒骂了一句“走廊里真他妈冷”，就晃晃荡荡地进屋了。

林杨拎着手里的九张卷子，梦游一般上楼回班。

突然，弯起嘴角，好像生活中终于有了一个甜蜜的目标一样。

然后才想起，米乔都没有问他叫什么名字，怎么帮他？

不会是……被耍了吧？

余周周听到手机振动的声音，拿起来一看，是林杨的短信。

“你生病了吗？”

“应该是感冒了，发烧，放心，没什么大事。”

“好好吃药，多喝热水，穿暖和一点儿，别看书了，多睡觉，好得快。听话！”

余周周有种被雷劈了的感觉，她想都没想就回复了一条：“你知道观世音为什么想要掐死唐僧吗？”

她相信林杨一定看过《大话西游》。

林杨的短信回复得很快：“可是到最后，她还是下不了手啊。”

余周周翻了个白眼，栽倒在床上。

不知道为什么，昨天接到了爸爸的电话之后，她晚上就开始莫名其妙地发高烧，昏昏沉沉的。今天早上才退了点儿烧。

身上一股酒的味道。似乎是大舅妈坐在身边用酒精给她擦了一晚上身体：额头、耳朵、脖子、手心、脚心……一遍又一遍，用最古老的办法试着降温。余周周在迷迷糊糊中感觉到妈妈又回来了，初三她出水痘的时候连发了一个星期的高烧，也是这样昏沉的午夜，床边的人影模糊不清，却有一双那样温柔的手，拉住，就再也不想松开。

她不知不觉哭了一夜。

爸爸在电话里面说，希望余周周能跟他们一起过年，那时候她还没有给陈桉打电话，就自作主张地拒绝了。对方在电话中沉默了半晌，说："我年前年后都要出差，只有过年的时间比较宽裕。"

余周周忽然很想笑："是吗？可是过年的时候，我没有时间啊。"

电话那端安静了一会儿："好吧，我年后再联系你。好好学习，注意身体。"

"谢谢，再见。"

午夜梦回，余周周在心里承认，她是高兴的。

她并没有告诉陈桉，当时有一种渴望报复的兴奋感把她自己都吓了一跳，甚至在高烧不退的情况下，仍然跃跃欲试想要爬起来——尽管不知道爬起来要做什么。

原来还是有执念，还是想要做点儿什么，哪怕只是甩一个耳光，说一句狠话，或者用最最世俗的方式去辱骂和炫耀。

她想要见到他和他们。她现在退无可退，破釜沉舟，没有任何值得担心和在意的人，除了她自己。

余周周知道，那一刻，她是甘心去做一颗自杀性炸弹的。

她等待着引线被点燃的那一刻。

辛锐在公车上几乎冻僵了，不得已放弃座位，站起身跳了两下试图缓过来。

窗外绚烂的霓虹灯打在厚厚的窗花上，映出流溢的光彩。今天的外教课，她做完了一整套解析几何的专项练习，直到看见坐标轴就想要呕吐。

音乐课、美术课上，老师用大屏幕放欣赏片段的时候，她一直拿着抄写了成语和英语单词词组的便笺低头背，仿佛沈屾附体。更不用提隔三岔五逃掉的体育课和课间操。只有外教课，她积极地发言，因为她觉得，英语口语是很重要的技能和门面。

门面。让自己"上档次"，变成像余周周和凌翔茜那样的女生的门面。

只有辛锐自己知道，她为了变成另一个人付出了多少努力。当初余周周居高临下地帮她，以为她所要的只是好成绩，摆脱所谓的差生待遇。

其实辛锐想要的远远不止这些。

每当初中的她在课堂上哑口无言像块石头一样伫立许久才被许可坐下，她就会闭上眼睛，用幻想覆盖这一段记忆。黑暗的幻想世界里面，她方才口若悬河，赢得四周噼里啪啦的掌声，甚至还帮回答不出问题的余周周解了围。

坐下的时候，就能看到温淼投射过来的、躲躲闪闪的目光。

这样的幻境，辛锐有好多种。音乐课的时候会出现舞台女皇的幻境；美术课上会误以为自己能够侃侃而谈，点评凡·高、拉斐尔；甚至在体育课上都会盯着自己臃肿的双腿发呆，用目光将它拉长，变直变细……

余周周怎么会知道，除了学习成绩，她为了让自己的幻象成真，每天跑圈，减肥，狂背历史和艺术知识，像听英语听力一样听流行歌曲，了解娱乐圈常识，让自己在和别人交流的时候不至于像个外星人，甚至能够成为人缘很好的中心人物……

辛锐一直都认为，自己人生最大的悲剧就是，她是辛美香，而不是别的什么人。

不是另一个人。只是辛美香。

漂亮的年级第一凌翔茜在外教课上用标准美音一通抢白，辛锐站在原地，大脑空白，突然有了一种被照妖镜打回原形的恐惧感。

从第一次见面，她的直觉就告诉过她，会有这么一天。她摔得碎何瑶瑶的镜子，可是凌翔茜的这一面，要怎样才能敲出第一道缝隙？

辛锐迈进狭小的新家，掏出钥匙的时候，就听见里面锅碗瓢盆摔了一地的响声。

“我他妈都病成这样了，你还给我出去喝酒，你他妈怎么不直接喝死？”

穷，窝囊，无休止地争吵。

既然这样，你们怎么不离婚，你们怎么不去死。

辛锐把额头贴在门上，这种大逆不道的想法让她羞愧而痛快。

余周周一定不知道，尽管她失去了妈妈，可是自己那样羡慕她的自由无牵挂。

房门里面正在指着对方骂着不堪入耳的脏话的两个人，是她最亲爱的人，是她生命中最大的污点。

“我爸今天有事？”

“你爸爸在书房里面会客呢，我看这一时半会儿结束不了，就给你打了个电话让你自己先打车回来。来，把外套脱了，洗手，到厨房吃饭。”

凌翔茜把双手平展在温热的水流下，白皙的手背，健康粉嫩的指甲，她看了又看，直到妈妈在厨房喊着让她动作快点儿。

“快期末了吧？”妈妈给她夹了一筷子排骨，“复习得怎么样了？”

“唉，就那么回事吧。”

“什么叫就那么回事？”

凌翔茜抬头，看见妈妈又有些过分激动的苗头了，左脸颊的肌肉轻轻地颤啊颤，颤啊颤，从眼睑一路蔓延到嘴角。

三句话不到，一秒钟前还好好的。

“挺好的，我是说，挺好的。”凌翔茜在心中轻轻地哀叹。

去北京做了手术，休养了一个半月，面部痉挛疑似痊愈之后，再次复发，愈演愈烈。

大夫说，不要让她激动。

凌翔茜很想问问大夫，每一个面部痉挛的中年女人都会配套似的被附赠一条格外敏感的神经，除了玻璃罩子，还有什么办法让她们不受刺激？

生活本身就是一种刺激和折磨。何况她妈妈会因为一只开窗时纱窗没有挡住的苍蝇、蚊子而大发雷霆，也会因为一句“就那么回事吧”而语音颤抖、横眉立目，她要怎么做才能让妈妈不激动？

凌翔茜埋头吃饭，忽然一阵疲惫袭来，让她微微闭上了眼睛。

人在面对黑暗的时候似乎就格外容易走神失控，也更诚实。

她轻声问："妈妈，如果我这次没有考第一呢？"

饭桌另一边迟迟没有声音，凌翔茜张开眼，对面的女人正用一种复杂的目光看着她："我上个星期跟你们老师通电话，他说你不知道是不是上一次考了第一名就骄傲了，一下课就往教室外面跑，心散了，待都待不住。茜茜，爸爸妈妈从来都不逼你考第一名、第二名，但是你要努力，不要想着邪门歪道，你要不是心虚，怎么会问我这个？"

凌翔茜闭上眼睛，低下头不再说话。

又是这样。

说什么都是白费。

她半闭着眼睛，不住地往嘴里干扒着白米饭。

这个情绪永远激动，脸颊永远颤抖，出门必须戴墨镜，陪着爸爸从农村一步步爬上省文联副主席的位子上，最喜欢说"我为你和你爸爸付出了大半辈子"，和第三者互抓头发打得头破血流之后，仍然能笑着为自家男人系领带的女人，是她的妈妈。

她忽然想起张爱玲说过的某句话，原文已经记不清了，大意不过是，生命是一袭华美的袍子，上面爬满了虱子。

她匆匆吃完饭，回到自己的房间关上门，却不敢锁门，一会儿妈妈敲不开门又会吵嚷的。

凌翔茜摸出手机，踌躇许久，还是给楚天阔发了一条信息。

"你知道吗？其实我觉得我活得很累。"

拇指按在发送键上，迟迟不敢按下去。过了几秒钟，啪地拧亮护眼灯，刺眼的白光惊醒了她，凌翔茜连忙把刚才那条短信一个字一个字删掉，正想要关闭，突然又觉得不甘心，慢慢地输入："考试准备得怎么样了？"

手机放在桌角，她一边浏览着历史年代表一边等待着，二十多分钟之后才得到一条回复，手机隔着桌布，振动起来感觉微弱，好像颤颤的呼救。

“不好不坏吧。好好加油。”

这种回复，连一句“你怎么样”都不问，直接杜绝了她回复短信的机会。

凌翔茜一边尴尬地苦笑着，一边又庆幸，还好刚才没有把那条信息发出去，不然一定会被对方当成精神病的。

凌翔茜伏在桌面上，冬天总是让人困倦抑郁，她越想越心烦，一把拽过手机，拨通了林杨的电话号码。

“喂？”

林杨的声音轻飘飘的，还透着一点点快乐。

“你高兴什么呢？”凌翔茜的口气有些不善。

“我高兴你也管啊？怎么，你不高兴？”

“我不高兴。”

“什么事让你不高兴了？说出来让我高兴高兴。”

“林杨！”凌翔茜不敢弄出太大声音，只能低声对着电话吼。

“我说你一天到晚穷折腾什么啊，你是年级第一，人又漂亮、多才多艺、家庭美满、爱情丰……虽然还没有，但是追你的人多得都能拿簸箕往外倒，你到底哪儿不高兴？”

凌翔茜捏着电话，很长时间没有出声。

林杨，为什么连你都这么说。

似乎没有人愿意细心观察别人生活中的细节。凌翔茜一边对蒋川和林杨这两个从小一起长大的死党小心地掩藏着自己家的真实情况，一边却又奢望他们能通过那些小细节推测出来她心里真正压抑着的苦痛。

她直接挂断，把手机摔在一边，低头开始疯狂翻书。

林杨并没有再打过来。这让凌翔茜更有了一种自己在无理取闹的感觉，眼泪在眼圈中转了半天，听见床上的手机终于响了。

急忙拽过来，才发现是蒋川的。

“我听林杨说你心情不好？又怎么了？是不是压力太大了？考不了第一就不考呗，给别人一个机会，积德。”

凌翔茜扁嘴笑笑，眼泪终于落下来。

这样的贴心，让她很感动。

然而这感动来自蒋川，她怎么可能不失望。

电话那端的蒋川仍然不住地吸着鼻子，凌翔茜突然真的有些无理取闹，她轻轻地说："蒋川，你能不能别总像个擦不干净鼻涕的孩子？"

她说不清那种伤人伤己的残忍无耻怎么会让她这样痛快。

4

谁赋青春狂躁症

彦一轻轻地推推余周周的胳膊肘："余周周，你怎么了？"

"我怎么了？"

彦一摇摇头，不知道怎么说。

余周周以前永远都是懒洋洋的，坐在座位上低头做题或者看小说漫画，上课也常常发呆或者睡觉。彦一以前听说过，好学生最喜欢假装自己不努力，回家拼命开夜车。可是余周周的状态，实在不像是有抱负的好学生。

但是现在不同了。她请了一天假之后，就好像被什么东西附身，整整一天埋头整理着政治哲学原理，把所有卷子里面的主观题都打乱了，重新梳理答题技巧，盯着卷子的眼神仿佛要冒火一般。

"喂，你怎么突然这么激情四射？爱上政治老师了？"

米乔一如既往地口无遮拦。余周周回头懒懒地答道："是啊，日久生情。"

她想考年级第一。只要这一次就好，在她去见那个人之前。

她知道周沈然在分校，也一定会听说，所以她必须考文科班的年级第一。

必须。余周周蓦然想起了沈屾，那个看着她的眼睛说“我必须考上振华”的女孩子。

这一刻余周周才发现自己何其幸运。她的妈妈从来没有当着她的面说过任何“你要替我争气”“我以后就指着你了”“妈妈这辈子唯一的希望就是你”之类的话，即使受到过不公，也都被那样厚实无言的爱所化解。妈妈总是明朗独立的，她的一举一动都不曾教给过余周周什么叫怨恨，所以余周周也从来就不需要像沈屾一样。

没有人要她报仇，于是她没有仇恨。没有人要她自强，所以她不自卑。

也就没有什么执念迫使她说出“必须”。

余周周突然有一点儿动摇。现在这个样子，是妈妈希望看到的吗？

她的目光黏着在“客观规律与主观能动性”这行黑体字上，冷不防被米乔用钢笔狠狠地戳了一下。

“什么事？”

“期末考试一结束，我参加的动漫社需要找临时演员凑数，cosplay（角色扮演）参加不？”

余周周有点儿兴趣，她放下书，回转身趴在米乔的书桌上：“可我是第一次……”

米乔表情凝滞，然后下一秒钟突然哈哈大笑起来，她把桌子捶得震天响，每一拳都砸在她的男人艾弗森脸上。

“这话可不能乱说……虽然我知道你说的是实话……”

余周周呆愣了足足有一分钟，才反应过来米乔在说什么。她满脸通红，瞪着眼睛，毫不犹豫地伸出手，将米乔桌子上用练习册堆成的高塔齐齐推倒。

凌翔茜讨厌冬天。

她不知是不是因为冬天会格外地让人怠惰，才会明明心里急得像是要着火，书还看不完，心却不知道飘到哪里了。

她的水杯里满满的都是水，可还是抱着出来踱步到开水间接水，看到辛锐坐在座位上岿然不动学得聚精会神的样子，她就会有浓浓的负罪感和恐惧感。

爸爸妈妈的“信任”，那些叔叔阿姨的夸赞，自己在学校的名气和楚天阔对自己礼貌而欣赏的笑容，这一切堆积成了一座摇摇欲坠的高塔，高耸入云，地基却脆弱得不堪一击。

小时候大人逗趣，问他们长大了之后想做什么。林杨和蒋川都有个像模像样的理想，哪怕现在想起来很可笑。但是对凌翔茜来说，她的理想从小时候开始就没有对任何人说过，但是一直没变过。

想让所有人都说她优秀，都羡慕她，都喜欢她。

她以后做什么不重要。她要的只是这份耀眼和宠爱。

凌翔茜把身体贴在开水间的窗前，轻轻闭上眼。自己从来都明白，这种宠爱就像是浮云，你要努力攀得很高才能看到，然而付出十倍汗水，伸手只能抓住一片风一吹就散的水汽。

就像是她父亲，从一个农村穷小子奋斗上来，娶了家境优越的母亲，小心翼翼一辈子，相互折磨。

她深深地叹口气，突然听到背后的笑声：“干什么呢，想跳楼？”

那个声音让凌翔茜很慌张。她脸上的笑容像紧急集合，朝拎着水杯的楚天阔点点头。

“还有三天就考试了，准备得怎么样？”

凌翔茜定了定神，决定不再扮演那副客客气气、温婉可人的样子。

“不好，很不好。”

楚天阔似乎没有听出来她语气中的真诚和抱怨，只是自顾自地接着水，在氤氲的热气中随意地回答：“没事，反正你考试的时候一定很神勇。”

从小到大，他们就被浸泡在这样无聊的对话中。就好像小时候和林杨、蒋川一起学钢琴。她不喜欢练琴，总是拿做作业当借口，所以每次妈妈去学校接她，开场白永远都是：“今天作业多不多？”

如果回答“不多”，妈妈的答案自然是，“那今天可以多点儿时间练琴”。

如果回答“很多”，妈妈就会戒备地一瞪眼睛：“多也得练琴，回家快点儿写！”

所以你何必问。凌翔茜从很小时就想对她妈妈说这句话，也很想对包括她自己在内的所有互相打探着“你考得好不好”“你复习得怎么样”的学生说一句，既然明知道彼此都没有一句实话，何必要进行这种徒劳的对话？

“我不是你，”凌翔茜低低地说，“你也不用对我说这些。”

她没有接水，抱着沉沉的保温杯从他身边挤过去。

楚天阔在身后喊着她的名字，凌翔茜含着眼泪，克制着没有回头。

期末考试的那天早上，漫天大雪。

余周周吃干净盘子里面的面包、奶酪，又是一口喝掉牛奶，噎得够呛，正要悄悄溜出门，突然听见外婆苍老的呼唤：“周周，周周！”

余周周看了看毫无动静的大舅房间，估摸着他们还熟睡着，于是轻轻地推门走进外婆房间。

外婆不知怎么，竟然自己坐起身来了，她的头发已经白得没有一丝杂色。余周周走过去：“你怎么起得这么早？我扶你上厕所？”

“不用。”

外婆的神志格外清醒，余周周忽然有种不祥的预感。

“今天去考试吧？”

“嗯。”很清醒，仿若回光返照。她的心向下陡然一沉。

“好好考。”

“我知道。今天外面下雪，这两天暖气烧得不好，你在被窝里再躺一会儿吧，别这么早就爬起来。”

外婆淡淡地笑了笑：“好，周周长大了。你妈妈这两天忙什么呢？”

余周周的心漏跳了一拍，却又松了一口气，她笑笑：“他们分公司要搬家，正忙着清理库存呢。”

“哦，哦，忙吧，忙吧。”外婆说着，眼睛又有些睁不开。余周周扶着她重新躺下去，然后用软软的小枕头在她的脖颈和后腰垫好，让她能躺得舒服一点儿。

“那我去考试了。有什么事，你就大点儿声喊大舅。”

“去吧去吧，”外婆闭上眼睛，“好好考试，考到外地上大学，离开这儿，过好日子。过好日子……”

外婆不知道又开始絮叨什么了，余周周鼻子有些酸，低下头拎起书包开门出去。

考场里面还是同样的座位顺序，余周周、凌翔茜、辛锐。

辛锐答题很快，开始写作文的时候，语文考试还有一个小时十分钟才结束。题目是“生命中的平凡与伟大”，她在论据里面填充了大批大批《感动中国》评选出的平凡的小人物的事迹，写着写着不禁想要笑。

司马迁最伟大的贡献不是《史记》，爱迪生最伟大的贡献也不是电灯泡，感动中国最大的亮点更不是感动。

他们对辛锐来说，最大的意义就是以排列组合的方式填充每一篇立意苍白的考试作文。上一次年级统一发放的期中考试范文一共有二十篇，司马迁在其中的曝光率是百分之百。成千上万的高中生用手里的那支笔扭转乾坤，让这些人物轮番登场。

她抬起头，盯着凌翔茜的背影。凌翔茜的头发柔顺亮泽，闪着微微的珠光。辛锐忽然想要写写自己。每个人的生命都是一段平凡的挣扎，她的伟大在于，她挣扎着变成别人。

这种勇气不可见人，更无法歌颂。

辛锐叹口气，低下头继续描摹感动中国。

凌翔茜坐在办公室里面，低着头。

她知道武文陆找自己想要说什么。

如果这世界上有一个人是不会因为凌翔茜的成绩、才华和美丽而高看她一眼的，那么一定是武文陆。

她甚至都能从武文陆眼中看到对方心里是如何评价自己的。

轻浮，骄傲，难成大器。

这个古板的男老师喜欢留的作业都是毫无意义的机械抄写，相应地，他喜欢的学生就是能把这种抄写完成的那种，比如辛锐。

“你这样的学生，属于心里很有数的那种。你妈妈也总给我打电话，让我多照看你，毕竟处在你这种年龄，难免有些浮躁的想法，很不成熟……”

凌翔茜最终还是丢了年级第一。这给了武文陆机会说出那句“我早就料到你这样下去迟早会吃亏”。

不交历史作业，上政治课做数学练习册，上语文课做英语卷子，逃体育课，晚自习说不想上了就不上了，抱着课本坐到楼梯上远离人群温书……还有，频繁地出入二班，和林杨、蒋川混在一起。

凌翔茜觉得有些课堂上的老师唠叨起来没完，只是在浪费自己的时间，所以她为什么不可以用那堂课的时间来完成其他科目的练习册？自习课上她看到辛锐就心烦，陆培培小嘴“叭叭叭”像高音扬声器一样刹不住闸，于是抱着书出门温习，难道不可以吗？

至于频繁出入二班……其实她只是在利用林杨等人打掩护。从二班的正门正好能望见一班的后门，楚天阔的背影仿佛触手可及。

“我知道你听不进去。古话说得好：‘月满则亏，水满则溢。’你这样是不会进步的，你这些都只是小聪明……”

“老师，下一次我会考第一的。”

凌翔茜已经受够了她妈妈颤抖的左脸、陆培培等人的冷嘲热讽、武文陆的偏见，还有空虚茫然的自己。

被抢白的武文陆黑了脸，而凌翔茜只是靠在椅背上，感觉到裸露的钢条传递过来的让人绝望的凉意。

从什么时候开始，博取欢心这种从小做到大的事情，也开始变得让她不快乐了呢？

5

爱的艺术

寒假补课的通知很快就下来了。

余周周知道，彦一看她的眼神里面多少有些妒忌的成分，但并没有恶意。

在彦一看来，自己努力那么长时间成绩毫无起色，而余周周只是考试前三天发奋了一次，就能考年级第一，这个世界从来就没有过公平这种东西。

“反正我怎么努力都没有用，但是又必须努力。”

像个绝望地耍脾气的小孩子。

余周周放下笔，呆愣了一阵子，突发奇想，笑笑说：“彦一，画一幅画吧。”

彦一像看怪物一样看了余周周很长时间，终于放下笔在纸上顺手涂了起来。大约十分钟后，他把那张画在卷子背面的速写放在了余周周面前。

画面上的女生，马尾辫高高翘着，头却低到极点，正一边咬着指甲一边聚精会神地盯着腿上的漫画书，只有面目是淡漠模糊的。

“你。”彦一笑笑。

“我？”

米乔在背后插上一句：“意思是说，你平时就这德行。”

潦草而传神的一幅画。米乔很早前就努力地想要说服彦一加入他们的动漫社，网站也需要手绘出色的成员。彦一什么都没说，但一直将他们当作不务正业的团体。

余周周把画小心地夹在宽大的英语书里面。

“你画得真好。”

“画得再好也没有什么用。”

彦一对成绩非常神经质而斤斤计较。余周周自从辛美香的转变之后就很少再自作主张地去劝慰别人，然而想了又想，还是开口了。

“我一直坚信，这个世界上每个人都有一种天赋，只是很多人活了一辈子都没有发现。”

彦一苍白的脸上浮现出一丝有些嘲讽的笑容，他盯着自己的课本打断余周周的话：“你不就是想要说人各有所长吗？但是有些长处在这个社会里是没有用的，我宁肯拿这幅画去换我的数学成绩多加十分。”

“神仙在安排这些天赋的时候也许是一视同仁的，只是它也没想到人类会选择性地重视某一类天赋，轻视另一类，所以有些珍贵的天赋就变得一文不值了。比如，一个有着出色的理科思维并且很有可能成为计算机天才的家伙偏偏生在黑暗的中世纪，也许就会活得很痛苦吧。但是，我们至少比以前的人幸运。

“有些东西有没有用不是我们说了算的。你说它没有用，也许只是因为你没有胆量去让它发挥作用。”

余周周说着说着就变成了自言自语，然后趴在桌子上，渐渐睡着了。

米乔在后排也打了个哈欠，没有人注意到，彦一的历史书已经很久没有翻页了。

林杨很难过。

文科第二名余周周抛弃了他，自己蹿了上去，而他仍然好死不死地停在原地。

他从来不觉得自己比楚天阔弱势，他只是不明白楚天阔怎么能忍下心去写那种酸得一拧都出水儿的作文，每次语文成绩都比自己高出一大截。

正皱着眉头烦躁，手机里面忽然蹿进来一条短信。

“听说去科技馆的事情了没？我帮你挡着，谁也不可能和她一组，剩下的就看你的了！不用谢我，不过上次让你写的英语卷子怎么还没交上来？”

米乔的短信让林杨看得云里雾里，他已经平白无故地帮米乔做了三套政治卷子、两套历史卷子了，可是对方仍然没有给他提供任何实质性的帮助，所以他把英语卷子压在手里，迟迟不肯动笔。

正在诧异的时候，班主任走进教室，敲敲桌子示意同学们停笔。

“有这么个通知，刚才我们去开会的时候才知道的。共青团团庆，各种设施都向高中生、初中生免费开放，搞了一大批活动，强制要求每个学校都要选择一种。唉，咱们学校挑的是科技馆，免费参观，然后两到三人一组，写个参观感受什么的，需要扣上团庆的主题。所以这周四上午照常补课，下午就会来车把大家都拉到北江区新建成的科技馆里面去。大家就分组自由活动，活动完了原地解散回家，下周一把报告交上来，不能少于1500 字。那个，下课的时候就分组吧，把名单直接报给林杨吧。”

林杨愣了愣，刚才那条短信暗示的中心思想在他心里闪闪发光。

“老师，可以跨班组队吗？”林杨想都没想就问了出来。

班主任觉得有些莫名其妙，倒是周围的同学们都一脸暧昧地看着他。

路宇宁笑得一脸阴险：“怎么不能啊，跨班算什么，早晚是一家人。”

林杨光顾着做白日梦，甚至还朝路宇宁赞许地笑了笑：“你说得对。”

然后抓起桌子上米乔的英语卷子，笑嘻嘻地做了下去。

“余周周，你和谁一组？”

彦一刚刚问完，后桌的米乔就把话截了过去：“你没分组啊？没事，我看吴刚也没找到人跟他一组，你就跟他一组吧。”没等彦一拒绝，立刻转身大喊，“吴刚，彦一想要和你一组！”

彦一的脸瞬间刷成了茄子色。

下课的时候，米乔不知道接了谁的短信，喜滋滋地奔出去，过了两分钟，拎着一张卷子踱步进屋，敲敲余周周的桌子：“喂，有人找啊！”

余周周放下笔走出去，门口那个意气风发地盯着她们班班牌傻笑的，明显就是林杨。

“林杨？”

余周周仰起头，突然想到，观世音没有掐死唐僧的原因，也许是唐僧太高了，观世音使不上劲。

“我……你感冒好了没？不发烧了吧？对了，共青团团庆！”林杨干笑着说。

余周周挑挑眉，看着眼前不断咽口水的男生，有些难以置信。

“你来找我一起庆祝共青团诞生？”

“对啊，”林杨大力点头，“我们一起庆祝团的生日吧！”

然后就看到了在不远处翻白眼的米乔。

林杨自己也不知道为什么，曾经和余周周相处的时候虽然也有些兴奋和别扭，可是自从明白了自己真正的心意之后，面对她的时候就格外容易紧张，心也老是悬在半空，每走一步就在空空的胸膛中晃来荡去。

余周周摆摆手：“我不去，过生日还要随份子送礼，你自己庆祝吧！”

林杨一时语塞，终于还是米乔看不过眼，拿着一张纸走过来说：“余周周，就差你还没分组了，大家都已经找到伴儿了。”

余周周皱眉头质疑：“怎么会这么快就都分好了？”

米乔面不改色心不跳：“对啊，郎情妾意，一拍即合，狼狈为奸啊！”

米乔嘴里向来没什么正经话，余周周叹口气，没有注意到米乔正在疯狂地向林杨挤眼睛。

“……我们班也就剩下我了，要不我们凑一组吧。”林杨终于说了出来。

余周周愣了愣神，突然醒悟过来了一样看了看米乔，又看了看林杨，脸上浮现出意味深长的笑容。

有些话，一旦说出来了，再重复就会容易得多，然后久而久之，顺口得像是多年的习惯，比如“我爱你”这三个字。

当然，林杨现在想得到的只有同一句话，他深吸一口气，再次重复：“我想和你一起去科技馆。”

“好。”

那么平静的声音。

林杨瞪大了双眼，眼前平静微笑着的余周周似乎已经洞悉了自己和米乔的小把戏，而那种淡定自若的态度仿佛在暗示他，无论如何折腾，无论耍什么花招，对她都不会有一丁点儿用处。

刚才一边做着英语卷子一边苦想了一节课，如果对方这时候犹豫起来，自己是应该默不作声等她做好决定呢，还是趁这个时候游说她？如果要游说，应该找些什么理由呢？如果她问为什么要和她一起去，又要怎么办？

自己就像余周周面前的一个不谙世事的傻孩子，所有小心思被人家看了个通透，对方只是了然地笑，哄孩子一般地说："好。"

忽然觉得有点儿委屈。

"余周周，你要是不想去……就直说，我不勉强。"

林杨耳朵上淡淡的红色还没有退去，但是已经镇定下来了。米乔抱着胳膊饶有兴趣地看他深呼吸，眼神坚定地看向余周周，一瞬间已经变身完毕——另一个林杨。

余周周微微睁大了眼睛，脑袋朝左侧一偏，像个诧异的小学生。

林杨挺直了身体，认真地说："我不希望我这么努力，你却……你总是这样。从来都是这样。"

是不是从小到大，那些快乐与怀念，都是他一个人的错觉？在对面的这个家伙眼里，他是无所谓的，只是他一直以来自我感觉太过良好了。

林杨自己都没有发觉，有种感觉在悄悄改变。某个雪天，他曾经安然躺在地上，听着身边女孩子平稳的呼吸，坚定地说："嗯。"

那时候的林杨轻易地承认自己的喜欢，甚至不需要余周周回报同等的关爱，也会觉得很快乐。喜欢只是一种感觉，不具有其他任何含义。

然而此刻，"我喜欢你"这四个字变得那么艰涩，需要揣度对方的心意，需要衡量自己的分量。他开始想要拥有。

林杨觉得自己的抱怨实在是很不爷们儿，有点儿下不来台，上课前的预备铃声救了他，于是慌忙转身往楼梯口跑。

她会怎么样？讨厌自己，笑自己孩子气，还是根本就没放在心上，倚着门一如既往地走神发呆？

永远都是这种结果。无论自己之前多么紧张、多么期待，结果都是一样的。那些小心准备的惊喜和蓄意挑起的战争，都是无聊的独角戏，他的会场里，唯一的观众坐在贵宾席里，早就蜷成一团酣然入梦。

余周周还没有反应过来眼前的一切到底是怎么回事，林杨已经跑远了，蓝色衬衫外面套着那件被她夸赞过的深灰色的羊绒背心，外面没有穿校服，因此不能像上次一样被风鼓动起来，看起来像一只耷拉着脑袋、折断翅膀的鸟。

她刚才不是说了“好”吗？

“不想去就直说，不要勉强。”

余周周的确没有什么特别偏好，跟谁一组对她来说都是一样的，如果有可能，能不去科技馆然后逃一下午课，回家睡一觉对她来说才是最完美的选择。然而，面前的男孩子紧张地涨红了脸，站在自己面前说：“我想和你一起去科技馆。”——她怎么会犹豫？几乎想都没想就答应，生怕扫了他的兴致。

她很少委屈自己，自从很早之前领悟到，费尽心机讨好他人、讨好上天，其实得不偿失，真正应该厚待和宠爱的人是自己。不愿做的事情再也不勉强，说“不”的时候干脆利落，直接屏蔽对方的反应。

她的世界里面已经不再有奥数。

她不亏欠任何人，也不讨好任何人。

然而，眼前的林杨，面对自己的态度总是和面对别人的时候有着天壤之别，那么耀眼的一个人，总是在她面前委委屈屈像个被欺负了的孩子，而且，常常会变得很倒霉。她的淡漠和了悟在他眼里却是受伤的证据，面对对方铺天盖地的愧疚和补偿之心，她不忍拒绝——说不清到底是谁补偿谁。总之，如果接受“赎罪”并且装出生活渐渐充满阳光的样子，是不是能让他觉得好受些？等到自己在对方眼中“痊愈”了，他们就可以尘归尘、土归土，安静地在各自的轨道上面渐行渐远了。

她做错了什么吗？

米乔一副肺痨患者的样子佝偻着走开，边走边摇头。

烂泥扶不上墙，而且还是两坨。

林杨一整堂物理课都在盯着窗外发呆，具体也没想什么，脑子里面乱七八糟的，精神很松弛，唯一紧张的部位就是左手——紧紧地攥着手机，总是觉得它刚刚好像振动了一下，然而低头瞄一眼，什么都没有。

要不要发一条信息，对她说对不起？

不要。绝对不要。

那么，继续发一条谴责对方心不在焉的信息引起她的重视？

不要，那样做的话就真的不像男人了。

妈的！林杨在心里面狠狠地骂了一句，窗外操场上面，两个女孩子追打时发出了有些甜腻的笑声，恍惚间天空好像皱了皱眉头。

在最美好的年纪里，他们学习数学、语文、物理、化学，却没有一堂课的名字叫作“爱的艺术”。

余周周睡了一整节的政治课。中间被打断一次，彦一的胳膊肘着实厉害，周周循着彦一指的位置在练习册上瞄到第 32 题，前排的人刚坐下，她就站起来说，第 32 题选 D，这个例子主要体现了主观能动性，所以选择遵循规律发挥主观能动性的那个原理。

然后坐下，左手支撑着脑袋，低着头好像看着书一样，继续瞌睡。

下课的时候，彦一的胳膊肘又一次袭来。周周猛地抬起头，政治老师正在跟后排的米乔说话，神色极为冷淡。

然后头转过来，对余周周说：“醒了？”

周周笑笑，看来早就被发现了。“嗯，吓醒了。”

“哟，余周周还会害怕啊。”政治老师阴阳怪气地说，“下堂课你们班应该是体育课吧？到我办公室来吧，找你们俩谈谈。”

米乔转过头朝余周周挤挤眼睛：“真荣幸，我跟年级第一一起被老师叫去谈话。”

她们单独被叫进去谈话，不过，门是开着的，里面在谈什么，等在门外的那个人其实听得一清二楚。

政治老师对米乔的教育主要集中在她好不容易被父亲弄进振华，不可以辜负他的心血。

而对余周周的谈话则冗长得多——话没有几句，冗长的是政治老师慢悠悠地打开红茶的纸盒，取出茶包，到饮水机那里接热水，拎着茶包让它上上下下地在水里打转……余周周等待着，不知不觉又当着政治老师的面打了一个哈欠。

她忽然发现，她开始变得放肆了。明知这个哈欠会给自己带来麻烦，然而她不再那么躲避麻烦。

“你家里的情况我都知道。”

她的情况。周周已经习惯了这样的开场白，表情松弛地听她说。

“越是你这样的孩子，往往越有出息，也很有想法。

“所以也很难管。

“我不知道你对我的课有什么意见，还是它实在不值得让你认真听？你所有科目中，政治成绩是最低的，我知道你这样的学生总是用这种方式发泄不满，我倒希望咱们能坦诚点儿。”

余周周笑了：“老师，你想多了。我就是还没找准学习方法而已，我会努力的。”

政治老师还沉浸在自己思路里面：“可能你觉得在振华考第一名，北大、清华就没什么问题了吧。当然这只是一次考试，以后你能不能一直保持这种水平我不敢保证，毕竟，你这样逞一时风头的学生，我见得太多了。”

茶包浮浮沉沉，政治老师的手指捻着细线上下晃动。

“但是你不想知道，你和三班的凌翔茜、辛锐的差别在哪里吗？”

周周望向窗外一片苍茫的灰色，突然感觉到什么东西在心底蠢蠢欲动。

她微笑地看着她说：“老师，我没兴趣知道这个。”

政治老师脸色微微一变，不再摆弄那个茶包，目光也回到周周的身上。

“老师，你说话很中肯，我的第一名只是一时幸运，也是我一段时间突然用功的原因。我和凌翔茜、辛锐之间肯定不同，可能她们比我聪明，可能她们比我动机强烈。不过，我真的没兴趣知道——何况，老师，你确定自己真的知道我们的差别吗？”

政治老师愣在原地，余周周听见门外米乔嚣张的笑声。

“你回去吧，我明白，我的举动很多余。”

语气仍然是和缓的，然而已经透着凉气了——周周知道政治老师很有可能从此都对她的人品和性格抱有偏见了。如果是米乔和政治老师对骂，只要道个歉，老师就能原谅，因为米乔生性如此大大咧咧，成绩又不好。然而同样的事情放在余周周身上，稍有闪失，对老师的师表尊严的打击就是沉重的，所有的缺点都会被归咎于余周周的人品问题——有才无德，而且，永远都不会被原谅和淡忘。

余周周不应该这样的。她本来是可以站在原地笑得面无表情，适当的时候点头或者叹息，随便地说几句“老师，我会注意的”，然后在走出办公室的瞬间继续自己的生活。

她承诺陈桉，她会好好生活，自然就不会去惹麻烦。

她不知道自己怎么了。

余周周欠欠身说：“老师，我走了。”政治老师语气很冷地说：“你把米乔叫进来。”

余周周站在门口，不知道是应该等米乔还是直接回班级，愣了一会儿，忽然看见林杨从拐角处出现，抱着一摞卷子。

林杨的左手仍然攥着手机。他本来故意把手机扔在了教室，然而想了想，还是攥着它出来了。

没想到会直接遇上余周周，他站在原地不知所措的时候，余周周忽然笑了。

好像知道他的局促不安，所以用笑容告诉他，她不介意。

至少林杨是这样理解这个笑容的。

“对不起，我刚才不是故意的，我也不知道怎么了，小肚鸡肠似的，你别理我。”林杨右手抱着卷子左手攥着手机，没有办法挠头。

“送卷子？”余周周好像没有听到他刚才的道歉一样。

“嗯。”

没话可说了，也道歉了，科技馆显然也没有必要去了。林杨苦笑了一下。

到这里为止了。

他点点头，就往走廊的另一边走去。

“林杨。”

“什么？”他抬起头。

紧张，很紧张。

“一起去科技馆吧。”

“啊？”

“别装傻，不想去就直说，我不勉强。”余周周原话奉还。

林杨讶异地张大嘴，余周周正看着他，笑容里面带着一点点狡猾。

很有朝气的笑容。

林杨很认真地学着她的语气说：“好。”

很多年后林杨回忆起来，还会记得，那一刹那，一束阳光从云层中漏下来，刚好透过窗子打在他们的身上，好像电视剧里面的狗血桥段一样不遗余力地渲染。然而那温暖的色泽，还有恰到好处的时机，仿若这辈子再也不会有第二次。

每个人都会有那么一瞬间，觉得整个世界为自己做了一次配角。

余周周想了很久，自己究竟怎么了。先是在考前疯狂复习，紧接着又开始口无遮拦，还对着林杨傻笑。

米乔注意到了她的沉默，把左胳膊搭在她的脖子上说，你要知道，对老师耍酷是要付出代价的。

“不是耍酷。我一直都很酷。”余周周十二分认真。

米乔放肆地大笑起来，就像刚才站在门外时一样。

“说真的，我不明白，为什么我开始自找麻烦。我以为……我以为我会像高一一样，不会再有任何……总之……”余周周不再开玩笑，却又不知道怎么向米乔这个不知情的朋友形容。

话说得很含糊，然而米乔好像根本不关心周周到底说的是什么。

“麻烦多好。”米乔笑起来。

“惹麻烦是年轻的特权。余周周，你是个美丽的年轻女人。”

米乔又一次放肆地大笑，周周迷惑地抬头看天花板，轻轻地哀叹一声。

“年轻的时候，不考虑后果，找一个人来爱，开开心心地过日子。”

余周周不知道米乔为什么说这些，为什么语气中有一丝绝望的意味。她只看到阳光洒在米乔身上，闪耀着最最年轻的光泽。

6

当李雷爱上韩梅梅

“这是静电球啊，科技馆镇馆之宝，几乎所有科技馆都有的设施，多经典啊，你竟然没玩过？”

林杨毫不避讳地拽着余周周的手腕，就要把她的手往锃亮的大球上面放。

“不要！”余周周几乎要缩成一团了，她勉力想要把手从林杨的钳制中解脱出来，可是无论如何都拗不过他。

林杨极为开心，一边奸笑着一边假惺惺地劝慰道：“不要怕，不疼的，只是会让你的头发都竖起来而已。真的不疼，电量非常小，你脱毛衣的时候难道没有碰到过静电吗……”

心里想的却是：小样，让我抓到你的弱点了吧？

叫吧叫吧，叫破喉咙也不会有人来救你的……

突然被自己的想法惊吓到了，他的脸红了红，摇摇头想要把这种诡异而不健康的想法甩出去。

他一走神，就很难控制住挣扎的余周周，混乱之中，倒是他自己的手先摸到了静电球上。

指尖倒是有轻微的痛感，耳边有噼啪作响的错觉，林杨感觉到发根处有些酥麻，低头就看到余周周站在自己旁边，瞪大了眼睛盯着他的头发。

然后小心翼翼地伸出手，踮起脚，轻轻地用指尖拂过他冲冠一怒的每根发梢。

余周周像只刚刚走出妈妈的领地去探索世界的小豹子，林杨几乎都能从她澄澈的黑眼睛中看到自己的傻样。

从头发梢传来的酥麻感觉一路由上到下顺着脊梁骨传遍全身，林杨不知道他心里那种异样的舒服，究竟是因为静电，还是因为她。

于是只能窘迫地站在原地，动也不敢动，就保持着双手放在球上方的动作，任凭她认真探索，感官紧急集合，随着她的眼神荡漾。林杨专注地盯着静电球，忽然有种想要给法拉第写赞美诗的冲动。

科技以人为本。

林杨微微偏过头，不自在地咳了两声。

余周周，你，你离我太近了。

然而并没有出声地提醒她。

凌翔茜误入了一片镜子的丛林。她心烦意乱，早就甩开了李静园，假装走散了，其实处处躲着这个搭档。

她刚才有些留心一班是不是也在二层参观，找了一圈到处都没看到眼熟的一班同学，突然觉得自己这种心态很可笑。她以前隔三岔五还是要给楚天阔发个短信的，虽然每次都因为对方的冷淡与自己的矜持而坚持不了两个回合。明明决定放弃了，却还是患得患失，有那么一瞬间甚至想要就水房时候说的冲动的话去跟楚天阔道个歉，或者干脆表白了算了。

凌翔茜抱着笔记本，站在主镜面前抬起头，才发现因为这几面镜子的无限反射，她现在已经站在了无数个凌翔茜中间。

侧面、背面、正面，各种角度，密密麻麻地围困着她。凌翔茜忽然感觉到一点点恐慌和感动。她伸出食指跟镜子里面的女孩子指尖相触，很想问问她，真实的凌翔茜，到底藏在哪一面镜子后？

凌翔茜把额头轻轻抵在镜面上，有些疲惫地闭上眼。

这次没有考第一，她甚至觉得自己有些杯弓蛇影，看到别人看自己，或者边看着自己边聊天，就总会觉得他们在谈论自己的失利。

刚才远远看到林杨和年级第一余周周在失重体验机旁边拉拉扯扯的样子，凌翔茜心中只剩下沉重的叹息。

眼前一片黑暗，她甚至突然不想要睁开眼睛了。

林杨以前喜欢的那首歌怎么唱的来着？

“The innocent can never last. Wake me up when September ends.”（天真不会永恒，当九月结束的时候唤醒我。）

谁都可以，来唤醒我好不好？

突然感觉到有人在自己肩头轻轻地拍了一下，凌翔茜回过头，猛然对上了楚天阔的眼神。

镜子里，成百上千个楚天阔包围了她。

凌翔茜的眼泪几乎是一瞬间就涌了出来。

楚天阔苦笑了一下：“你最近，很难过是不是？”

同样的一句话，蒋川也问过，可是凌翔茜只听见了楚天阔的这句，她的世界里只回荡着这句话，散发着温暖早春的气息。

“考第一名真的没有那么重要的。下一次，我试试考第二。”

凌翔茜已经不再考虑这句话里面有多少骄傲的成分，也不曾计较楚天阔无意中贬低了林杨的能力，她只听到，这个男生愿意为了宽慰她，以身试法，要放弃第一的位子。

她摇摇头：“是因为排名，也不是因为排名。我说不清。”

“说不清？”

凌翔茜几乎是小心翼翼地抓住他好不容易既没有岔开话题也没有提前收尾的机会，字斟句酌地回答：“我的压力来自太多方面，我觉得自己好像被困住了，我已经找不到真正的我自己了，剩下的，都是虚荣。”

楚天阔夹着笔记本，双手插兜斜倚在镜子前微笑：“难道我认识的不是真正的你？”

凌翔茜低下头，想了很久才下定决心：“不是。”

她看到许许多多的楚天阔一起笑了。

“那么假的那个也很美。”

凌翔茜的心像坐过山车俯冲下来。她努力地告诉自己，冷静，这只是他的暧昧，惯用的，什么都不代表的暧昧。她应该抓住的，是实实在在的态度。

抬起头，大脑一片空白，她几乎听不清自己在说什么。

“楚天阔，我喜欢你，你知道吗？”

一秒钟有一生那么漫长，楚天阔不再笑，目光从她身上挪移开，三生三世之后才回应她。

“所以我才躲着你。”他说。

凌翔茜真的听到了花开的声音。

“我不可以放纵自己喜欢你。凌……茜茜，”他有些小心地用更亲昵的方式喊了她的名字，“你知道，我们现在不可以在一起。”

凌翔茜不知道是悲是喜，她一时间无法接受楚天阔的坦白，只是站在原地，被无数个人影迷惑得不知所措。

现在不能，那么以后呢？

然而她知道，追问会破坏这种难得的气氛。以楚天阔的性格，能说到这种地步，已经是极致。

所以哪里敢不立马领旨谢恩？

她只剩下一句最最朴素真诚的：“我们，你和我，一起加油，考同一所大学好不好？”

最最恣意张扬的青春时光，最最懂事理智的孩子，连那点儿懵懂的悸动，都能被自主积极地转化为好好学习的动力。

凌翔茜抹了一把眼泪，低下头，有些脸红地从他身边跑开。

她现在最想做的，就是挎着李静园的胳膊，怀揣着最甜美的秘密，装作若无其事的样子继续逛科技馆。

林杨和余周周站在镜子反面，大气不敢出。

确认男女主角都已经离开了那片区域之后，林杨长出一口气：“原来楚天阔真的喜欢那丫头。”

余周周笑了笑：“真的吗？”

林杨挠挠头：“其实我也不知道，不过我一直都知道凌翔茜喜欢楚天阔的，一个女生喜不喜欢一个男生，你看眼神就能看出来的，藏都藏不住。”

说完，有些失落地看了看余周周的眼睛。

“不过蒋川……唉，反正我觉得凌翔茜要吃亏的，我妈都说过，男人靠得住，母猪会上树。”

余周周笑了，她的眼睛捕捉到了另一个瘦削的背影，一瞬间就消失在了镜子的角落。

他们又一起玩了很多设施，直到周围同学陆陆续续都走光了，林杨才在余周周的催促下依依不舍地离开了科技馆。

门口的公交车站人满为患，科技馆所处的地点很偏僻，出租车也打不到。余周周正在犯愁，林杨突然提议：“我们走走吧，走到闹市区也就半个小时多一点儿，那里车比较多。”

余周周正在犹豫，他再接再厉地补充：“走在路上也可以留意有没有能打车的地方啊。”

她点点头：“好吧，我们走。”

才五点半，天就变成了一片蓝黑色。今天格外冷，余周周忘记戴帽子、手套，耳朵冻得通红。林杨二话没说把自己的耳包摘下来给她戴上，又摘下手套给她戴上——其实还有另一种暖手的方式，不过林杨没那个胆量。

“冻坏了吧？”他说话时呼出的白气模糊了视线，“这样，我给我爸爸打个电话，看看他能不能开车过来……”

余周周立刻本能地想要回绝，过了一会儿才在心里笑自己，她现在还有什么可害怕的呢？林杨已经长这么大了，他不会再因为她的事情被妈妈打了。

大不了，今天过后，再次不相往来。

林杨掏出手机，叨咕了一句："该死，马上就没电了。"然后迅速地调出爸爸的手机号码拨了过去。

空旷的大街上，余周周低着头，忍着笑。林杨的手机里面温柔的女声一遍遍地重复着："对不起，您的账户余额不足，请充值。"

然后手机立刻一片黑屏。彻底没电了。

"拿我的手机打给你爸爸吧。"余周周掏出手机，却发现林杨脸色很为难。

"怎么了？"

"我爸我妈一起换了全球通的号码，我现在还没背下来呢，不调出手机里面的通讯录就没法打……他们今天晚上各自有事，我打家里的座机也没用……"

余周周清晰地用眼神传达了"我鄙视你"的中心思想。

"就这样散散步也好。"林杨非常乐天地无视了余周周。

可是，这一路真的太过沉默。整个世界只剩下他们踩在雪地上发出的咯吱咯吱的响声，像两只并行的小老鼠。

林杨绞尽脑汁也没想到应该说什么，半晌，才傻傻地提议："我们玩点儿什么游戏，这样走路也不会太累。接歌？猜数字？故事接龙？要不还是故事接龙吧，你看，你小时候还是故事大王呢。你记不记得，当时我爸爸妈妈还给你照相了呢！"

林杨说完有些心虚，那些照片洗好了之后，都被他自己藏起来了，一张都没有给余周周。

余周周却没有在这件事情上深入过多："好，故事接龙。"

"那好，呃，男女主角叫什么名字？"

"还有男女主角？"余周周愣了一下，"那好，就李雷、韩梅梅吧。"

林杨翻了个白眼："哦，好，那么谁先开始？你来吧。"

余周周没有推辞，张口就来："星期天的早晨，李雷正在家里面睡懒觉，突然电话铃响了起来。"

“完了？”

“完了，到你了。”

林杨皱皱眉，思索了一阵子：“他接过来电话，听出来是韩梅梅……他的女朋友韩梅梅。”

余周周把“其实我觉得李雷喜欢的是 Lily”咽进肚子里，继续编：“韩梅梅大叫，李雷李雷，你快看电视，有关于你的新闻！”

余周周一接手故事难度就上升了，林杨决定迂回一番：“他觉得是韩梅梅发神经，于是挂了电话倒头继续睡。”

没想到，对方不依不饶。

“但是李雷睡不着。”余周周炯炯的目光盯着他。

林杨迫不得已让李雷起床：“所以他决定还是打开电视看一眼……”

余周周这才笑了：“《早间新闻》报道着本市某个男子横穿马路被撞飞的肇事逃逸事件，镜头拉近，李雷发现，倒在血泊中的，明明就是自己。”

林杨一直害怕鬼故事，他记得小学一年级时，余周周就总是在放学路上给他讲些“猫脸婆婆”“楼梯间的白衣女子”一类的故事，现在想来都是很拙劣的迷信传说，可是当时的确把他吓得不敢独自上楼。

他不得已咽了咽口水，顺着她的思路继续：“李雷大惊失色，立即抓起听筒按了韩梅梅的电话号码，可是听筒那边传来的是一个陌生女人的声音，她说……”

用眼神示意余周周，他只能编到这里。

余周周突然笑了，笑得极为邪恶。林杨一瞬间想起小学时候那只坏心的小狐狸——他有多久没看到过余周周这样的笑容了？

“那个女人说……”余周周意味深长地看了看林杨的口袋，“对不起，您的账户余额不足，请充值；对不起，您的账户余额不足，请充值……”

“……余，周，周！”

林杨反应过来之后，二话没说就气急败坏地伸手去揪余周周的辫子，对方头一低，他扑了个空，可是脚下一滑，身体已经失去平衡，直接压到了她背上。

一通扑腾之后，好不容易抓住了她才勉强站稳，结果最终的姿势竟然是紧紧地将余周周圈在怀里。

林杨听见血汩汩流过太阳穴的声音，却迟迟没有松手。

相反，低下头，把嘴唇轻轻贴在她头顶冰凉的发丝上，手臂圈得更紧。

冬天傍晚的街道寂静无声。

就在这一秒把这座城市冰封吧，时间走到这里就已经可以停止了。

7

真心谎话

余周周大脑一片空白。

他把她紧紧圈在怀里的那一刻，那条路上的路灯像是约定好了一般，刹那齐刷刷亮了起来。橙色的光打造了一个小小的舞台，两个主人公站在中央，沉在戏中不知归路。

“林杨……”她终于还是底气不足地轻声唤着他的名字。

“别动，”林杨的声音清澈温柔，带着小心翼翼的祈求，“周周，别动，让我抱一会儿，就一会儿，好不好？”

冬天两个人都穿得很厚，余周周的脸贴在林杨胸口，他的羽绒服拉链冰凉冰凉的，她有些不舒服，却的确一动不动，没有躲开。然而神奇的是，不一会儿，两人外套相贴合的部分迅速地温暖起来。

拥抱的力量是神奇的，它让人感觉到完整和安全。余周周忽然觉得，自己心里破的那个大洞就这样被突然地堵上了——哪怕只是这短短的几分钟。

她像是沉浸在了一个梦里，温暖、踏实，不愿醒来。

一点点尝试着，抬起手，环上他的腰。

林杨轻轻地颤抖了一下，然后更加肯定地把她拉向自己，牢牢锁在年轻的胸膛里。

也许他们早就应该拥抱彼此的。

不知道过了多久，余周周才有些难为情地说："林杨，我腿麻了。"

他就这样英勇无畏而又稀里糊涂地把右手伸进她戴在左手的手套上，然后紧紧握住了她的手。

他觉得应该表白，可是又不想开口打破这种美好的安静，低着头，一步一步，目不斜视，可是能用余光将对方所有细微的表情收在心里，折叠好妥善收藏。

幸福猝不及防，林杨害怕自己突然醒过来，发现这只是一场梦。

余周周却轻声开口。

"林杨，你的怀抱，让我想起我妈妈。"

林杨一时哭笑不得，悲喜交加。

余周周没有注意到，林杨粗具规模的男人尊严已经被她一句话戳得千疮百孔。她很认真地告诉他："真的很像我妈妈……很温暖。"

握住她的那只大手紧了紧。

刚才胸口那种仿佛要炸开的喜悦现在已经慢慢平息。余周周理不清思路，她甚至都不知道自己是怎么想的。刚才只是大脑空白，本能地贪恋那样一份坚定和温暖，不计后果。

这份温暖来得太突然，余周周不用醒过来就知道，这只是一场梦。

口袋里面的手机振动起来，她掏出来，发现是凌翔茜的来电。她都忘记了自己曾经和凌翔茜交换过手机号码。

"喂？"

"喂，余周周？林杨和你在一起吗？"

余周周竟然有种做贼心虚的慌张，她沉默了几秒钟："是。"

"他爸妈找他找不到，打电话他手机还是关机，我估计是没电了。我猜你们两个是一起走的，所以就打给你了，你能把电话递给他吗？"

“好。”

余周周将手机递给林杨，然后单手轻轻摘下耳包，另一只手想要从他手心里挣脱出来，无奈对方抓得太紧了。

林杨挂下电话，有些诧异地看着她：“你怎么摘下来了，不冷吗？”

余周周没有回答：“你爸爸妈妈在找你？”

“嗯，凌翔茜说我爸妈找不到我，她跟他们说看到咱们两个一起沿着南国路往区政府走了，所以他们就开车在前面的路口等我了。我们朝那个方向走吧，正好先把你送回家。”

余周周似乎早就料到了一样，她将摘下来的耳包塞回到林杨的手里，又坚决地挣脱了他的手，把手套也摘下来还给他。

“反正我们也没走出多远，我走回到车站去坐车，如果能遇到出租车就打车走，你快去找你爸爸妈妈吧。”她说。

林杨的肩膀慢慢垂下来。

余周周已经恢复了面如止水，她把手揣到衣兜里面，胡乱地点点头算是道别，转身就要走。

“周周，你别走。”

林杨呼出的白气隔绝了两个人之间的距离。

“我知道，我们想要在一起的话，会有很多阻力。我不敢说大话，所以……也许不是现在，但是我会等，有一天我会变得足够强大，能够排除这些阻力，我会……”林杨的语气有些急。

“林杨！”余周周打断他，“我从来没想过要和你在一起。”

“我刚才只是……一时糊涂了。

“你以后不要来找我了，真的不要来找我了。过好你的日子，也让我过好我的日子。”

她说完就走，不敢回头，可是背后的人追了上来。

“你不懂我说的话吗？”余周周脸色冷了下来。

林杨好像不再慌张，反而笑了出来。

“都这么多年了，这么多事了，如果我还是相信你说的话，”他摇摇头，“那我就是头猪。”

“林杨……”

“你不想坐我爸爸妈妈的车也可以。我陪你走回车站，你上车了我再走。”

“你爸爸妈妈在路口等你呢，我们这样又要折腾半个小时。”

“他们车里有空调，暖和着呢。”

他把耳包重新给余周周戴上，然后再一次牵起她——这次出手的动作熟练自信多了，那种霸道，让余周周的闪躲完全失效。

“可是，林杨，”余周周在心里说，“我有喜欢的人了。”

从小到大，都是这样。余周周很想知道究竟为什么每一次真相都只有她自己知晓，她选择告诉他，或者不告诉他，都是一种很严重的伤害。

动了动嘴唇，身边的男孩子不知不觉已经长成了一个男人，带着淡淡的笑容，整个人沐浴在橙色灯光中，好像在一步步走向他自以为的幸福。

她还是说不出来。她以为自己早就什么都不在乎了。

掌心传递过来的源源不断的温度，让她几欲落泪。

春风得意马蹄疾的林杨整个寒假过得极为充实。

他需要见到余周周，但是又不想以“早恋”的方式见面，于是便开始在大冬天起床晨跑——他不觉得冷，因为他从心里往外冒火。从他家一路跑到余周周外婆家的楼下，在楼底下站一会儿，用随手捡到的任何工具在楼门口有些陈旧的黑色木门上画正字，然后再跑回去。

或者打电话，无论如何都克制着自己不说一句题外话，一本正经、煞有介事地讨论数学题。

连这种装模作样都快乐。

新学期伊始，路宇宁等人渐渐发觉了林杨的不对劲。他竟然主动要求重新加入午饭的固定团伙，在他们都误以为他追求失败的时候，他又总是挂着一脸幸福得冒泡的傻笑。

“该不会是……疯了吧？”路宇宁痛心疾首，不由得告诫自己，爱情是碰不得的。

对林杨来说，爱情的感觉是奇妙的。他明白了自己的心声，也笃定了余周周的感觉——虽然对方并没有说喜欢他，但是至少没有甩开他的手，乖乖地跟着他走了那么远——当然这也可能是因为她一贯的不冷不热、不在乎，只是林杨决定这一次不去考虑这种可能性。

总而言之，他瞬间拥有了变得更加强大的决心，连语文卷子都变得很可爱，写作文的时候虽然不至于下笔如有神，至少流畅得多。

或许是因为历史英雄人物在他笔下也分得了几许肉麻柔情。

高二下学期的期中考试，林杨不明不白地考了年级第一，而楚天阔，莫名其妙地沦落到了第六名。

这的确算得上是大新闻，它的力量让凌翔茜整整两天没有收到楚天阔的短信。

凌翔茜到最后也不知道她和楚天阔之间究竟算什么。他会发给她“晚安，早睡吧，乖”这样的信息，可是白天却不声不响，她无论发什么样的短信，他都不回复。没有人在的时候，他甚至还曾经轻轻地拥着她，吻过她的额角，可是一旦当着其他人的面相遇了，他的态度就比以前还要冰冷十分。

那种煞有介事的冰冷，让凌翔茜一度怀疑额角的温度和那一刻狂乱的心跳是不是幻觉。

“你不是劝过我的吗？第一名不那么重要。像林杨这种，他只是一时抽风，远没有你稳定的。”

她发的短信，通通石沉大海。

凌翔茜这次又是第二名，只不过第一换成了她最不希望看到的辛锐。然而，她来不及对这种让人不快的局面做出反应，她所有的牵挂都在楚天阔身上。

又是在开水间，她抱着水杯走到门口，听见里面熟悉的两个声音。

“这次怎么了，语文开窍了？”

“也不是……可能……呵呵。”林杨明显幸福得只顾着吐泡泡。

“恭喜恭喜。”

楚天阔的声音听起来不再那样挥洒自如，他自我标榜的淡定自若在凌翔茜的心里碎得不可挽回。可是凌翔茜仍然执拗地为他找借口，告诉自己，她想多了，和那虚无缥缈、无足轻重的语气相比，重要的是他恭喜了林杨，他还是很大气的。

他还是她所以为的楚天阔。

她笑容明媚地走过去，插入对话中间。

“呀，你们都在这儿啊！”

林杨扬起手咧着嘴打了个招呼，凌翔茜也是一段时间没有见他，赶紧趁此机会八卦一下：“情场、考场双丰收？”

看他红了脸，凌翔茜很想笑，却发现楚天阔已经背过身去接热水了，这才意识到自己刚才究竟说了什么。

正想要补救，对方已经转过身来，一脸无懈可击的笑容。

“对啊，我可听路宇宁说了，快点儿，你自己招了吧。”

女孩对于自己关心的男生总是格外敏感的，凌翔茜仍然能感觉到楚天阔想要极力掩饰的情绪。他是多么骄傲的人，她一直都知道，可是此刻才真正懂得。

林杨端起水杯，仿佛是特意不想做电灯泡，朝凌翔茜眨眨眼就转身退出了开水间。

“我有点儿事，先撤了啊……”

开水间只剩下他们两个。凌翔茜盯着滴答滴答漏水的水龙头，半晌才鼓起勇气：“你还好吧？”

“好得很。你为什么一定要安慰我，好像我多么在意这件事情一样？凌翔茜，你让我很难堪。”

不再是轻声细语的“茜茜”。

凌翔茜咬了咬嘴唇：“所以你不回复我的短信？”

“竞赛要集训了，我不想分心。”

“林杨也集训，别以为我不知道，离集训开始还远着呢。”

楚天阔的脸上第一次有了讥诮的笑容：“那是不是应该这样说呢，我想你想得心烦意乱，无法集中精神，所以为了不再堕落下去，才不敢回复的呢？”

凌翔茜呆愣愣地望着他，很长一段时间，几乎无法相信这个刻薄失态的人，就是楚天阔。

她慢慢地挺直胸膛，仅存的骄傲让她直视着楚天阔的眼睛说：“你真是个孬种。”

然后抱着水杯大步离开。

走了几步，悄悄回头，那个少年仍然站在原地看她。那样美好的轮廓，春天的阳光透过绿树遮蔽从他背后照进屋子里，他像一株长在水泥地上的开花的树，看起来仍然那样完美无缺。

凌翔茜心如刀割。

只是一次考试，想起来都可笑。

他怎么是这样的人。

他怎么可以是这样的人。

8

你应该比从前快乐

辛锐本应该开心的。

连陈婷那种向来只盯着风云人物的八卦女生，都跑来谄媚地祝贺她。

可是她最想看到两个人的反应，通通落空。

余周周的脸上有种茫然的痛苦纠结，不知道为什么。

凌翔茜的脸上满是不解和伤痛，同样不知道来自哪里。

自己费尽心力精心打造的舞台下，两个 VIP 观众都在走神。辛锐有种被侮辱的愤怒感。

凌翔茜抱着一沓政治试卷的主观题答题纸，挨桌分发，路过辛锐的桌子时，目不斜视，脸上再也没有笑容，但也没有辛锐想看到的，像何瑶瑶一样的重重掩饰却终究露出马脚的心虚不平。

是鄙视，一种对辛锐的第一名的鄙视。她宁肯是自己想多了，但这种感觉盘桓不去。

你装什么装。辛锐愤而起身，朝门外走去。

和想象的一点儿都不一样。每出一科成绩，她就小心翼翼地打听着凌翔茜和余周周的分数，然后在心里加加减减，推测着接下来的其他成绩可能的结果……然而结果如了她的意，却也没有让别人难过。

辛锐漫无目的地在走廊闲逛，楼道里面来来往往的同学在这两年间都渐渐混得脸熟，辛锐执着地盯着每个人的脸，她很想知道这些人是否认识她，他们的生活是不是和他们脸上所表现的那么开心？是不是一直拉帮结伙？走在身边说说笑笑的那个人，真的是朋友吗？

其实，自始至终就没人在乎过她吧？

她是年级第一，但是没有人会想要知道辛锐是谁。她费尽心思改了名字，辛锐，新锐，锐不可当，但是和辛美香这个土土的名字一样，还是没有人会记得。

停驻在某个班的门口，她忽然看到了何瑶瑶正站在门口和一个女生打闹，开开心心的样子。辛锐在远处安静地观望着，心里有些悲。你看，人家是分校，曾经被她那样嘲讽过，但是过得很快乐。

最快乐的生活，是别人的生活。

辛锐努力万分，最终还是没能变成任何一个别人。

还是，放下吧。一念放下，万般自在。辛锐转身打算回去。她甚至在那一刻感到了一种解脱，似乎当她不再奢望别人的肯定的时候，才真正肯定了她自己。

“咦，美香？”何瑶瑶在后面大声喊。

辛锐停住。

那个不希望被提起的名字。何瑶瑶显然还念着要报仇。

辛锐很想笑，每次她遇到何瑶瑶，每次她假模假式地要释然、要升华，就会被对方激怒，然后重回那个痛苦的死循环。

她回头，微笑："是你啊，"走过去，"考试考得怎么样？"

何瑶瑶明显只是一时冲动喊了她的旧名来逞口舌之快，并没有和她多谈的打算，何况是关于成绩。

"没怎么样，"她耸耸肩，"就那样呗，我也不在乎。"

辛锐继续微笑："猜到了，也就那样，我也是随便问问，礼貌而已。"

何瑶瑶没想到她一上阵就毫不留情面，话说得锋芒毕露，一时间眼圈有点儿红，只能嘴硬地回道："你们文科的题简单嘛。"

辛锐点头："对，文科的题的确简单，不过是对我来说。其实对我来说，初中升高中统考的题也挺简单的。"

何瑶瑶不知道是不是想起了自己的中考成绩，死死咬着嘴唇："行，我说不过你，你不就是成绩好吗！其他什么都不是，你以为人一辈子就指着考试成绩活？你自己看看你们文科的凌翔茜、余周周，哪个不是比你漂亮、比你成绩好？没本事就来欺负我是不是？你犯什么病，炫耀有瘾啊？小学心理阴影没治愈啊?!"

只顾着自己痛快，说完了才发现辛锐一脸苍白，可是仍然面无表情，只是死死盯着她。

何瑶瑶突然觉得很恐惧，她后退一步，几乎是本能地大喊："你想干什么？"

分校这一片的走廊里面很乱，倒是没人注意到她们的争执。辛锐突然惨淡地笑了："凌翔茜？余周周？长得好看，成绩好？我欺负你？炫耀？心理阴影？"

何瑶瑶这才发现自己说话有些伤人，她低下头："我有点儿激动，你别……"

没，你说的都对，每一条都是真相。

辛锐眯起眼睛，突然听到身边有个经过的小个子男生轻笑一声，骂骂咧咧地抛出一句："余周周？连爸爸都没有，野种，贱人妈妈也不得好死。"

何瑶瑶和辛锐都吃了一惊，辛锐一把拉住那个小眼睛男生，连她自己都不知道为什么。

“我是余周周最好的朋友，你怎么能乱说？”

连辛锐自己都说不清楚，这话里面究竟有几分愤慨、几分兴奋。

米乔开始常常缺课。

余周周问她为什么隔三岔五请假，米乔的答复永远是：“动漫社太忙了。”

她想她是羡慕米乔的。很多人都羡慕着米乔的洒脱张扬，能用最美好的年华做自己最喜欢的事情，大声说自己想说的话，哪怕听起来大逆不道。可是另一方面，又告诫自己不要这样，告诉自己这种有今天没明天的放肆，是要付出代价的。

人生还很长，好东西、好日子都要留给以后的。

对余周周她们来说，以后的意思，仅仅就是指考上大学以后，至于其他，她们还看不到。

彦一在考试之后，一整天一整天地趴在桌子上动也不动。余周周探身过去问：“你是不是生病了？”

彦一的脸色愈加苍白，他的声音有些求救的意味：“周周，我学不进去了，怎么办？”

尾音还没落下，眼泪就先滴在桌子上。彦一的恐惧，余周周触手可及。

“彦一？”

“我怎么学都是这个成绩，我现在看见汉字、数字都恶心，不敢碰书，坐在书桌前到半夜一两点，盯着历史书，一晚上都翻不动一页。周周，我怎么办，我怎么办？我现在看见振华的大门就怕得浑身发抖，我不想上学……”

他好像是害怕别人听见，所以声音非常小，眼泪像是不要钱一样噼里啪啦掉下来。

“……那就，不要上了。”

余周周轻轻拍拍他的后背：“那就不要上了，回家休息一个星期，看电视、打游戏、画画、睡觉！”

彦一把头埋进胳膊里，过了一会儿才怯怯地说：“缺一个星期的课，会跟不上的。”

“反正你坐这儿也没用，你都已经连续两天这副样子了。”

彦一很长时间没说话，余周周正打算低头继续做题，他才闷闷地说：“余周周，你长大了想做什么？”

余周周摇摇头：“不知道。”

一点儿都不知道。

她只知道，每一天每一天，平淡无奇地度过，也许最大的快乐就是听米乔胡扯，看林杨耍宝。

林杨。余周周想起这个人，有些迷惘地抬眼，四月末的天，流云四溢。

科技馆之后，他们就很少再见到彼此了，这让余周周松了一口气。林杨不需要再一趟趟地围追堵截来确定自己的心意，而是心无旁骛地去实践那个“变得更出色、更强大”的誓言。余周周想起小时候放学的路上，他眉飞色舞、信心满满地告诉自己，如果还不知道自己想要做什么，那么就努力去做到最好，等到有一天你想得到什么的时候，不会懊悔于自己没有足够的资本伸手追逐。

也许他还会觉得这段感情和这个承诺都验证了这一人生理论的正确性。他努力了，他牵起了她的手。

余周周稀里糊涂地成全了他。她不知道自己应不应该懊悔。

陈桉陪她度过了那个寒意彻骨的夏天，用他的成熟与温暖，像从前的每一个关键时刻一样，神明一样出现在身边。只是这一次，这个神明会哭、会笑、会讲笑话，余周周觉得，他为她下凡。

陈桉临走的时候轻轻拍着她的头说：“周周，找一个人来爱，或者恨吧。”

势均力敌的情感和动力，可以给你能量好好活下去。

爱让人变得出色，恨让人走到顶峰。余周周因为陈桉而没有放弃学习，却因为她父亲的电话而想要考第一名。

林杨应该不会懂的，世界上有些东西不是你够努力有资本就能得到的。

也不是得到了就不会失去的。

她失去了，所以明白什么叫作疼。

辛锐低下头，快速地说了几句话，低头躲避陈婷惊讶的目光。

那种八卦兴奋的目光，会让辛锐的心因为负罪感而痛得翻滚。

“反正我是觉得挺惊讶的，可是她也没跟我提过这些……我觉得可能是那个叫周沈然的胡说八道，不过细节什么的说得挺像真的。初中的余周周可不是这样，她性格变化这么多，我是觉得非常惊讶的，担心得不得了，但是也不知道为什么……”

辛锐说完这些之后，假装惊慌地抬起头：“对了，你可千万别告诉别人！”

陈婷点头如捣蒜。

承诺保密是世界上最简单的一件事，比泄密还简单。

“其实我最近也挺郁闷的，”她凑近陈婷，学着对方的样子，自来熟的闺密状，“凌翔茜看我的眼神不对。我上次路过厕所门口的时候，她还说我没本事考第一，肯定是抄的。我听了之后心里真是不好受。其实我还真是挺喜欢她的，她什么都好，我不知道自己是不是让她有误会？”

陈婷立刻义愤填膺：“她好意思！你又不比她差到哪儿去，凭什么这么说？我看她是妒忌，想第一想疯了！她也不看看咱们班同学都是怎么形容她的，我，还有陆培培，我们都特瞧不起她，天天也不穿校服，以为自己是天仙，还瞧不起人，真他妈差劲。”

辛锐又说了几句，就自然地转了话题，好像刚才什么都没有抱怨一样。

清清白白的，委屈，又大度，关心朋友，六神无主。

有那么一瞬间，辛锐自己都相信了自己的表演。

武文陆走进班级，陈婷知趣地回了座位。辛锐这时候才发现，她的身体一直在抖。

9

抽刀断水水更流

流言四窜。

余周周坐在桌子前一边翻着《中国国家地理》漂亮的彩页，一边揪着盘子里面的葡萄。她刚刚挂下陈桉的电话，脑子里一片混乱。

她笑着问陈桉，当初她因为躲避周沈然等人的阴影笼罩，也为了躲避奥数，选择了十三中这个悬崖潜心修炼，那么为什么女侠重出江湖的时候，还会陷入同一个怪圈里？

也许是她爸爸的那通电话和“一起过年”的邀约惹的祸。在分校一直安分守己的周沈然突然重新出手，这一次他的身份只是神秘知情人，不是余周周同父异母的弟弟。只是余周周实在没有兴趣以毒攻毒，把他也拉下水。

陈桉笑了：“小学时候你会因为这个哭鼻子，现在不会了，这就是区别。”

余周周愣了愣：“也许是因为我妈妈已经不在了。”

电话那端沉默很久。

“周周，你就那么不把自己当回事吗？”

她不知道怎么样回答。

余周周的确不在乎。当有女生神神秘秘地拉着刚刚返校的米乔八卦这件事情的时候，米乔伸手就是一巴掌：“除了嚼别人舌根还会点儿别的吗？他妈的不知道真假的事情就能四处传，还‘别告诉别人’——你自己先做到再说吧！”

后来米乔向她道歉，因为她的冲动把事情闹大了，反而让被打的女生更愤怒，以“评评理”的名义将事情传播得更广。

余周周笑了，轻轻揉了揉米乔的头发，心里说：“打得好，不怪你。”

“周周？”陈桉轻声喊她的名字，余周周从自己的思绪中清醒过来。

“其实不是这样的，”余周周慢慢地说，“我没有像你担心的那样破罐子破摔。我只是想起，小学时，我觉得没有爸爸这件事情压得我都受不了了，生怕别人知道，一心想要躲开。”

“而我的确躲开了，”她顿了顿，“在你的庇护下。”

“之后我才发现，那些当初会影响到我情绪的同学老师，其实早就已经淡出了我的生活，而且，他们都不再记得我。即使记得我的那些人，就像凌翔茜、蒋川，他们自己也在成长，也会知道什么是对的什么是不对的。所以这一次，重来的一次，我只要装作一切都不知道就好了，反正总有一天，这些和我坐在同一个教室里面八卦我的人，都会从我的生活中消失，就好像从来都没出现过。”

余周周甚至被自己临时编造出来的理由说服了。

然而，她仿佛听到了陈桉的摇头声。

“周周，我宁肯你什么都看不开，然后跟我哭诉问我怎么办，再然后由我来安慰你，这至少证明你还是爱惜自己名誉的，还是有在乎的事情的，还是像个孩子的。你告诉我，你真的是这样想的吗？还是你只是已经觉得都无所谓了？”

不，还是有所谓的。她想起那个寒冷的夏天，陈桉温暖的怀抱。

余周周握住听筒，忍耐了半天，才把要说的话吞了回去。

“陈桉，”她转移了话题，“工作忙吗？”

陈桉从来面对她的打岔都无动于衷，只是这一次，他顿了顿，突然很明朗地笑了。

“累死了，要学的东西太多了，累得像狗一样。对了，周周，我过年的时候没休假，都攒到夏天了。有个亲戚在泰国，我想去曼谷玩，你愿意跟我一起吗？”

余周周心都颤了一下，想也没想就回答：“好，好！”

雀跃得像个孩子。

然后冷静下来：“陈桉，我没钱。”

关于余周周的谣言肆虐到极致的时候，林杨正在东边的滨海城市参加物理和数学联赛的集训。

打给她的电话，对方一直不接。但是每天晚上，都会收到一条例行短信，告诉他：“晚安，好好休息，加油。”

从一开始的感动到此刻，这个短信越来越像一种例行安抚。林杨突然开始怀疑自己剃头挑子一头热的爱情。

路宇宁的电话在某天早晨降临：“喂，少爷，你知道你们家那位……”

“什么我们家那位？”林杨挠挠头，“现在还不是呢……过几年再允许你这么叫。”

“好，别废话，你们家未来的那位，出什么事了，你知道吗？”

林杨的心好像被一只手攥紧了。

“什么事？”

路宇宁絮絮地讲着，末了加上一句：“不过都是三八的传闻，你别太当真，我想了半天觉得不应该告诉你，省得你在那边分心，不过……唉，你自己看着办吧。”

林杨挂下电话，立即给余周周的手机打过去，可是和往常一样，她根本不接电话。

是因为心烦意乱，不愿意理他？

还是根本不需要别人关心？

林杨放下手机，苦笑了一下。说到底，其实他还是别人吧！

夏天就这样来了。

凌翔茜抬起手挡住眼前炽烈的光芒，时间久了，手臂发酸。

早上的升旗仪式刚刚进行一半，太阳光就迎面暴晒着她们。天亮得越来越早了，常常在醒来的时候发现天光大亮，再也没有初春的暧昧。

站在讲台上进行升旗演讲的是高一的学弟，声音平板、语气僵硬，凌翔茜想起楚天阔，那个人已经跑去集训一整个月了。

她记得在晚自习的时候，他们在一片漆黑的行政区顶层牵着手说话，她对他倾诉自己的烦恼，却又时时小心着说话时留些余地，抱怨得很“优雅”，很大度很有分寸。他在背后抱住她，轻轻地蹭着她柔顺的长发，给她讲些其实她自己也很明白的大道理——可是被他说出来，那些道理听起来就不一样，很不一样。

凌翔茜忽然觉得很讽刺。

她一遍遍地告诉自己，如果这个人毁容了，再联想到他的心胸气度，你就一定不喜欢他了，对吧，对吧。

然而就是戒不掉，想起来那个模糊的轮廓，还是会下意识地想要摆出一脸虚伪、殷勤的笑。

不算恋爱的恋爱，不算分手的分手。

还是想念，想得睡不着。晚上会心疼到哭醒。

广场上黑压压一片，凌翔茜突然觉得自己很孤独。她知道李静园一边和自己一起吃午饭，一边却和别人一起八卦自己。那些传言，她略知一二，一边告诉自己没必要找气受，一边又忍不住想要知道他们都说什么。

你的敌人与你的朋友的合作将会彻彻底底地将你击垮—— 一个负责造谣诽谤，一个负责将这些谣言和它造成的毁灭性影响一一告诉你。

李静园将所有八卦倾倒给她，毫无保留，事无巨细，还要装出一副多么义愤填膺的语气。

凌翔茜不愿意再搭理李静园，然而她在午饭中的沉默通通印证了李静园的想法——她被楚天阔甩了，还在纠缠对方，以至于茶饭不思、沉默寡言。同时又觊觎第一名，苦于得不到，更加抑郁。

升旗仪式结束，大家纷纷朝着教学楼走过去，凌翔茜忽然发现走在自己身边不远处的正是余周周。

“天开始热起来了。”她说。

“是啊。”

“升旗仪式的时候太阳晒得我头痛。”

“的确很晒。”

凌翔茜笑了：“我是不是挺无聊的？”

余周周摇摇头。

“你想林杨吗？”

女孩诧异地扬眉，凌翔茜不知道那个表情代表什么，“你为什么这么问”还是“我为什么要想念林杨”？

凌翔茜和余周周一直不熟悉，然而这些天来的压抑让她发疯一样地想要倾诉。

“可是我想念一个人。”凌翔茜大方地开口，笑容惨淡。

余周周仿佛知道凌翔茜在想什么，轻声说：“他应该快要回来了。”

“原来你也听说了那些传言。”凌翔茜继续笑。

“什么传言？”

余周周的表情一点儿都不像在说谎。凌翔茜愣了一下，摇摇头：“没什么。”

“我身上也有传言，”余周周笑，“而且传言说的都是真的。”

凌翔茜扭过头。

她身上的传言，几乎也都是真的。她还在小心翼翼地给楚天阔发短信，她也想夺回第一，虽然因为楚天阔的关系她已经对那个位置产生了生理性厌恶，可是她需要第一，她需要唯一的证书来获准隔绝自己和周围那种恶心的流言气氛，她也需要它来治愈她妈妈左脸的抽搐。

从来没有什么时候像此刻一样厌恶自己。

“周周，”凌翔茜低着头，声音有些颤抖，“没有人知道，其实我过得好辛苦。”

期末考试，辛锐又是第一名。她知道，有时候名次这种东西是认主人的，你保住了这个名次，不出意外，连贯性也会保护你。

舆论让她快乐，只是这种快乐过后是更大的空虚。别人的苦痛和妒忌——哪怕那妒忌是她自己通过流言制造出来的——会让她觉得自己存在得更有意义、更成功。

只是，余周周和凌翔茜愈加对她无视。

余周周已经很久不和她一起回家。辛锐有时候一个人站在站台前会回想起当初她们两个并肩发呆的时光，只是恍然回头的时候，却想不起来她们究竟是因为什么不再一同回家。

也想过要给她发个短信，问问要不要一起走——只是心底有个地方让自己不敢面对她。

辛锐没有告诉过任何人，她是害怕余周周的。除了何瑶瑶，余周周是振华里面唯一知道她叫辛美香的人，余周周知道她偷书，余周周知道她家开食杂店，她妈妈四处追打她爸爸，余周周知道她曾经在课堂上站起来就无法开口说话，被徐志强扯着领子欺负……

余周周只要说出来，她就万劫不复。

余周周是新世界里面唯一的故人。

当周沈然告诉她那一切的时候，她甚至都没有过求证的打算，一瞬间就相信了。尽管周沈然个子小小，驼着背，还抖脚——可是她相信他说的是实话。

或者说，她希望他说的是实话。

她希望余周周的背后和她一样不堪，那个笑容甜美的小公主血统并不纯正。尽管余周周曾经拯救、保护了自己——甚至就连曾经的这些救助，辛锐也总是会告诉自己，那不是余周周的功劳，那只是自己足够争气、足够勇敢，并不是借助外界的任何人。

即使余周周没有伤害过她。

公主们最大的错在于，她们是公主。

辛锐抬头去看斜前方的凌翔茜的背影。

然后笑了。

凌翔茜觉得被深深地侮辱了。

饭桌上，妈妈竟然神经兮兮地问："要不要重新练钢琴，尽快恢复到初一时候的十级水平，然后考艺术特长生？"

"为什么？"她放下饭碗。

"可以加分啊。"妈妈笑得有些怪，"几十分的加分，有备无患。"

凌翔茜听见书房里隐隐的谈话声。自从妈妈因为第三者的事情大闹之后，父亲留在家里面的时间越来越长，平时在外饭局上能谈的话都挪到书房里。

可是她知道，这只是一种安抚而已。直觉告诉她，父亲对母亲的厌烦已经让他不惜做戏来耍她。

"我为什么要加分？"凌翔茜有些颤抖，她只是这次发挥失常而已，年级第十一，数学两道大题思路一片空白，只是失常，只是失常。

失常的究竟是她还是她妈妈？

她站起身要回房间，被妈妈抓住了胳膊。

"你以为我不知道你在学校什么状态？你们老师都说了，你和那个男生的事情……你自己不争气，我们只能替你想办法，这是一条路，至少能保底。"

凌翔茜冷笑。武文陆已经跟她谈过了。不知道是谁多嘴举报给了老师。

她拒不承认自己与楚天阔之间的事情，她相信，即使楚天阔被问到，也一定什么都不会说。

可是她错了。楚天阔在武文陆说起"有人看见过你们常常在一起"的时候，轻描淡写地说："只是关系还不错的同学，不过她有没有别的想法我就不知道了，我已经在和她保持距离了，毕竟是关键时期，老师，你知道，我也不会分不清轻重缓急。"

不过她有没有别的想法我就不知道了。

不过她有没有别的想法我就不知道了。

武文陆转述这句话的时候，凌翔茜瞬间绽放出一脸灿烂到凄惨的笑容。

"我的确没有什么别的想法啊！"

从现在开始。

“我不考艺术特长生，我没有任何问题，妈妈，你保护好你的脸，别总是东想西想的，别管我。”

她听不见妈妈在背后都说了些什么，回到自己房间闩上门，戴上MP3，将音量调到最大。

亨德尔的某部交响乐。某部。

凌翔茜从来都不喜欢古典音乐，虽然她自己学钢琴，可只是把考级的每首曲子都练得很熟练，至今也不知道门德尔松到底是谁。

只是因为楚天阔，只是因为楚天阔，她开始听德沃夏克的《自新大陆》，开始揣摩《四季》里面到底哪一季更富有表现力——只是为了某个能够延续的话题。

他们活得一点儿都不高雅，听什么高雅音乐？

林杨整个人坐在走廊窗台的背阴儿处，盯着手边那一方边缘完整的阳光。

米乔拍拍他的肩膀：“其实她只是出去玩了嘛，你干吗一副人家把你给甩了的丧门星表情？我猜她是心情不好，散散心也正常啊。”

林杨笑了：“她心情不好的时候，根本也没有告诉我。”

“怕你分心啊，你集训，多重要的事情啊，事关前途啊前途。你又不是不了解余周周，她是那种分不清轻重缓急、不体谅别人的女生吗？她这是为你好，这是关心你的表现。”

林杨侧过脸看她：“你说这种话，自己相信吗？”

米乔咳嗽了两声：“不信。”

“传言就是关于她的身世？”

“还有人说她受刺激了，性格大变，精神不正常，至少是抑郁症。”

“放他大爷的狗屁！”

米乔激动地鼓掌：“行啊你，乖乖宝的外表下掩藏着一颗如此粗犷的爷们儿心，骂得真顺口！”

林杨偏过头没有说话。

米乔拍拍他：“你也别太介意，她自己都一点儿也不上心，你说你激动什么。恋爱中的人就是矫情，人家难过你会担心，人家不难过你又失落，折腾个什么劲啊！”

林杨歪过头：“米乔，你为什么要帮我？”

米乔愣了一下，嘿嘿一笑：“闲着也是闲着，保媒一桩胜造七级浮屠。给自己攒阴德。”

“真的吗？”

米乔刚要回答，忽然一口气提不上来，剧烈地咳了几声，身体都缩成一团，好像是在拼命地把什么往外呕吐一样，面色通红，满脸泪水。

林杨慌张地跳下阳台，米乔声音减弱，倒在他怀里面的时候，轻得仿佛一片羽毛。

她太瘦了，肩胛骨硌得林杨胸口生疼，安安静静的样子，仿佛已经死了。

10

下凡

林杨回校补课的时候，余周周却翘掉了所有的课，坐上了去上海的飞机。大舅、大舅妈自然是不同意的，可是不知道陈桉对他们说了什么，最终大舅还是长叹了一口气，对余周周说：“去玩玩，也好。”

大舅把户口本交给余周周，带她去办护照。陈桉一手搞定了两个人的签证，据他所说，有个朋友毕业后去了泰国大使馆，办事方便。

而且，余周周的一切费用，是由他来负担的。

每当想起陈桉，余周周就知道自己是很想尽快长大的，她很想知道自己有没有办法修炼成一个和他一样的神仙。

大舅妈帮她打包的时候装了太多东西，好像生怕她遇到任何不顺，恨不得将家都塞进旅行箱。在她要进安检口的时候，大舅妈居然哭了。

余周周愣了："我就去五天，你哭什么？"

大舅妈低声咕哝："我老是觉得飞机不安全，你说要是掉下来可怎么办……"

余周周哑然失笑，大舅皱皱眉头："你别听你舅妈发神经，她这样子都好几天了，我以前坐飞机的时候她也老是……反正你自己小心点儿，好好玩。不高兴的事都扔在那儿，别带回来了。"

她用力点头。对面两个长辈眼底的担忧和关心让她鼻子有些酸，她攥着大舅妈的手摇了摇，那双手曾经在午夜一遍遍地用酒精擦拭着她的额头。

有时候依赖的感觉也不是那么坏。

她转身头也不回地进了安检口。

余周周掀起遮光板，低头看见碧蓝的海水中一块清晰的半岛轮廓。

和地理书上画的一模一样。她把鼻子贴在窗上，忽然想起小时候看《正大综艺》，里面有个环节的名字叫作"世界真奇妙"。

似乎那时候还对妈妈说过，她长大了以后也要做《正大综艺》的外景主持人，满世界地游玩，吃各地美食，足迹遍布地球每个角落。

她还没有完全长大，《正大综艺》好像已经停播了——或许没有，只是她再也不看了。

沧海桑田。她盯着下面的半岛，有点儿唏嘘。

她和很多人一样，怀揣许许多多梦想，闭上眼睛，自己就是希瑞，有上天赐予力量，拔出宝剑，没有斩不破的黑暗。

一定要被无声无息地推到角落，困在人世，学会权衡取舍，直到回头时已经想不起来自己怎么会变成此刻的模样，才肯承认，你不是舒克，我也不是贝塔，我们只是两只忙碌的老鼠，生活只是一场觅食。

窗外的景色突然一片水汽模糊，好像起了大雾。几秒钟之后，视野再次豁然开朗，无边无际的纯白云海翻滚在脚下，阳光毫无遮蔽，刺得余周周直流泪。

她无数次幻想过天堂的样子，此刻终于见到了。

妈妈和齐叔叔在这里吗？

余周周笑了。

那么，妈妈，一定要多涂防晒霜哟。

阳光愈加刺眼，眼泪不停地流。

“这个是你的箱子吧？”余周周指着正沿着传送带缓缓向他们挪动过来的黑色皮箱说。陈桉走过去将它提下来，揽着她的肩说：“这样就行了，我们走吧。”

他们一起从上海飞到曼谷，又转机到普吉岛。排队填写入境登记，过海关，然后终于领到了行李，准备离开机场。

余周周不知道自己翘掉这个夏天高三的第一场补课，千里迢迢地奔来到底是为了什么。陈桉似乎从来不在意别人眼中那些很关键的事情，无论是她的高三还是他自己的。

“总学习会学傻了的。”

这句话似曾相识，只是那时候是冰天雪地。

陈桉的头发有些长了，还染成了深栗色。余周周在上海机场刚刚见到他的时候，盯着他端详了许久，他摸摸脑袋笑：“怎么了？”

“像藤真健司的头发，”她笑，“原来是像三井的……我是说，补上牙之后的短发三井。”

陈桉却拽拽她的马尾辫：“你一点儿都没有变。从小到大。”

踏出空调开得足足的机场大厅，余周周嗅到一股湿热的空气，扑面而来，高架桥底下那只有在小时候的挂历上才能见得到的棕榈树，绿得很假。

皮肤棕黑的机场工作人员喊着她听不懂的话走来走去，指挥着集装箱的装卸。陈桉在远处喊她，指了指机场大巴，让她上车。

好像误入衣柜走着走着却进入了魔法世界的小女孩，余周周奔过去，绽放了一脸阔别已久的单纯笑容。

他们住在普吉岛的五星级酒店。并不像余周周想象的那样是高耸入云的宾馆大厦。那个酒店只有十几栋四层楼的小房子，三面包围着院子中间的露天游泳池，另一面直接通向海滩，透过窗子，斜着望过去，有种游泳池一路通向大海连成碧蓝色的水道的错觉。两个衣着艳丽的女子带领他们进入房间，离开的时候双手合十，抵在鼻尖，双眼微闭，一低头说："萨瓦迪卡。"

余周周有样学样，也双手合十回礼。

然后抬头问陈桉："你到底做什么工作？走私吗？"

陈桉被她逗笑了："为什么是走私？"

"这里很贵的，对吧？"

陈桉歪头："我从家里面拿了20万块钱，然后就彻底断绝关系了。没事，花的不是自己的钱，顺便请你一起挥霍，别客气。"

余周周哑然。这是陈桉第一次提起他的家。

可是她没有问。旅行的开始，实在不应该说这些的。

他们去当地的小佛寺，旅游业开发到极致的地方总是可以挖掘一切机会来赚钱的，进寺庙的一刹那余周周听到了"咔嚓"的声音，并没有多想，仍然和陈桉说说笑笑地往前走。等到出来的时候，小贩围上来，什么都不说，只是微笑着出示一张照片和两个圆圆的胸章。

照片上，余周周和陈桉刚好经过寺门口的招牌，在太阳底下闪着光泽的高大铜佛像的眼睛低垂着，好像在悲悯地注视着下面的两个人。而余周周正笑得一脸灿烂和陈桉说着什么，他们看着彼此，满眼的轻松自然。

胸章上面则是他们两个各自的脸。

生命中有很多这样的瞬间，转眼就流逝，也许只有上帝捕捉得到——当然也有人能将它抓拍印刻，然后用来卖钱，800铢，折成人民币100多块钱。

余周周觉得这价钱有点儿肉疼，盯着照片踌躇了几秒钟，陈桉却已经掏钱买了下来。

照片放在包里，然后，陈桉将余周周的胸章别在自己胸前，又将自己的大头胸章别在她胸前。

余周周低头看着胸前的那枚徽章，不觉笑得很温柔。

她上前一步，轻轻拉住了陈桉的手，十指纠缠。连余周周自己都说不清为什么会这样做，毫不犹豫。

她低下头，刻意忽略身边的陈桉若有所思的目光。

甚至感觉到了陈桉想要抽离的指尖。她牢牢握住，一言不发。

热带雨季的空气，让人的心也变得潮湿柔软。

余周周从小到大，总是知进退、懂分寸的。但难免会有一次，也想要毫无顾忌，飞蛾扑火。

米乔说："年轻有追求一切的资格，过期不候。"

"人妖就不要去看了。"研究第二天行程的时候，余周周轻声说。

"也好。"陈桉笑了，从小就不停地打雌性激素，性别扭曲，短命早死，这样的表演让他们两个人看到了，估计心情也不会很好。

普吉岛的最后一天，他们一起去海滩浮潜。黄绿相间的美丽热带鱼成群地游过余周周的小腿，伸出手就能摸到。那一瞬间的滑腻温柔，简直像是幻觉。

她咬紧黄色的胶管，在宽大的泳镜后面惊异地瞪大了眼睛。

然后试探性地朝鱼群探出手，像一只第一次捕食的小猫。

她差点儿都忘记了，这个世界，从古到今都这样美丽，只是人类自己闷头痛苦，从来不愿意走出门去。

整个人埋在水底，仰起头，阳光隔着海水表面，像一片晃动的液态水晶。

那一刻，她忘记了自己的名字。

傍晚的时候，她和陈桉光着脚丫在漫长的白沙滩上散步。余周周每走一步都要将脚趾埋进沙里面，再抬起脚的时候就可以朝前面扬起一片白沙。

海岸朝西，太阳斜斜地浸泡在海水里，交界处暧昧不清，温暖至极。

“这四天，玩得开心吗？”

余周周用力点头：“开心，很开心……都快忘了自己是谁。”

他们都不再讲话。余周周每次遇见陈桉，无论冬夏，要走的路都格外漫长，仿佛永远到不了终点。

“陈桉，你为什么离开家？”到底还是好奇。

陈桉笑了：“那么，我从头讲吧。”

“好。”

“我妈妈很美，她年轻的时候和一个外国男人跑了，那时候我五六岁。”

余周周想起那个大房子里面神情冷淡的女人，似乎和美挂不上钩。

“我爸爸很有钱，可是她不喜欢他。大家都唾弃我妈妈，可是我很喜欢她。她不是个好女人，为了钱和地位，跟我爸爸结婚，后来又忍受不了了。不过，她卷钱离开家的时候，的确是带着我的。她和那个男人都待我很好，他们很有趣、很博学，尽管所有人都说他们是坏人，可是我觉得，他们是好人。

“也许只是因为对我好。

“然后按照恶有恶报的定律，他们出车祸死掉了。”

陈桉说出“死掉了”三个字的时候，的确像在讲故事一样，甚至语调带着点儿戏谑。

“当时不是不难过，只是我太小了。

“后来被接回家。我爸爸再婚，后妈也是个不错的人，从来不管我。后来有了弟弟，再后来我上大学了，工作了。弟弟成绩不是很好，我那与世无争的后妈忽然有了危机意识，几次颇有暗示性的谈话之后，我就告诉他们，遗产我不要了，什么我都不要……不过一次性给我20万吧——其实我是不是应该一分钱都不要就走掉？那样比较潇洒吧？不过还是要了点儿钱，实在想出来玩，可是自己赚的钱要供房子的，所以……你听懂了吧？”

“完了？”

“完了。”

余周周永远记得那时候的陈桉，笑着说，“再后来我上大学了，工作了”。他一句话带过了十几年，轻描淡写。

并非刻意回避。是真的轻描淡写。

余周周知道陈桉并没有刻意隐瞒什么过程，也许他并不愿意对自己剖析那些复杂的心路历程。每个人的成长都不是一段水晶的阶梯，余周周也许能够从他带着笑意的简略叙述中推断陈桉当时拼命想要离家远行的原因，但是终究也只是揣测。

或许，他并不是想要隐瞒。只是他都不记得了。他不记得在冰雪乐园里面那种怀着抱负和憧憬的语气，那种略带愤怒的表情，他已经都释怀了、自由了，于是没有必要再回过头抽丝剥茧。

余周周已经没有必要再问他：当时有没有同学知道你的身世，你的爸爸和后妈有没有说过伤人的话，你有没有觉得愤怒不平……

不断演变的海岸线，倏忽间太阳已经不见了踪影。天边一片氤氲暧昧的橙红淡紫。

“你说，六年之后，当我回头讲起我自己的时候，会不会像你这么简略？”

余周周认真地问。

陈桉微笑：“你现在就可以做到。”

余周周愣住了。

释怀可以交给时间，也可以交给自己，每个人一直都有能力解放自己。

在陈桉鼓励的目光下，余周周清了清嗓子，慢慢地开口说：“我妈妈和爸爸年轻时也许是相爱的，只是没来得及结婚，爸爸就因为种种原因娶了别人。妈妈恨不恨他我不知道，但是小时候倒也因为这种见不得人的身份受了点儿苦。后来生活变得很好，妈妈终于遇见了对的人，我会拥有一个真正的父亲。只是他们在最幸福的时候出了车祸，但是……很迅速，应该没有来得及痛苦。所以如果他们有记忆，那么应该停止在最美好的地方。至于我，好好地生活着，舅舅、舅妈对我很好，有一天我会考大学，离开家，工作，结婚，直到死掉，和他们团圆。”

陈桉轻轻地拍拍余周周的头，像是一种默许的鼓励。

“周周，我也曾经为了某些外在的原因而活着。但是你看，海的另一边没有尽头，这边的太阳落下去，某个地方却正在经历喷薄的日出。你的妈妈永远不会知道你来了普吉岛，也不知道热带鱼从你身边游过，可那些快乐是你自己的，不需要用来向任何人证明。日子一天天地过，你总是选择可以走得更远，过得更快乐、更精彩，不为任何人。”

余周周看着海天相接的远方，伸出手，绚丽的晚霞夹在五指之间，仿佛触手可及。

“嗯，”她郑重点头，“我会的。”

离开普吉岛的那天早上，她醒得很早，另一张床上的陈桉还在熟睡中。余周周经过他床边，端详着他安静的睡颜。

昨晚，陈桉说：“周周，其实我不是神仙。我只是比你大六岁而已。”

余周周微笑：“我知道。”

她从来就不了解陈桉究竟在做什么，也许以后也永远不会了解。他总是走在前方落下她很远，只是善意地用信件和电话维持着那点儿温度。她不懂他的生活，可是她的世界对他来说一览无余，因为她就像是过去的他。

余周周一直是知道的，陈桉对她好，就好像坐着时光机穿过滔滔似水流年去安抚少年时候的自己。

他试着引导她、帮助她，让她不要像自己一样经历那段淡漠偏激的青春。他几乎成功了，在她指着妈妈的婚纱问他“我妈妈是不是世界上最漂亮的妈妈”的时候，他就准备离开的，最多默默地在心里对自己说一声：“再见，旧时光。”

没想到，最后的结局，她竟然又向着他的人生轨迹前进了一步。

家破人亡，孑然一身，如假包换。

余周周轻轻低下头，有些颤抖地，在陈桉的额头上落下一个吻。

她不是害怕他醒来。她知道，即使这时候陈桉是醒着的，也会假装睡着。

余周周站在阳台上凝望着游泳池铺成的水道。湛蓝的生命，总会这样奔流入海，变得平和、包容、强大。

她独自一人飞回家乡。

在机场的安检口，余周周回头看着安然伫立的陈桉，那棵树，总有一天会扎根在某个她不知道的地方。

陈桉动动唇，余周周却摇摇头。

“你什么都不用说了，我明白的。”她微笑。

陈桉的笑容里面有太多复杂的含义，余周周不打算读懂。

“不过，能不能把佛寺门口那张照片留给我？”

陈桉歪头笑了：“我还以为你会说，你有镜子，可以一直笑得灿烂，所以照片给我就可以了。”

余周周点头：“我的确可以对着镜子一直笑得灿烂。”

可是，镜子里面没有你。

毕竟，这段路，你只陪我到这里。

她没有说出口，接过照片，朝陈桉摆摆手，没有说再见，也没有看陈桉的表情。

三万英尺的高度，余周周终于飞回自己的世界。

11

你的资格，我的考试

“你没必要一星期来一次的。”米乔靠在病床上啃苹果，她终于稳定下来了，不再吃什么吐什么。

十月的天空总是明朗，余周周削苹果的技术愈加纯熟，终于能做到从头削到尾果皮不中断了。

“不错，”米乔评价，“这样练习过后，你就能够在半夜十二点对着镜子削苹果了，果皮不断，然后镜子里会出现你未来丈夫的长相。”

余周周白她一眼。

“我说了，你们现在是不是忙得不得了？月考，第一轮复习，你还每周都过来一趟干吗？”

“你好烦。该不会是觉得不好意思了吧？”余周周皱皱眉。

米乔发现她游玩归来之后就变了，变得更活泼、更快乐了。

当然，学习也更努力了。米乔心想，果然是有正事的孩子，到高三就知道该勤奋了。

“我也活不了多长时间了，你该不会是抱着见一次少一次的心思过来的吧？你还挺舍不得我的。”

余周周手里的苹果皮应声而断。

“完了，”米乔咂舌，“看不到镜子里的老公了。”

余周周从断的地方开始继续削皮：“我故意的。”

米乔的确活不了多久了。具体多久，余周周也不知道。她第一次知道，《蓝色生死恋》那么扯的剧情有一天也会发生在自己朋友的身上。当她回到学校之后，听彦一说起这件事情，愣是足足有五分钟没有反应过来。

想起米乔平时那些恣意妄为的举动，还有苍白的面容、黑眼圈、大大的笑脸，余周周感觉到胸口一阵绞痛。

然而她并没有太过悲戚于现实，也没有响应班主任的号召，跟着那几十个人去看她。

余周周想起余婷婷。她的小姐妹告诉过她，病房里面弥漫着的气味让人作呕，孤独会改变一个人。

他们一天来一趟。他们一星期来一趟，他们一个月来一趟，他们一年来一趟，他们不再来。

她独自一人，每周六下午，什么都不做，陪米乔闲扯到太阳落山。

曾经和温淼互相折损的灵感再次泉涌，米乔越来越感叹余周周果然是人不可貌相。

林杨偶尔也会来，却一句话也不跟余周周说。他很忙，奥数和物理联赛的冬令营马上就要开始了，他和楚天阔等人的成绩决定了他们是否还有必要煎熬高三的下半年。就像当年的陈桉。

余周周曾经给他发过短信，祝他好运气。

没有回音，石沉大海。

他一走，米乔就耸耸肩说：“我的保媒生涯失败得很彻底，很彻底。”

余周周笑笑：“是我不好。”

“一点儿都不失落吗？他就这么不见了。”

余周周歪头苦笑了一下，没有回答。

辛锐知道班级里面的气氛很微妙。

十一月的某个清晨，武文陆站在黑板前公布，北京大学和清华大学的自主招生和保送生学校推荐名额选拔从这周就开始了。

在这两个学校之前，其他的很多 211 重点大学也纷纷开始选拔保送生和自主招生名额。辛锐去开水间打水的时候，就听见有个女孩子大声地抱怨：“她怎么这样啊，都是复读生了，还好意思跟咱们抢名额？”

剑拔弩张，诡异的气氛笼罩着高三年级。

“文科方面，北京大学自主招生的学校推荐名额只有一个，当然，”武文陆停顿了一下，“大家也可以通过网络自荐。”

可是谁都知道，只有学校推荐名额是可以直接进入笔试的。自主招生名额 20 分的加分是多么诱人，没有人不动心。

在很多家长的要求下，最终的评判标准非常均衡——平时成绩加总占 60% 比重，也就意味着单纯倚重竞赛却严重偏科的理科生也许不一定能拿到这两所学校的保送资格。剩下的 40%，则是看 11 月 24 日举行的那场资格考试的成绩比重。除此之外，学科竞赛的省级以上奖项、省市三好学生和优秀干部奖励也各有加分资格。

平时成绩加总也包括高一时候的理科成绩在内，这样算下来，凌翔茜、余周周和辛锐的分数咬得非常紧。

这场资格考试，有着决定性的作用。

辛锐用手撑着下巴，冷眼看着凌翔茜极力掩饰着的眼里的火热。

凌翔茜已经连续三次月考失常了。虽然底子厚实，但状态不好是公认的。

余周周仍然不温不火地坐在第二名的位置上，就和初中时一样。自从辛锐开始站在某种高度上“可怜”余周周之后，就感觉到自己不再害怕她。

她，她们，通通不过如此。

辛锐微笑。

就在这一刻，凌翔茜突然回过头，和辛锐目光相接。

辛锐从那目光中读出了穷途末路的鄙视。

她突然直起身子。

监考老师举起卷子，示意密封完好，然后开始从第一排分发答题卡。

考场上的安静都略微不同于以往。

监考老师有点儿犯困，巡考的副校长总在这个楼层晃来晃去，她也不能像以前一样看报纸。振华文科最好的一批学生，其实根本没有监考的必要。

只是这一次，她发现靠墙那排第三桌的女生一直在偷看她前面女生的桌洞，拧着眉头，好像发现了什么的样子。

女生抬起眼，跟老师对视了一下，连忙又低下头去。

监考老师疑惑地板起脸，走过去，先走到在第三桌的女生附近看了看，桌面干干净净的，卷子也答得很快。

然后监考老师踱步到第二桌，和第三桌一样，没什么特别的。

只是这个漂亮的女孩子好像格外紧张。自己站在她身边，她就一直在写错字。

监考老师正要转身回讲台，突然想起什么似的，低头往桌洞看了一眼。

“……这是什么？”

凌翔茜走出教室的时候，曾经余周周心里的那抹“人面桃花”已经变成了惨白。

她经过余周周的桌子，考场里没有窃窃私语声，所有人只是抬头看着她。

凌翔茜嘴唇颤抖着，她只瞥了余周周一眼，轻轻地说：“我没有，不是我。”

“你们都接着答卷！”李主任站在门口，目光复杂地盯着凌翔茜，“你先去我办公室。”

监考老师一副自己劳苦功高的样子，也不再犯困，目光炯炯地盯着他们。

余周周心乱如麻，凌翔茜最后的眼神，让她生出彻骨的寒意。

不知为什么，她突然回头看了一眼辛锐。

辛锐似乎也感知到了她的目光。她们隔着凌翔茜此刻空荡荡的座位，无言地对视。

余周周已经很久没有和辛锐说过话。那种隔膜说不清道不明，其实从初三的末尾直到现在，一直就没有在辛锐的眼睛里消失，好像过去的那个辛美香已经彻底消失了。那个为了打抱不平而偷偷在徐志强凳子上撒了一大把图钉的女孩子，这一次却在凌翔茜背后插了一把刀。

尽管她的眼神何其无辜。

“那个同学！考试的时候怎么随便回头？都没吸取教训吗？”

余周周转过头，感觉到自己的整个身体都在颤抖。

眼前的黑板、黑板上方的红字校训、前方的讲台、侧面明亮的窗、窗外的云……和全天下所有的教室一样，又好像和自己小学时第一次踏入的那个教室也没什么不同。

学校是不老的怪物。

可是这里坐着的这群人身上，究竟发生了什么？

凌翔茜突然感到一种倦怠。恐惧和惊慌如潮水般漫过她，又退下去，最后剩下的，就是倦怠。

她没想到，自己的妈妈竟然会在校长室扇了她一巴掌之后晕倒。

简直像是电视剧看多了。

武文陆的表情，是不是叫作“我早就料到了”？

这样一群不相干的人，明明对她毫无了解，竟然能把自己“作弊”的动机和心理过程都分析得丝丝入扣。从很早前开始，早恋，得失心过重，骄傲，眼里无人，懒散，同学关系紧张，连续多次考试失常，对自主招生名额的态度出现偏差，走了歧路……

凌翔茜偏坐在沙发上，拒绝站起来认错。

自始至终，她只说过一句话。

“我没有，不是我。”

这是她最后的骄傲。

甚至在她妈妈倒地，墨镜摔在一边，露出仍然在颤抖的眼角时，她也没有站起来。

任凭他们用复杂的眼神看着她这个不孝的女儿。

她不会弯腰低头，绝不。

“保送资格肯定取消，这没商量！”副校长也知道凌翔茜父亲的身份，他努力地在坚持原则，“这件事情，虽然说大则大说小则小，但是……”

凌翔茜忽然站起身，拎着书包和外套，径直走到门口。

“你可以取消我资格，可以勒令我退学，我不在乎。”

她眼含热泪，死盯着武文陆：“可是我没做过的事情，杀了我我都不会认。”

凌翔茜头也不回地踏出办公室。

一阵巨大的疲惫和绝望卷土重来，彻底将她吞没。

12

泯然众人间的幸福

考试结束铃打响的时候，余周周腾地站起身。辛锐有那么一秒钟觉得余周周要冲上来撕了她——她从来没见过余周周那样愤怒。

不，也许见过的。只是那时候她只顾着蜷缩成一团，不敢抬头，只能听到徐志强的辱骂声，还有余周周愤慨的指责声。

温淼说过，余周周是打不死的星矢。她的心里，永远有一个雅典娜。某一刻，辛锐就是她的雅典娜。

可是此刻，余周周只是无限悲凉地看着她。

“我知道是你。我知道肯定是你。”

辛锐本能地想要辩解，辩解这种行为从来都无关事实真相，只是自我保护。

可是余周周没有听，也没有说，仿佛是懒得看见她一样，拎起书包奔出了门。

这只是第一门，资格考试还远远没有结束。

可是这个考场上，只剩下她一个人。

辛锐的心重重地坠落。

“林杨？”

“……周周？”林杨的声音透着一股惊讶，还有自己都没发觉的喜悦。

他握紧了电话，挠挠头：“那个，语文题有点儿难啊，出的都是什么犄角旮旯儿的破题……”

明明早就告诉自己，既然她拒绝，那么就再也不要理她，再也不要。

而且，这可不是欲擒故纵，绝对不是。他在心里面告诉自己。

“别废话，”余周周的声音中透着焦急，还有几分让林杨熟悉又陌生的斗志与魄力，“凌翔茜出事了。你在哪个考场？我现在过去找你！”

林杨茫然地听着余周周简略的描述，挂下电话之后，立即拨通了凌翔茜的电话。

关机。

他有些慌神了，蒋川的电话也关机，应该是刚考完试还没来得及开机。

"考得怎么样？语文题有点儿难。"楚天阔早就在之后的几次考试中重新夺回了第一名，面对林杨的时候依旧大度淡定，笑得很随和。

林杨不知道应该如何对楚天阔开口。凌翔茜似乎后来和楚天阔毫无联系，他顾及着凌翔茜的面子，从来没有打听。

他终于还是说了："余周周告诉我，凌翔茜被冤枉作弊，从考场上离开了。"

楚天阔歪头："什么？冤枉？"

正说着，余周周已经爬上了楼，跑了过来。

"我刚才给我们班主任打电话了，他说处分还没有商量出来，凌翔茜就拎着书包出校门了。"

"……不会出什么事情吧？"林杨有些慌。他一直都知道凌翔茜的脾气——尽管长大之后懂得装得乖巧些，可是根本上，还是和小时候没有任何区别。

余周周摇头："我不知道，我的预感很不好。"

林杨几乎是当机立断："走，我收拾一下东西，我们一起出去找找她。"

楚天阔有些尴尬地站在原地，在林杨抓起书包跑回来的时候，他已经惊呆了，第一次直白地说出感受："你疯了？你难道不考试了吗？"

林杨笑笑："那个，楚天阔，你好好加油。"

余周周意味深长地看看林杨，抓起他的手腕把他拖走。

楚天阔靠在门上，觉得无法理解。他呆愣了一会儿，才想起生物书还有几页没看完，于是回到座位上掏出课本，轻轻地翻开。

只是脑海中那两个人抓着书包弃考狂奔的样子久久不去。楚天阔一直都知道自己没有做错，他向来是知道轻重缓急的孩子，他知道什么才是正事。

只是那两个背影一直踩着他的生物书的页面，留下一串让他迷惑心慌的脚印。

凌翔茜走出办公室的时候，突然感到了一种荒谬的自由。

她在路上看到了陈景飒。对方正在用高八度的嗓音抱怨着语文考题，看到凌翔茜，嘴角有一抹讥笑。

“考得怎么样啊，大小姐？”

凌翔茜忽然笑了，她看着陈景飒的眼睛，这个人的不友好断断续续折磨了她整整两年，此刻终于解脱。

“陈景飒，你能不能闭上嘴？我听见你那像是踩了猫尾巴的声音就头疼。”

她第一次感觉呼吸这样顺畅。

出了校门也不知道应该去哪里，随便踏上了一辆公交车，坐到终点，再坐上另一辆，再坐到终点……

从一个终点到另一个终点，她始终坐在最后一排的角落，呆滞地盯着窗外变换的景色。冬天的地上满是黑色残雪，灰色的城市有种脏兮兮的冷漠。

最后抬起头的时候，赫然发现自己站在郊外的音乐学院门口。

她记得，小时候，她、林杨和蒋川三个人几乎每年夏天都要来这里考级，学了两年之后是五级，然后第二年是六级，第三年八级，第五年林杨和自己冲击十级，蒋川仍然规规矩矩在考九级。

最后一年夏天的时候，音乐学院正在扩建，楼房外围露出大片的杂草丛，漫漫天地一望无际，荒原让他们三个都忘记了呼吸。

是谁说的，音乐家总是要亲近自然才能领悟天籁的真谛。可是身后大厅里面那些因为考试而紧张焦躁的孩子，像是量产的机器，流泻的音符里面没有一丝灵魂——他们毕竟真的不懂得他们演奏的究竟是什么。

凌翔茜已经找不到那片荒原。当年的荒原盖上了新的教学楼，然后新的教学楼又变成了旧的教学楼。那方恣意生长的天空，被分割成了细碎的一块块，她抬起头，看不到自己的小时候。

做个好孩子。考级的等级一定要是“优秀”，考试一定是第一名。饭局上小朋友们被拉出来唱歌，说场面话助兴，大人们纷纷在底下品评谁家的孩子最大方、最乖巧、最像小大人，她一定要占至少一个“最”字。

但是，好像没有人记得，好孩子的好，其实是那颗心。

最最关键的时候，没有人说一句“我相信你没有作弊”。

没有人相信。她很想知道她妈妈晕倒时心碎的原因，到底是为她心痛，还是只是为自己的脸面无存而惊慌？

凌翔茜发现自己其实并不是特别难过。她好像早就已经麻木了，只是站在楼群包围的广场中央吹着冷风，什么都没有想。

几分钟后，她走出校园，打车，坐到里面对司机说：“省政府幼儿园。”

窗外景色流转。然而省政府幼儿园还是以前的样子，破旧却亲切。凌翔茜想起那个负责热盒饭的老奶奶，想来应该早就去世了。那时他们吃饭的时候总是要比赛谁吃得又快又干净，亮着见底的铝饭盒朝老师邀功。蒋川总是吃得很慢，凌翔茜斥责他拖他们小组的后腿，蒋川却慢悠悠地说：“吃得太急，消化不好。”

还有秋千。大家总是因为秋千打架，可是一旦自己抢到了，那些小男孩又都围上来争着要帮她推秋千。她会瞪起眼睛大声说：“我自己能荡到很高很高，用不着你们！”

那时候傍晚的天空看起来总是提子冰激凌的颜色。他们吃着娃娃头雪糕，咬着跳跳糖，说着以后会如何如何。

如何如何，最后通通变成了此刻的如是这般。

凌翔茜冻得不行，只好躲进附近的一家百货商场。一楼的化妆品专柜永远是一片明快柔和的色彩。商场里面人很少，只有三五个女学生，穿着的白色校服上印着“二十九中”的字样，在附近转来转去，什么都不买，好像是和自己一样在取暖。

突然听见有个女生说：“詹燕飞，詹燕飞快来看，这条链子跟你的那条像不像？”

凌翔茜惊讶地看过去，那个胖胖的面目平凡的女孩子，眉宇间依稀能看得出小时候的模样。她跑到那个女生身边，盯着施华洛世奇专柜里面闪耀的某款挂坠，好脾气地笑笑："我的那个才 20 块钱，去黄龙玩的时候买的，假的，跟这个能比吗？"

"詹燕飞？"

詹燕飞转过脸，探询地看着她："你……我们认识？"

凌翔茜摇摇头："没，我认错人了。"

詹燕飞笑起来，脸上还是有两个浅浅的酒窝。她剪了短发，神态平和满足，被几个朋友拉走坐上扶梯慢慢朝着二楼上去了。她升到半空中的时候还疑惑地看了一眼凌翔茜，歪歪头，仍然有些像小时候在台上的那个故意装作很可爱的小燕子。

只是再也没有人叫她小燕子。

曾经，凌翔茜春风得意的时候，是怎样地嘲笑过学不会奥数的詹燕飞和余周周？又是怎样地对蒋川夸夸其谈，说他们以后的路会很艰辛，小时了了，大未必佳，这都是没有长远计划的女生，你看着吧，蒋川，这未来都是会泯然众人的……

余周周绕了一个弯路，回到了和她并肩的同一条起跑线。

而詹燕飞，退出了比赛，安心地拉着几个姐妹在大冬天哆哆嗦嗦地躲进这栋大楼，一边取暖，一边笑闹。

泯然众人。她笑詹燕飞泯然众人，却忘记了，幸福永远都属于平凡的大多数。

余周周并没有告诉林杨关于辛锐的任何事。她只是坚持，她相信凌翔茜没有作弊。

林杨点点头："我知道。"

凌翔茜家里面的电话没有人接，林杨给自己的爸爸妈妈打电话，本想询问凌翔茜爸爸的电话，结果话还没说明白，却招来自己妈妈的尖叫。

"你居然弃考了?!"

林杨连忙挂断电话，朝余周周不好意思地笑笑："她最近……更年期。”

余周周轻轻拉了拉林杨的袖子：“你弃考，真的没问题吗？”

林杨笑了：“有什么大不了的，保送没戏那就自己考呗。你既然没问题，我更不可能有问题啊！”

余周周摇摇头：“我们不一样。你还背有那么多期望。”

又是一句似曾相识的话。可是林杨好像再也不会被余周周的断言所蛊惑。

“你废话太多了。”他的身高已经能做到居高临下地揉着余周周的脑袋。这个动作如此熟悉，余周周突然间感觉到心底的一股暖流，却不是因为陈桉。

“林杨？”余周周下意识地喊了他的名字。

“怎么？”

她笑笑：“没什么。”

这个人是林杨。

蒋川坚持自己出去找凌翔茜。余周周和林杨结伴，先是把学校的周边寻了个遍，最终，报刊亭那个向来喜欢与漂亮小姑娘搭讪的老板，在林杨颠三倒四的形容之下，他一拍脑门：“哦，是有个小姑娘，没穿外套，拎着书包，从这儿坐车走了。坐的哪路车，我还真不知道……”

林杨朝余周周摊手：“现在怎么办？”

余周周望着站牌：“如果我是她，我会随便地坐一辆车。所以逻辑推理是没有用的，我们找不到她。”

林杨挠挠头：“现在回去考试肯定来不及了。你说咱们这是干吗？”

可是语气中并没有一丝懊恼或者疑惑。

余周周歪头看他：“没有用也要找，荒唐也要找，如果你当时坐在考场上假惺惺地关心却动也不动，我想你一辈子都不会原谅自己的。而且这对凌翔茜也很重要。”

告诉她，其实还是有人相信她，也有人觉得她的存在比自己的保送资格更重要。

剔除光环什么都不剩的凌翔茜，也同样被爱着。

余周周和林杨用了一整个下午去了林杨认为有可能找到凌翔茜的所有地方，一无所获。

为了躲避自己妈妈的夺命连环 call（电话），林杨关掉了手机。几番辗转，有个陌生号码打到了余周周的手机上。

“喂，您好。”余周周接起来。

“你好，我是林杨的妈妈。”

声音中沉沉的怒气让余周周不禁有点儿心慌。

“余周周吗？你是不是和……”

余周周立即轻声打断她：“您稍等。”然后将电话递到了林杨的手上。

不知道林杨妈妈是怎样多方打听才找到余周周这条线索。林杨被抓了个正着——无论是弃考这件事情，还是余周周。

林杨一直懒洋洋地答着，脾气倒是不错。

“嗯。”

“没办法，我必须出来找她。否则我还是人吗？”

“我没跟你急啊，我现在态度很好的。再说现在回去也没有办法再参加考试了，你让我专心找她吧。”

“妈妈，你好好劝劝凌翔茜她妈。凌翔茜在我和蒋川面前再怎么装，其实我俩都知道，她那个神经病的妈妈——好好好，我尊敬长辈，我尊敬长辈。反正，凌翔茜这么大压力，全是她妈妈造的孽……好，我不胡说八道，我尊敬长辈……”

余周周在一旁听得很想笑。她喜欢看林杨吊儿郎当的样子，仿佛又回到了小时候。

突然林杨沉默了很长时间，表情也渐渐严肃。

这样的静默持续了很久，直到他们已经走到了路的尽头。

“妈妈，这是我的事，也是我的选择，是对是错，我自己担着。”

他挂下电话，再一次轻轻地揉了揉余周周的脑袋，充满了安抚和保护的意味。这么长时间以来，余周周第一次认认真真地、毫无成见地观察他，她一直以为他还是一个被爸爸妈妈和周围人寄予厚望的、一路顺遂的小男孩，自以为是、充满阳光，可是此刻才发现，他的语气中有什么东西在破土发芽，无关优秀，只是岁月。

“你们……在谈什么？”

林杨咧嘴一笑，露出一口小白牙：“你。”

你。是我的事，也是我的选择，是对是错，我自己担着。

就在这个时候，余周周突然接到米乔爸爸的电话。

米乔今天早上突然间陷入昏迷，现在还在抢救中。

林杨和余周周的整个下午和晚上都在医院里面度过。又是长长的走廊，冰凉的塑料座椅。余周周后脑勺抵着墙，突然不那么害怕医院。

她曾经在医院经历过最初的死亡，倾听了最忧伤的回忆，也得到过最绝望的消息。

也许这里只是一个中转站，他们的目光还不够长远，看不到中转站之后的世界，可是那里未必不美好。

对余周周来说，米乔是个奇迹。她敢在生命最后几年的时光里，若无其事瞒着所有人开开心心地上学、闯祸、cosplay、骂脏话、跟主任吵架，也能在医院里大大咧咧地一边啃着苹果一边指导余周周削苹果皮，被余周周的笨拙惹怒了之后抓狂地直接扔枕头砸护士长——当余周周问起她为什么自己犯错却砸护士长的时候，她只是笑嘻嘻地说：“我几年前就觉得那个护士长跟我爸之间有点儿意思，我在给我爸制造跟她道歉的机会。保媒一桩胜造七级浮屠……”

她从来没有看见过米乔哭泣，没有看见过她像他们一样悲悲戚戚、自怨自艾地四处倾诉那些微不足道的烦恼和挫折。在大家一起玩 cosplay 的时候，她可以指着自己深陷的恐怖眼窝主动请缨扮演《死亡笔记》里面的 L，好像病情给了她多么得天独厚的机会一样。

坚强乐观是可以伪装的，米乔的快乐，没有一丝造作。

林杨轻轻地抓住余周周的手。

“我给她白写了那么多张卷子，她还没做到她答应我的事情呢，她就是想跑我也不会同意的，”林杨勉强装出轻松的样子，“相信我。”

就在这时，大夫推门走出来。余周周站起来，说了一句非常 TVB

（香港电视广播有限公司）的台词："大夫，情况怎么样？"

大夫被她殷切的目光逗笑了："没事了。"

世界上最美妙的三个字不是"我爱你"，而是"没事了"。

也许是林杨的笃定起了作用，午夜十二点的时候，米乔刚好平安踏入第二天，脱离了危险。

余周周正抚着胸口庆幸，突然在走廊尽头看到了奔奔。

他急急忙忙地跑过来，胡乱地朝余周周和林杨打了个招呼，就趴在门口焦急地朝里面张望着。

余周周有很多话想问，但是突然不想打断他。趴在玻璃上张望的奔奔看起来那样焦灼不安，那样陌生，可是那么温暖。

她和林杨悄悄地向米乔的父亲道别。

就在这个时候，林杨接到了蒋川的电话。凌翔茜已经被他送回家。

"她的情绪比我想象中稳定，真的，"蒋川笑了，"相信我，一切都好。"

林杨挂了电话才突然发现，他竟然完全记不得，究竟是从什么时候开始，蒋川说话的时候不再吸鼻子了。

一切都好，一切都顺着时光不断向前。

医院的地址比较偏，他们出门的时候，大街上已经只剩下橙色路灯，连一辆车都没有。宽广的十字路口上，只有孤单的斑马线和红绿灯。

余周周心里紧绷的那根弦终于松了下来，她疲惫地笑了笑，四下无人的午夜，好像整个世界只剩下他们两个人。

"你知道吗？我小时候看《机器猫》，最喜欢的一集就是，他们用缩小灯把自己变得很小，然后在自家后院造了一个小型城市，只属于他们几个的小型城市。在那个城市里面，他们可以为所欲为，实现自己平时做不到的愿望。大雄希望可以一直站在漫画店看免费的新播漫画而不用被老板赶出去，胖虎可以使劲地吃炸猪排饭，机器猫买了好多铜锣烧都不用付钱，静香也拥有了自己的玩具店……"

林杨笑了："都是很棒的愿望。"

“可是，”余周周看着他，一双晶亮的眼睛在橙色路灯下竟然有泪光，“我最喜欢的是里面那个无名小配角的梦想，只有一个单幅画面，一笔带过。”

“什么？”林杨温柔地看着她，像在哄着一个偷喝白酒结果喝醉了的小孩子。

“那个小孩躺倒在空旷的大马路上，四仰八叉，对着天空大声说：我终于可以自由自在地躺在大马路上了！”

余周周也大声喊起来，好像一刹那被那个小配角附体了一样。

林杨突然拉起她的手，朝着十字路口的交叉点奔跑起来。

“你做什么？”

“当然是，躺在大马路上！”

林杨将目瞪口呆的余周周带到十字路口的正中央，四面的红绿灯仿佛精神错乱一般全部变成了红灯，把路口围成了一个安全的死角。荒芜而没有边际的四条路，全部通向无尽的黑暗。

他们一齐躺倒在十字路口，摆成两个“大”字，又好像小时候用剪刀、白纸剪出的最原始简单的那种紧紧牵着手的小人。

晚上的阴天呈现一片压抑的血红色。余周周反而没有感受到想象中那种因为玩火而带来的刺激感。

她感觉到自己重新归入了大地的宁静。

这样的一天，终于结束。

在这场盛大的考试中，每个人终究会做出自己的选择。

就连米乔也选择了，要继续活下去。

他们走过一个个十字路口，一次次分道扬镳，也许兜兜转转会再遇见，也许从此天涯两端。可是此刻，四条路各有方向，余周周却不想考虑以后。他们终究要道别，要长大，要腐朽。

她从小到大，做过太多的梦，没有一个真正实现。

她不是白娘子，不是女侠，不是希瑞，不是小甜甜，不是任何人。

她只是一个想要躺在大马路上的无名小配角。

长大的过程，就是余周周发现自己根本就不是什么女侠的过程。

她在兜兜转转的过程中，最终还是弄丢了圣水，放弃了蓝水。

可是那又怎么样呢？

她轻轻捏捏林杨的手，朝着天空大声地、旁若无人地大喊。

“终于可以躺在大马路上了！”

她在林杨的怀里哭到哽咽。

13

终将逝去的旧时光

余周周很久之后才知道，其实在奔奔不再是奔奔，也还不是慕容沉樟的时候，他的大名叫作冀希杰，应该是那个酒鬼养父的冠名。在奔奔以冀希杰的身份用一双拳头在那个混乱的小学里面打出一片天地的时候，班级里面成绩最好的米乔，是他的铁哥们儿。

他回到亲生父母身边，他继续做不良少年，他来到振华，他交了很多女朋友。

余周周抓住的是小时候那点儿微薄的记忆。

然而和余周周一样，奔奔的生命中也有太多属于别人的轨迹。

余周周觉得奔奔永远是奔奔，而米乔则坚信，冀希杰永远是冀希杰。

那是一段留存着太多空白的区域。余周周不想问米乔，也不想去问奔奔。

这样很好。

和初三一样，余周周再次在高三失去了同桌。

彦一离校的那天，脸色已经恢复了红润。他的眼睛渐渐变得更有神采。

“所以再见面我可能就是你的学弟了。”他笑了。

余周周不知道是什么让他最终做出决定，降级一年，离开振华回到学籍所在的高中，准备下一年的艺术类考试。

也许是因为米乔告诉他：“你再这样犹豫下去，就老了。”

当那个苍白的身影消失在门口时，余周周忽然很想告诉正在新加坡读书的温淼：你知道吗？其实如果我们有足够的勇敢，东京真的不远。

只要你有破釜沉舟的勇气。

因为米乔说，这就是青春。简单而酸溜溜的话。

过期不候的青春。

辛锐最终还是跑到教导处去给凌翔茜说情。她并没有勇气说出真相，可是仍然一遍遍地担保，凌翔茜只是忘记在考试前把资料收到书包里面去了。她坐在凌翔茜后桌，看得一清二楚，对方绝对没有伸手碰过那堆资料。

虽然于事无补。虽然不够勇敢。

然而这世界百分之百的事情太少。

凌翔茜并没有再来上学。她留在家里备战高考，据说是有很多事情她还想好好考虑。学校的卷子都由余周周整理好，再经由林杨或者蒋川送到她家里面。

余周周、林杨和凌翔茜都失去了学校推荐名额，在楚天阔等人忙着去北京参加面试的时候，他们三个加上蒋川一起去了冰雪游乐场。

余周周觉得很好笑。她这一路，好像真的是踏着陈桉的足迹在走，甚至包括在最关键的时刻失去最关键的机会。

三月初的时候，她又接到了爸爸的电话。

电话里面对于去年一整年的失约只字未提，余周周也没有追问。她爽快地定好了时间，然后早早地站在酒店门口等待。

这个男人，总是轻易承诺，轻易毁约，然后对过往只字不提，仍然能语气温和地打来电话。无论是当初对妈妈，还是后来对待她。

余周周很想知道自己是不是某个方面也很像他——或许是在欺负林杨的时候？

迎面走过来的穿着风衣的男人，看来已经需要再染一次发了，发根新出现的白茬儿让他看起来儒雅却苍老。余周周定定地看着他，心里没有丝毫特别的感觉。

他太陌生了。

“周周？都长这么大了……越来越像你妈妈了。”

余周周微笑点头。

“进去吧，一起吃个饭……对了，今天学校不补课吧？”

“我不饿。”她摇摇头。

余周周的爸爸是个见惯各种场面的人，他觉得余周周在跟他耍小孩子脾气，所以伸出手，想要拍拍她的头——却没想到余周周竟然在那一刻抬起头，清凌凌的目光直直地盯着他举到半空的手。

他有些尴尬地放下，说：“那就……走走吧。”

学习是不是很紧张，打算考哪所学校，最近还有没有再考试，每天晚上学习到几点……一问一答，虽然冷淡，但也很平和。

余周周不得不承认，她对身边的这个人，好像没有一丁点儿记忆。她只是好奇，想知道妈妈为什么爱他那么多年。

她想自己找不到答案了。也许应该在六七十年之后，直接去问妈妈——如果那时候妈妈还记得理由的话。

懒懒散散地回答着问题，正想要找借口离开，突然看见街边小超市的窗口里面，有一排四小瓶独立包装的饮料，米黄色的瓶身，锡纸封口，名叫“喜乐”。

她记得那酸酸甜甜的味道。那时候，她们总是单买一小瓶，插上细细的吸管，一口一口的，舍不得喝光。

余周周停住，看看身边的男人，又看看橱窗里面的喜乐。

她三四岁的时候吧，第一次对父亲有了印象，却是在妈妈情绪失控将这个“不速之客”赶出门，一不小心划伤了胳膊时。这个男人将妈妈送进医院，然后带还没吃饭的余周周出门买零食。

她记得他俯下身，说：“周周，我是你爸爸。”

也记得他给她买了一排四个的喜乐，都是用塑料薄膜封好的，这在余周周看来简直是最美好的礼物，受宠若惊。

没舍得打开，却在回家的时候被妈妈抓起来直接扔出了窗外。

她连哭都不敢哭。

甚至后来，都不敢再当着妈妈的面喝喜乐。因为她们的生活中没有喜乐。

原本以为都忘记的事情，竟然又想了起来。

“爸爸，”她第一次喊，也刻意不去看这个男人眼睛里面的惊喜，“给我买一板四个的喜乐吧，就是那个。”

她朝着窗子指了一下。她父亲点点头，像告诫小孩子一样说：“你在这儿等着，我马上出来。”

余周周想起，如果是妈妈，一定还会加上一句：“谁来领你都不许跟着走哟！”

她鼻子有些酸。

没有人会来领她。她自己的路，自己会走。

这样就够了。

余周周的父亲拿着那一排喜乐走出超市的大门时，门口已经没有了余周周的身影。

那天，余周周终于鼓起勇气坐车回到了自己和妈妈的那个小小的家。她没有上楼，只是在楼下转了转，沿着以前和妈妈一起饭后散步的路线，漫画租书屋、凉亭，还有食杂店。

美香食杂店。

余周周拐过路口的时候，刚好看到老城区拆迁的工人将“美香食杂店”的牌匾拆了下来，扔在地上，扬起一片灰尘。

她抬起头，竟然看到了辛锐。

“终于拆了。”辛锐说。

余周周点点头。

“我们很久没有一起回家了。”

余周周笑笑。

“你还是不愿意跟我说话。没关系，初中的时候我欠你太多话，现在正好还回来。”

余周周摇头：“辛锐，你没有欠我什么。”

“不，”辛锐的笑容很平和，“我欠你很多。可是我没办法，我不知道怎么还，我到现在还是妒忌你。我想，我做那件事，也是因为我妒忌凌翔茜。因为……因为我喜欢楚天阔。”

余周周突然笑出声来。

“辛锐，都到现在了，你还是那么不诚实。”

辛锐却不再笑。

“我以为你都看出来了。”

“你不是因为喜欢楚天阔所以才妒忌凌翔茜。你是因为妒忌凌翔茜，所以才喜欢楚天阔。其实你谁都不妒忌，谁都不喜欢，你太可怜了。”

余周周慢慢地说，声音不大，可是她知道，辛锐都听得见。

初中毕业的时候，温淼告诉余周周，辛锐不是不会说谢谢，也不是不会微笑，她甚至还会语带暧昧，暗示挑拨——然而都是私底下，对着温淼，而不是她真正的大恩人余周周。

“我爸爸说，久负大恩必成仇。”温淼拉拉余周周的马尾辫，轻声说，“你要小心辛美香。她有病。”

拆迁的巨大声响也显得那么遥远，辛锐很长时间什么都没有说。

“其实，你也不是喜欢温淼。你只是因为讨厌我。”

余周周每句话都像是快照，一张张显现出辛锐最最不堪的一面。

辛锐紧紧地盯着那个小小的食杂店一点点被拆卸清空，“美香食杂店”几个字被摔成三瓣儿。

她蹲在地上，泣不成声。

她终于不再是辛美香。

短暂的寒假之后，林杨和余周周都埋头进入了紧张的复习，很少再见面。他们再次在食堂一同吃饭，是林杨再次用老办法“偶遇”了余周周。

吃到一半，正打算支支吾吾的时候，余周周已经从口袋里面掏出了一本小小的口袋书。

硬纸壳做的，非常简单，封面和内容都是黑白剪影，画画的手笔简直就是儿童简笔画的水准。

“这是……”

“今天是你生日，对吧？”

林杨有种诡计被当场拆穿的窘迫感，随即甜蜜又蔓延开来——她竟然刻意记得。

林杨接过那本自制连环画，翻开。第一页上，幼儿园的小朋友们纷纷拎着挂历纸飞奔，领头的两个小孩，一男一女，只看得到背影，迎着夕阳。

第二页，没有人，只有一地狼藉，旁边歪倒着一个饭盒。作者似乎生怕他看不明白，用箭头指了一下地上的那一摊污渍，附上六个字：西红柿鸡蛋汤。

应该是画得太差了，生怕唯一的读者看不懂。

林杨忽然觉得心跳都要停止了。他一页页小心地翻着，最后一页上什么画面都没有，只有三个单词。

To be continued.（未完待续。）

余周周歪头看着他笑：“怎么样？”

他张了张嘴，不知道怎么说，最后笑了笑：“画得真丑。”

余周周在桌子底下狠狠地踩了他一脚，林杨浑然不觉，甘之如饴。

他有什么话想问，可还是埋在了心里。

以后吧，他们都还有长长的、明媚的以后。

振华的传统是，毕业典礼在高考之前的五月末。

据说是某一届的校长说过，高考之后，世事难料，人情冷暖，孩子们都会因为得意或失意而变得有些沧桑。最美好单纯的毕业典礼，恰同学少年，应该在尘埃未定的时候。

余周周很惊讶。她不知道，原来振华历史上还有这样一位浪漫主义的校长。

到校去参加毕业典礼的路上，她在路口拐角处遇到了一个男孩，依旧那么矮小，满脸戒备。

他们都愣住了，在学校整整三年，竟然从未遇见彼此。余周周竟然在那一刻很想跟他友好地打个招呼。

然而周沈然明显不这样想，他冷笑了一下，刚刚要开口，就听见余周周大声说："拜托，你住口。"

他呆了呆。

余周周十分郑重地背过手去，就像小时候每一次她想要认真说些什么时的表情与姿态一样。

"我从小到大就没有兴趣跟你抢爸爸。

"你不必担心。

"原来我一直以为，是你们一家人让我笼罩在阴影里。"

她顿了顿，笑了。

"现在我才明白，其实，一直都是你生活在我的阴影里。这不是我的错，这是你自己的选择。"

凌翔茜和余周周、辛锐一起代表文科班，做了升旗仪式的护旗手，升旗的人，正是林杨和楚天阔。

自然是会看到别人异样的目光的，包括楚天阔。

他回头，朝凌翔茜笑了笑，有些拘谨。

"好久不见。"

"嗯，好久不见。"

凌翔茜在家里最后的时光过得很惬意。她的家庭问题仍然没有解决，可是崩溃过后，她妈妈的脸奇迹般地不再抖。

当楚天阔保送的事情尘埃落定之后，仿佛终于有了底气给凌翔茜发了第一条短信。

"你还好吗？"

凌翔茜没有回复。

终于又见到这个男孩，她突然有了一种恍如隔世的感觉。

阳光下，凌翔茜笑容璀璨。

楚天阔愣了愣，说："你还是这样笑，更美丽。"

有些肉麻的话，凌翔茜欣然接受。

"其实我一直都很美。"

她骄傲地仰起头。

然后低下头迅速地编辑了一条短信。

"蒋川你大爷的。"

辛锐伸手挡住眼前过分明亮的阳光，她眯起眼睛，望着人海，终于还是没有看余周周。

辛锐到最后还是明白，自己心底有一个不可触碰的秘密，她不知道什么时候才有勇气去揭开这个谜底。

所以她还会一直用这种孤绝的态度卑微和骄傲下去。

但是，她还是用不大却坚定的声音说："无论如何，当年，谢谢你。"

余周周笑笑。

"当年也谢谢你，美香。"

谢谢你的《十七岁不哭》，你的图钉、哗啦棒，还有站在玻璃墙外注视着出水痘的我，那温柔的一抹微笑。

许多年后，她不会记得辛锐，只会记得这些细节。

我们的记忆，总是挑选那些当时认为并不重要的事情藏进精选集。

冗长的毕业典礼终于要结束，余周周站在主席台后方，觉得自己马上就要被太阳晒得晕过去了。

恍惚间，好像看到人群中奔奔的脸，转瞬又不见。

那点儿年少的影子渐渐散去。仿佛她的童年，消失得无影无踪。可是每当需要温暖与力量的时候，回忆都在，奔奔也会一直在。

就像米乔最后笑嘻嘻地告诉她："冀希杰说你不开心，我们是一个班的，我得好好照顾你。不过其实我也不是不吃醋啊，所以我得给你找个男朋友啊……不怪我吧？”

其实自始至终，都是那样地被深爱着。

被爱的人没有权利责怪。

突然有人拍拍她的肩膀，她抬起头，发现竟然是那个澳大利亚外教，老头子勉强躲在大批老师挤出的一块小小的阴凉中，招呼她进来躲一躲。

余周周万分感激地冲过去。

他们一起安静地听着扬声器里面领导的讲话。余周周相信，这不会是她这辈子听到的最后一次领导致辞。

好笑的是，澳大利亚老头明明什么都听不懂，也认真地皱眉聆听着。

终于结束，他一边鼓掌一边对余周周说："Congratulations！（恭喜！）"

余周周笑着道谢。

"So what's your future plan？（你对未来有什么计划吗？）"

未来？余周周侧过脸思考着，就在那一刻，大批白鸽被从笼子中放出来，扑棱棱振翅的声音好像一片突如其来的海浪。

1517 名毕业生，1517 只鸽子。

米乔已经不在，但是，她还有一只鸽子。

甚至，她留给余周周的最后一句话并不是含着热泪的"要幸福哟"，而是大义凛然地说："我先行一步去圈地买房子还贷款了，你们俩到时候过来，可以租我的房子！"

林杨翻了个白眼："好好吃你的药，包租婆！"

谁也没想到，米乔等不及，第二天就跑去阴间发动圈地运动了。

余周周想着想着，眼泪突然在眼圈里转。

老头子充满善意地望着眼前的女孩，看她含着泪水，笑得眉眼弯弯。

"My future plan？（我未来的计划？）"

她指着大片大片振翅的白鸽。

"Fly free.（自由飞翔。）"

尾声：年年有余，周周复始

· “有时候觉得，生活就像陀螺一样，转来转去，有时候会发现又转到了原点。”

· “每每长大一点儿，就以为会很不同，实际上到最后才发现，只是高级一点儿的复制。”滔滔流逝的旧时光，其实绕了个圈，重新冲刷了他们每一个人。

· “但我还是觉得，我过得很精彩。”

· 世界不完美，但是他们还拥有选择和改变的能力。大不了，她还可以伸手造一个新的世界出来。和小时候一样。披荆斩棘，小宇宙总有爆发的那一天，她永远不会放弃她的雅典娜。

“乖，来，不理爸爸，来找小姑姑玩！”

余周周拍拍手，余思窈就白了她爸爸余乔一眼，扭着屁股投入她的怀抱。

“你就惯着她吧！”余乔瞪了会儿眼睛，无奈地叹口气走开了。

当年动不动就对余乔大刑伺候的大舅突然变得格外好脾气，加上一直宠孩子的大舅妈，以及唯恐天下不乱的余周周，这三个人让五岁的余思窈腰杆子格外挺直，敢于跟她爸爸面对面吹胡子瞪眼睛。

“曾祖母又睡着了。”

“乖，我们不吵曾祖母，我们到客厅去玩。”余周周把余思窈带出外婆的房间，关门的时候，她动作停滞了一下，回头去看床上的外婆。刚刚输液完毕，她已沉入梦乡，只在被子边缘露出一圈白发。

总是最清醒通透的外婆，现在因为老年痴呆症，几乎认不出人来。在外婆的世界里，余周周还是个会因为“钓鱼”输了钱而去外婆的硬币盒子里面偷钱的小女孩，可是周周的妈妈已经嫁给了齐叔叔，余乔也大学毕业娶妻生子了。

外婆的世界里已经没有时间的羁绊。她爱的所有人，都停留在最美好的时光中，快乐地生活在她周围。

余思窈一直神神秘秘地，拉着她的小姑姑到了自己的小书桌前，掏出一本粉色的画册。

然后献宝一般举给余周周看。

余周周翻开，上面画得歪歪扭扭，身体圆圆的轮廓却是绕圈圈的，似乎是羊。

余思窈在一旁唾沫横飞地给她讲解。

“这个是大草原，草原上生活着一群特别勇敢的羊。”

她翻开第二页：“这是喜羊羊。”

第三页：“这是懒羊羊。”

第四页：“这是沸羊羊。”

第五页：“这个是……”

余周周笑了：“我知道，这个是……等一下，我想想还有什么羊来着……哦，对了，这是美羊羊。”

“不是！”余思窈突然激动起来，叉腰大叫，“这才不是呢，这只羊是大草原上最聪明、最善良、最美丽、最……最……最洁白的，她，她叫小雪！”

余周周差点儿没昏过去。

名字为什么不是“× 羊羊”格式的？而且，什么叫“最洁白”？

余思窈仍然沉浸在愤怒中，继续补充：“而且，喜羊羊他们都喜欢小雪！”

然后看到她的小姑姑笑得一脸狡诈。

她一直都知道，小姑姑其实远比爸爸可怕。

“窈窈啊，”余周周笑眯眯地指着页面上那只歪歪扭扭的羊，“这个小雪，其实就是你自己吧？”

余思窈大惊失色，满脸通红地反驳：“不是我，怎么会是我，不是我，不是……”声音却越来越小，“……你怎么知道？”

余周周轻轻点着余思窈的鼻尖，笑着笑着，突然感觉到眼角有泪。

“因为啊，”她轻轻抹去那点泪，“因为这都是你小姑姑当年玩剩下的！”

这个夏天最热的傍晚，所有人都守在家里准备看北京奥运会的开幕式。余周周带了三束花去了家乡郊外的墓地。

送给谷爷爷、米乔，还有妈妈和齐叔叔。

她渐渐开始相信死后的世界，不知道是不是因为相信就会更安心。

她开始在烧纸的时候叨叨咕咕地学着林杨的样子对米乔说："包租婆，现在给你的是首付款，你接着，以后每年我都会还款的……"

然后把最后一句埋在心里——那时候，奔奔就会是包租公了吧？

你看，大家终究还是会在一起。

永远不分开。

余周周坐在妈妈的墓碑旁边。妈妈和齐叔叔的墓碑中间用一条红绸连着，经过风吹雨打，都有些脏了，可是仍然绑得紧紧的。

余周周一直不知道她应该对妈妈说什么。如果妈妈在天有灵，那么其实自己的一切，她都知道。

"妈妈，我一直很好。"

一直。

"虽然不可能永远快乐，总是会遇到不开心的事情……"余周周顿了顿，想起因为奖学金和出国交流名额而引发的院里的一系列争斗，好像从小学开始就不曾结束。

她后来又遇到了很多的沈屾、很多的辛锐、很多的凌翔茜，甚至是很多的徐艳艳。

"有时候觉得，生活就像陀螺一样，转来转去，有时候会发现又转到了原点。"

"每每长大一点儿，就以为会很不同，实际上到最后才发现，只是高级一点儿的复制。"

滔滔流逝的旧时光，其实绕了个圈，重新冲刷了他们每一个人。

但是。

"但我还是觉得，我过得很精彩。"

世界不完美，但是他们还拥有选择和改变的能力。大不了，她还可以伸手造一个新的世界出来。

和小时候一样。

披荆斩棘，小宇宙总有爆发的那一天，她永远不会放弃她的雅典娜。

“妈妈，你在那边好不好？我六十年之后就去看你了。”

她想了想，歪头笑了。

“不不不，还是七十年吧，我想……多留下几年。”

因为生命过分美丽。

图书在版编目（CIP）数据

你好，旧时光：全三册 / 八月长安著 . -- 长沙：湖南文艺出版社，2022.9（2024.9 重印）
ISBN 978-7-5726-0715-8

Ⅰ. ①你… Ⅱ. ①八… Ⅲ. ①长篇小说—中国—当代
Ⅳ. ① I247.5

中国版本图书馆 CIP 数据核字（2022）第 090569 号

上架建议：畅销 · 小说

NIHAO, JIU SHIGUANG: QUAN SAN CE
你好，旧时光：全三册

著　　者：八月长安
出 版 人：陈新文
责任编辑：匡杨乐
监　　制：邢越超
策划编辑：凌草夏　韩　帅
特约编辑：尹　晶
营销支持：文刀刀　周　茜
封面设计：沉　清 Evechan
版式设计：沉　清 Evechan
插画绘制：沉　清 Evechan　凌鸭梨
内文排版：百朗文化
出　　版：湖南文艺出版社
（长沙市雨花区东二环一段 508 号　邮编：410014）
网　　址：www.hnwy.net
印　　刷：北京天宇万达印刷有限公司
经　　销：新华书店
开　　本：875mm × 1230mm　1/32
字　　数：856 千字
印　　张：28
版　　次：2022 年 9 月第 1 版
印　　次：2024 年 9 月第 2 次印刷
书　　号：ISBN 978-7-5726-0715-8
定　　价：138.00 元（全三册）

若有质量问题，请致电质量监督电话：010-59096394
团购电话：010-59320018